CHICAS
COMO
NOSOTRAS

CHICAS
COMO

NOSOTRAS

DANA MELE

Traducción: Jeannine Emery

PUCK

Argentina – Chile – Colombia – España
Estados Unidos – México – Perú – Uruguay

Título original: *People Like Us*
Editor original: G. P, Putnam's Sons, New York.
Traducción: Jeannine Emery
Edición: Leonel Teti con Erika Wrede

1.ª edición: Junio 2018

ISBN: 978-84-96886-86-5
E-ISBN: 978-84-17312-20-6
Depósito legal: B-13.844-2018

Fotocomposición: Ediciones Urano, S.A.U.
Impreso por: Rodesa, S.A. – Polígono Industrial San Miguel
Parcelas E7-E8 – 31132 Villatuerta (Navarra)

Impreso en España – *Printed in Spain*

Para Luke, Sam, Mala, Floyd, Evie, Felix
y todos los personajes que tuve que eliminar.
Su nombre está impreso, chicos. Viven.
Y para Benji, que es real y me permitió
con paciencia escribir este libro.

1

Bajo la luna plateada, nuestra piel reluce como huesos. Bañarse desnudas en las aguas heladas de North Lake después del baile de Halloween es una tradición de Bates Academy, aunque no muchas alumnas tienen el coraje de honrarla. Hace tres años fui la primera estudiante de primer año que no solo saltó, sino que permaneció sumergida tanto tiempo que creyeron que me había ahogado. No fue mi intención hacerlo.

Salté porque podía, porque estaba aburrida, porque una de las estudiantes del último año se había burlado de mi patético disfraz de la tienda de todo a un dólar, y quería probar que era mejor que ella. Me impulsé con los pies para llegar al fondo, abriéndome paso entre las matas de algas y los sedosos filamentos de espigas acuáticas. Y me quedé allí, hundiendo los dedos en el limo cuarteado hasta que mis pulmones se retorcieron y convulsionaron, porque a pesar de que el agua helada me hirió como un puñal, había silencio. Había paz. Era como estar encapsulada en un bloque de hielo, a salvo del mundo. Si hubiera podido, me habría quedado. Pero mi cuerpo no lo permitió. Atravesé la superficie, y las estudiantes a punto de diplomarse gritaron mi nombre y me pasaron una botella de champagne sin burbujas. Nos dispersamos en el momento en que la policía del campus apareció en escena. Aquella fue mi «llegada» oficial a Bates. Era la primera vez que estaba lejos de casa y no era nadie. Estaba decidida a reinventarme por completo para ser

Bates, y apenas realicé aquella zambullida supe exactamente la clase de chica que sería. Aquella de las que primero saltan y luego permanecen debajo diez segundos de más.

Ahora nosotras somos las estudiantes del último año, y ninguna alumna de primero se ha atrevido a seguirnos.

Mi mejor amiga, Brie Matthews, corre por delante, su cuerpo esbelto de atleta estrella atraviesa el aire nocturno. Solíamos desnudarnos bajo los espinos que bordeaban el lago junto a la residencia de Henderson. Es nuestro punto de encuentro tradicional después de hacer la previa en una de nuestras habitaciones y cruzar a los tumbos el parque con el disfraz aún puesto. Pero esta noche, Brie recibió una oferta temprana de reclutamiento que le envió Stanford y está imparable. Ordenó que nos encontráramos con ella diez minutos antes de la medianoche, lo cual nos dio el tiempo justo entre el baile y el salto para deshacernos de los objetos de valor, conseguir refrescos y ocuparnos de los dramas de pareja. Luego se reunió con nosotras al borde del parque llevando solo una bata de baño y una sonrisa eufórica, las mejillas encendidas y el aliento cálido y dulce a sidra fermentada. Dejó caer su bata y dijo: «¡Atrévanse!».

Tai Carter corre justo por delante, tapándose la boca con las manos para ahogar las carcajadas. Aún lleva un par de alas de ángel. Revolotean junto con su largo cabello plateado, que se retuerce con el viento. El resto de nuestro grupo nos sigue por detrás. Tricia Parck tropieza con una raíz de árbol, y casi se produce un choque en cadena. Cori Gates deja de correr y cae al suelo, muerta de risa. Aflojo el paso sonriendo, pero el gélido aire me pone la piel de gallina. La helada zambullida aún me emociona, pero ahora mi parte favorita es el después, cuando nos acurrucamos con Brie bajo una montaña de mantas y nos reímos de lo que acabamos de hacer.

Estoy a punto de correr el tramo final, cruzando el trozo de musgo marchito que se extiende desde la salida de emergencia de Henderson hasta el borde del lago, cuando oigo el grito de Brie. Tai se detiene. La empujo para abrirme paso hacia el sonido de agua que salpica por todos lados. La voz desesperada de Brie se eleva vertiginosamente, repitiendo mi nombre una y otra vez, cada vez más rápido. Avanzo a toda prisa a través de los arbustos al tiempo que las espinas marcan mi piel con rayas rojas y blancas. Le tomo las manos y la levanto con fuerza para sacarla del lago.

—Kay —dice, echándome el aliento en la nuca. Su cuerpo chorreante tiembla con violencia, sus dientes castañetean y se entrechocan. Mientras la reviso para ver si tiene sangre o algún corte, mi corazón golpea con ímpetu contra la caja torácica. Su grueso cabello negro y húmedo se pega a su cuero cabelludo; su tersa piel morena, a diferencia de la mía, está intacta.

Luego Tai me aprieta la mano con tanta fuerza que dejo de sentir las puntas de los dedos. Su rostro, normalmente atrapado entre una sonrisa auténtica y una mueca burlona, manifiesta una extraña mirada ausente. Me volteo, y una sensación rara se apodera de mí, como si mi piel estuviera convirtiéndose en piedra célula a célula. Hay un cadáver en el lago.

—Ve y busca nuestra ropa —susurro.

Alguien se aleja correteando por detrás, levanta con sus pisadas una ráfaga de hojas secas.

Fragmentos de luz de luna reposan como cristales rotos sobre la superficie del agua. En la orilla, una maraña de raíces desciende hacia las aguas poco profundas. El cadáver flota cerca de donde estamos paradas: una muchacha con rostro pálido vuelto hacia arriba, bajo dos dedos de agua. Sus ojos están abiertos; sus labios, blancos y separados; su expresión, casi aturdida, salvo que está vacía. Un vestido de baile blanco se infla a su alrededor como pétalos. Sus brazos están desnudos, y largos cortes cruzan sus muñecas. Tomo las mías casi sin darme cuenta; luego doy un respingo al sentir una mano sobre el hombro.

Maddy Farrell, la menor de nuestro grupo, me pasa mi vestido. Asiento rígidamente y me paso la prenda negra y suelta sobre la cabeza. Soy Daisy Buchanan de *El gran Gatsby,* pero mi vestido fue reconvertido del disfraz que llevó Brie el año pasado y es una talla más grande. Ahora quisiera haber elegido disfrazarme de astronauta. No solo hace un frío terrible, sino que me siento desnuda y vulnerable con esta tela vaporosa.

—¿Qué debemos hacer? —pregunta Maddy, mirándome. Pero no puedo arrancar la mirada del lago para responderle.

—Llama a la doctora Klein —dice Brie—. Ella contactará a los padres.

Me obligo a mirar a Maddy. Sus ojos demasiado separados brillan con lágrimas. Trazos de pintura desigual descienden por sus mejillas. Aliso su suave cabello dorado de modo tranquilizador, pero mi rostro permanece inmutable. El pecho está a punto de estallarme, y una sirena suena a todo volumen en algún lugar profundo de mi mente, pero la callo con imágenes. Una habitación de hielo, silenciosa, segura. Nada de llanto. Una lágrima puede ser el copo de nieve que desencadene una avalancha.

—El colegio primero. Luego la policía —digo. No tiene sentido que alguien se entere por las noticias de que su hijo está muerto antes de recibir el llamado. Así fue cómo se enteró papá de lo que le había sucedido a mi hermano. Comenzaba a ser tendencia.

Maddy saca su teléfono y marca el número de la directora mientras el resto de nosotras se apretuja en la oscuridad, mirando fijo el cadáver de la chica muerta. Con los ojos abiertos y los labios separados como en la mitad de una oración, casi parece viva. Casi, pero no por completo. No es el primer cadáver que he visto en mi vida, pero es el primero que parece devolverme la mirada.

—¿Alguien la conoce? —pregunto finalmente.

Nadie responde. Increíble. Es posible que entre nosotras seis, por separado, reunamos más capital social que todo el resto del alumnado. Debemos conocer prácticamente a todas las estudiantes.

Pero solo se admiten estudiantes al Baile del Esqueleto. En otros bailes, nos permiten traer chicos y otros invitados de fuera del campus. La chica del lago tiene nuestra edad y está perfectamente vestida y maquillada. Tiene un rostro familiar, pero no uno que yo recuerde. Y menos en estas condiciones. Me inclino hacia delante, tomándome los brazos con fuerza para evitar temblar demasiado, y echo otra mirada a sus muñecas. Es un espectáculo horrendo, pero encuentro lo que busco: una delgada cinta de neón fosforescente.

—Lleva el brazalete. Estaba en el baile. Es una de nosotras.

A medida que las palabras abandonan mis labios, me estremezco. Tricia observa con detenimiento las ondas del lago sin llegar a levantar los ojos lo suficiente para volver a mirar el cadáver.

—La he visto por ahí. Es estudiante. —Retuerce distraídamente su negro cabello sedoso y luego lo deja caer sobre la réplica exacta del vestido de baile de Emma Watson en *La Bella y la Bestia* que lleva puesto.

—Ya no —dice Tai.

—No es gracioso. —Brie la mira furiosa, pero tarde o temprano alguien tenía que romper la tensión. Hace que vuelva a ensimismarme un instante. Cierro los ojos e imagino los muros de hielo duplicando, triplicando su espesor hasta que no hay lugar para sirenas en mi mente, no hay lugar para que mi corazón palpite caótico y sin ritmo.

Luego me yergo un poco más y miro el disfraz de Maddy: Caperucita Roja, con un vestido escandalosamente corto y una capa que luce abrigada.

—¿Me prestas tu capa? —Extiendo un dedo, y ella desliza el tibio bolero de los pálidos hombros huesudos y me lo entrega. Solo siento un poco de malestar. Hace frío y tengo un año más. Ya será su turno.

Un sonido quejumbroso llena el aire, y un remolino de luces rojas y azules se precipita sobre nosotras desde el otro lado del campus.

—Aquello no tardó demasiado —murmuro.

—Supongo que Klein decidió notificar ella misma a la policía —dice Brie.

Cori emerge de la oscuridad aferrando una botella de champagne. Sus ojos verdes rasgados parecen relumbrar en la tenue luz.

—Yo podría haber llamado a Klein, pero nadie me lo pidió.

Cori nunca pierde oportunidad para mencionar la conexión de su familia con la directora.

Maddy se rodea el cuerpo con los brazos.

—Lo siento. No lo pensé.

—Típicamente, Notorious —dice Tai, sacudiendo la cabeza.

Maddy la mira con furia.

—No importa. Enseguida estará aquí. —Brie rodea a Maddy con un brazo. La bata de baño parece gruesa y suave, y Maddy acaricia la mejilla contra ella. Entorno los ojos y le vuelvo a arrojar la capa, pero lo hago con demasiada fuerza y aterriza en el lago.

Tai clava un palo en el bulto empapado y lo saca del agua, dejándolo caer a mis pies.

—La recuerdo. Julia. Jennifer. ¿Gina?

—¿Jemima? ¿Jupiter? —le digo bruscamente, intentando extraer la capa lo mejor que puedo.

—No sabemos su nombre, y al principio nadie la reconoció —dice Brie—. Sería erróneo decirle a la policía que la conocíamos.

—No puedo mirarle el rostro. Lo siento. No puedo. Así que... —Maddy mete las manos dentro del vestido. Parece una tétrica muñeca sin brazos, con la piel blanca como la tiza y el maquillaje negro corrido bajo los ojos—. ¿Debemos mentir?

Brie me mira pidiendo ayuda.

—Creo que Brie se refiere a que tenemos que simplificar las cosas diciendo que no la reconocimos y dejarlo así.

Brie me aprieta la mano.

Primero, llega la policía del campus. Se detiene delante de Henderson y sale intempestivamente del auto para avanzar hacia nosotras. Jamás los he visto moverse así; meten miedo, aunque de un modo patético. Después de todo, no son policías de verdad. Su única función es trasladarnos de un lugar a otro y dar por acabadas las fiestas.

—A un lado, señoritas. —Jenny Biggs, una joven oficial que suele acompañarnos para cruzar el campus cuando es tarde y hace la vista gorda a nuestras fiestas privadas, nos quita de en medio. Su compañero, un oficial gigantón, pasa a toda velocidad junto a nosotras y se mete caminando en el agua. Un sabor amargo se concentra bajo mi lengua. No hay ninguna razón real para ello, pero tengo una actitud protectora hacia el cadáver. No quiero que sus peludas manos de mierda la toquen.

—Creo que no se puede alterar la escena de un crimen —le susurro a Jenny, esperando que intervenga. Ha sido muy amable con nosotras a lo largo de los años, bromeando y rompiendo las normas casi como una hermana mayor. Me dirige una mirada cortante, pero antes de poder hablar, llegan los verdaderos policías con una ambulancia. Los paramédicos llegan al lago antes que la policía, y uno de ellos se precipita en el agua tras el compañero de Jenny.

—No se acerquen a la víctima —vocifera una de las oficiales, una mujer alta con un fuerte acento de Boston, que corre hacia la orilla del lago.

El oficial del campus, ahora con el agua hasta la cintura, se voltea estrellándose contra el paramédico.

—Es como las Olimpíada de incompetentes —murmura Tai.

Otro oficial, un doble bajo de Tony Soprano, asiente con desdén en dirección a Jenny, como si fuera la criada.

—Saquen a este tipo de acá —dice.

Jenny luce un tanto molesta, pero le hace una seña a su compañero, que toma de mala gana al paramédico del brazo. Lo acompañan hacia la orilla mirando con odio a los policías del pueblo.

La oficial, la que dio por terminada la misión de rescate, nos mira de repente. Tiene un mentón afilado, ojos pequeños y brillantes y cejas excesivamente depiladas que le dan el aspecto de un ejercicio a medio hacer en una clase de Introducción al Arte.

—¿Ustedes son las chicas que encontraron el cadáver?

No espera una respuesta. Nos conduce a la orilla al tiempo que llegan más oficiales para acordonar la zona. Brie y yo cruzamos miradas perplejas, e intento captar la atención de Jenny, pero está ocupada asegurando la escena. Los estudiantes comienzan a salir poco a poco de las residencias. Incluso las supervisoras —los adultos a cargo de cada residencia— han ido saliendo hasta llegar al perímetro de las barreras de seguridad y las cintas de plástico del cordón policial recién levantado. La agente alta esboza una sonrisa contenida.

—Soy la agente Bernadette Morgan. ¿Cuál de ustedes hizo esa llamada?

Maddy levanta la mano. La agente Morgan saca rápidamente un celular del bolsillo y nos muestra la pantalla.

—Tengo una memoria terrible, chicas. ¿Les importa si grabo esto?

—Claro —dice Maddy. Luego me mira como pidiendo disculpas. La agente Morgan parece advertir esto con interés y me dirige una sonrisa torcida antes de volverse otra vez hacia Maddy.

—No necesitas el permiso de tu amiga.

Tai baja la vista al celular.

—Cielos, ¿es un iPhone 4? No sabía que los seguían haciendo. O que era legal emplearlos para grabar a menores haciendo declaraciones.

La sonrisa de la agente se vuelve aún más amplia.

—Declaraciones de testigos. ¿Me das permiso o prefieres ir a la estación de policía y llamar a tus padres?

—Adelante —dice Tai, abrazándose a sí misma, tiritando. Las demás asienten, pero yo vacilo una milésima de segundo. Jenny es una cosa, pero de lo contrario, no confío mucho en los policías. Me pasé la mitad del octavo año hablando con varios agentes y fue una experiencia terrible. Por otro lado, estoy dispuesta a hacer casi cualquier cosa para no involucrar a mis padres.

—Está bien —asiento.

La agente Morgan se ríe. El sonido es nasal y áspero.

—¿Estás segura?

El frío comienza a acabar con mi paciencia, y no puedo evitar que la fatiga y la irritación saturen mi voz.

—Sí, puedes hacerlo, Maddy.

Pero Bernadette no ha terminado conmigo. Señala la capa empapada, hecha un ovillo en mis manos.

—¿Sacaste eso del agua?

—Sí. Pero no estaba allí cuando llegamos.

—¿Cómo fue a parar allí?

Mi rostro comienza a arder a pesar del frío de la noche.

—Yo la arrojé dentro.

La agente succiona la mejilla dentro de la boca y asiente.

—Algo que se hace todos los días. Tendré que llevármela.

Maldición. Así empieza. Con pequeñas cosas como esta. Le extiendo la capa, pero lanza un llamado por encima del hombro y aparece un hombre bajo con guantes azules de nitrilo, que la mete en una bolsa de plástico. Se vuelve hacia Maddy.

—Desde el comienzo.

—Vinimos aquí a nadar. Brie corría en primer lugar. La oí gritar y...

—¿Quién es Brie?

La agente Morgan apunta la cámara del celular hacia nosotras, una por vez. Brie levanta la mano.

—... y encontramos un cadáver flotando en el agua junto a ella. Luego Kay me dijo que llamara a la doctora Klein antes que a la policía —termina diciendo Maddy.

—No es cierto —la voz me sale áspera y temblorosa—. Fue Brie.

La agente se vuelve hacia mí y me recorre con la cámara de arriba abajo, deteniéndose con cuidado en mi piel cubierta de rasguños.

—Tú eres Kay —dice con una sonrisa rara.

—Sí. Pero en realidad fue Brie la que dijo que llamáramos a la doctora Klein.

—¿Qué importancia tiene? —Aquello me toma por sorpresa.

—¿No es importante?

—Dímelo tú.

Presiono los labios con fuerza. Conozco por experiencia la costumbre que tiene la policía de tomar una declaración y luego tergiversar las palabras y convertirlas en otras que no teníamos intención de decir.

—Disculpe. ¿Estamos en problemas?

—¿Alguna de ustedes reconoció el cadáver?

Echo un vistazo a las demás, pero ninguna se ofrece a hablar. Maddy se encuentra meciéndose rígidamente de un lado a otro, con los brazos aún cruzados dentro del vestido. Cori observa al agente que está un poco más allá, en la orilla del lago, con una rara expresión de fascinación. Tricia tiene la mirada en el suelo, y sus hombros desnudos están temblando. Tai tan solo me mira sin comprender, y Brie me hace un gesto para que siga.

—No. ¿Estamos en problemas?

—Espero que no. —La agente Morgan le hace una seña encima de nuestras cabezas a otro agente, y miro rápidamente a Brie. Realmente luce preocupada; me pregunto si yo también debería estarlo. Hace un gesto de silencio sobre los labios. Asiento apenas y levanto las cejas mirando a las demás. Tai asiente sin emoción, y Tricia y Cori enlazan los dedos meñiques, pero Maddy parece asustada en serio.

En ese momento veo que la doctora Klein se abre paso entre la multitud, una mujer baja pero formidable, que por algún motivo luce impecable y tranquila incluso a esta hora y bajo estas circunstancias. Hace a un lado a un oficial agitando apenas la mano y avanza directo hacia nosotras.

—Ni una palabra más —dice, apoyando una mano sobre mi hombro y otra sobre el de Cori—. Estas niñas están bajo mi cuidado. En ausencia de sus padres, soy su tutora. No tiene permiso para interrogarlas fuera de mi presencia. ¿Entendido?

—La agente Morgan abre la boca para protestar, pero no tiene sentido discutir cuando la doctora Klein se mete de lleno en el papel de directora—. Estas estudiantes acaban de presenciar un evento espantoso, y la señorita Matthews está empapada y corre riesgo de sufrir hipotermia. Salvo que las interrogue adentro, sencillamente tendrá que regresar otro día. No tengo problema en acomodar sus horarios en horas de clase.

La agente sonríe, de nuevo sin mostrar los dientes.

—Como diga. Ustedes, chicas, han pasado una noche terrible. Vayan a reponerse, ¿sí? No permitan que una pequeña tragedia arruine una gran fiesta. —Comienza a alejarse y luego se voltea de nuevo hacia nosotras—. Nos veremos.

La doctora Klein nos hace regresar a las residencias y sale disparada hacia la orilla del agua. Me volteo hacia Brie.

—Eso que dijo fue una bajeza.

—Sí —responde Brie, con expresión preocupada—. Casi sonó a una amenaza.

2

A la mañana siguiente, la noticia se ha propagado por todo el colegio. Mi residencia está del otro lado del campus, y despierto con el sonido de sirenas que provienen del exterior y los sollozos contenidos que vienen de arriba. Abro los ojos y veo a Brie sentada en el borde de mi cama, su rostro presionado contra la ventana. Ya se duchó y se vistió, y se encuentra bebiendo café de mi tazón que tiene grabada la frase YO ♥ A LAS CHICAS DEL EQUIPO DE FÚTBOL DE BATES.

Al verlo, una descarga de energía desciende por mi columna. El lunes tenemos un partido crucial, y he planeado un largo entrenamiento durante la mañana para prepararme. Me levanto de un salto de la cama, aseguro mi grueso y ondulado cabello rojizo en una coleta ajustada, y me pongo a toda prisa un par de leggings.

—Jessica Lane —dice Brie.

Una escarcha glacial me roza la piel. Siento un tirón en los hombros.

—¿Qué?

—La chica del lago.

—Nunca oí hablar de ella.

Ojalá Brie no me hubiera dicho su nombre. Anoche, mientras estaba despierta en mi estrecha cama de dormitorio junto a ella, fue casi imposible apartar de mi cabeza su rostro sereno e inmóvil, y ahora necesito concentrarme. Quiero eliminar todas las partículas de anoche de mi mente. Durante tres años me mantuve firme, y no me quebraré por esto. Un copo de nieve.

—Yo sí. Estaba en mi clase de Trigonometría.

Una sensación desagradable me carcome el estómago.

—Tal vez no fue la mejor idea decirle a la policía que no la conocíamos.

—No le des demasiadas vueltas al asunto. —Se sienta junto a mí y enrosca uno de mis rizos alrededor de su dedo—. Me refiero a que casi no sabía quién era. No podíamos contarle todo a la policía. Se hubieran enfocado en eso y habrían arruinado nuestras vidas por completo.

Brie tiene sus propios motivos, y muy diferentes, para desconfiar de la policía. Por un lado, sus padres son importantes abogados penalistas, y ella se encamina en esa dirección. Es probable que sepa más sobre derecho penal que la mayoría de los estudiantes de leyes que están en primer año. Todo lo que dices puede y será usado en tu contra. Desde que el año pasado ganó el torneo regional del club de debate, ha convertido en mantra la cita «Baila como si nadie te viera; envía un e-mail como si algún día pudiera ser leído en voz alta en una declaración indagatoria». Por otro lado, Brie ha experimentado de primera mano la discriminación por perfil racial. Aunque dijo que nunca sucedió en Bates. Pero incluso yo he advertido lo diferente que son las cosas fuera del campus. Una vez, cuando interrumpieron una fiesta afuera, un policía pasó caminando justo al lado mío, yo, una menor con una botella abierta de cerveza, y le pidió a Brie que realizara el test de alcoholemia. Ella tenía una lata de soda en la mano. Lo tuvo que hacer de todos modos.

—Y no se le puede contar nada a Maddy, salvo que quieras que se entere todo el colegio —digo con un suspiro.

—No es justo.

La justicia es irrelevante. El año pasado, Maddy reveló accidentalmente por Internet los nombres de las nuevas reclutas para el equipo de fútbol antes de que pudiéramos «secuestrarlas» de sus habitaciones para la tradicional ceremonia de iniciación. Esa tradición nos consolida como equipo y además, es divertida. Cuando le quitas el temor a la noche de iniciación, le quitas la euforia al momento en que te enteras de que has sido elegida, de que eres lo suficientemente buena. Pero no. Maddy filtró los nombres que le envié por e-mail para el sitio web, y aprendí el mantra de Brie de la peor manera. *Envía un e-mail como si algún día pudiera ser leído en voz alta en una declaración indagatoria. O posteado en el foro abierto de toda la comunidad educativa.*

Tal vez, no seamos completamente justas con Maddy. Unas semanas atrás, Tai comenzó con este nuevo apodo «Notorious», que francamente no entiendo, pero no seré la única persona que lo admita. Incluso Brie ha tomado últimamente un poco de distancia de Maddy, y no he podido identificar exactamente por qué. No es tan ingeniosa como Tai o estudiosa como Brie, pero tiene fama en nuestro grupo de ser casi la estúpida cuando en realidad es bastante brillante. Tiene el segundo mejor promedio general del tercer año, es capitana del equipo de hockey sobre césped, y diseña sitios web para todos los equipos deportivos. No gana nada por el tiempo que invierte en ello, y hace que nos veamos mejor. Creo que solo le falta cierto cinismo que compartimos todo el resto, y la gente suele ver eso como una especie de debilidad. Me recuerda a mi mejor amiga allá en casa, Megan Galloway. Megan veía todo el mundo desde una perspectiva de color rosa. Ese tipo de visión es peligrosa, pero la envidio.

A veces, tengo la impresión de que lo único que veo son manchas oscuras.

—De cualquier modo, han identificado su cuerpo. Llamaron a sus padres. Está en todos los canales de noticias. —Brie señala el cielorraso, y levanto la mirada, levemente desorientada. El llanto parece recrudecer.

Me llevo una mano a la boca y señalo hacia arriba.

—¿Esa era su habitación?

—Creo que sí. —Asiente Brie—. El edificio ha sido acordonado con cinta policial, y hace como dos horas que están llorando allá arriba. No puedo creer que hayas dormido a pesar de todo ello.

—Me conoces. —Soy una persona sumamente eficiente con el sueño (siempre y cuando consiga apagar el cerebro y cuando finalmente lo logro), y nadie lo sabe mejor que Brie. Fue mi compañera de habitación durante dos años antes de que nos otorgaran el privilegio que se concede en el último curso de dormir en habitaciones individuales, y aún pasamos la noche juntas a menudo.

Sonríe un instante, y luego su sonrisa desaparece.

—Bates no ha tenido un suicidio en más de una década.

—Lo sé.

Es lo suficientemente discreta como para no mencionar que en el pasado, cuando asistía su madre, hubo una epidemia. Un ala entera de Henderson permaneció cerrada durante treinta años.

—¿Cómo es posible que no la hayas conocido? —pregunta Brie.

—Tal vez, pasaba mucho tiempo fuera del campus.

Paso una sudadera encima de mi cabeza, tomo mi tarjeta de identificación y mis llaves, pero luego vacilo, con la mano en la manija de la puerta. Echo un vistazo al almanaque que cuelga sobre mi cama. Mis padres me lo regalaron en septiembre, con las fechas de los partidos ya destacados fuertemente en rojo. Habrá tres reclutadores en el partido del lunes y, a diferencia de mis amigas, si no me ofrecen una beca universitaria, no tengo respaldo económico. No soy la típica chica de Bates que proviene de una familia rica de Nueva Inglaterra. Estoy aquí por una beca general de estudiante, el equivalente a tener méritos deportivos, porque mis calificaciones no son lo suficientemente buenas para mantenerme aquí, y mi familia no puede pagar la cuota. De todos modos, esta circunstancia es excepcional, y podría verse mal si voy a entrenar hoy. Mis padres podrían incluso comprenderlo.

Me volteo hacia Brie.

—¿Debo suspender el entrenamiento?

Me dirige una de aquellas miradas como diciendo: «Francamente, no te estoy juzgando».

—Kay, ya lo suspendieron.

—No pueden hacer eso.

—Claro que pueden hacerlo. No somos nosotras quienes dirigimos el colegio. Deportes, música, teatro, todo departamento no académico está cerrado mientras investiguen este caso.

Me dejo caer de nuevo sobre la cama. La cabeza me zumba.

—Tienes que estar bromeando. El lunes es el día más importante de mi vida.

Rodea mi hombro con el brazo, envolviéndome en su calor.

—Lo sé, cariño. No se ha acabado. Solo está en suspenso.

Dejo caer las llaves al suelo y hundo mi frente en el hombro de Brie. Los ojos me arden.

—No puedo estar angustiada, ¿verdad?

—Claro que sí. Es solo que aún no has terminado de procesar el motivo. Lo de anoche fue traumático.

—Tú no lo entenderías. —Me aparto de ella y presiono los nudillos dentro de las cuencas de mis ojos—. No puedo regresar a casa. Aunque tú no estuvieras ya anotada, no tienes absolutamente nada que perder.

—Eso no es justo ni cierto. —Observo la seriedad de su mirada color caoba y su ceño perpetuamente fruncido. Su cabello suave y etéreo enmarca su rostro casi como un halo. Siempre luce tan pulcra, con todo bajo control. Está fuera de lugar en el caos de mi habitación o en mi vida. Tiene cerebro, belleza, dinero y una familia perfecta.

—No lo entenderías —vuelvo a susurrar.

—Será un caso sencillo —dice Brie con firmeza, levantándose y observando de nuevo a través de la ventana—. Claramente, un suicidio.

—Entonces ¿qué investigan exactamente?

—Supongo que si hubo juego sucio.

—¿Asesinato?

—Generalmente, es lo que investigan cuando es una muerte violenta.

Las palabras resuenan en mi cerebro. Fue una muerte violenta. Parecía tan tranquila, tan serena, pero la muerte es algo escabroso y grave. Por definición, es violenta.

—¿Aquí?

—Hay asesinos en todos lados, Kay. En hogares de ancianos y salas de emergencia. En estaciones de policía. En todos los lugares donde se supone que tienes que estar a salvo. ¿Por qué no en un internado?

—Porque hace cuatro años que estamos aquí y conocemos a todo el mundo.

Brie sacude la cabeza.

—Los asesinos son personas. Comen la misma comida y respiran el mismo aire. No anuncian su presencia.

—Tal vez lo hagan si estás atento.

Brie entrelaza sus dedos con los míos. Mis manos están frías; las suyas siempre están tibias.

—Fue un suicidio. En un par de días volverá a funcionar el departamento de deportes. Te reclutarán. No cabe la menor duda.

Me perturba que no deje de pronunciar la palabra *suicidio* con tanta facilidad. Está cargada de un veneno que erosiona partes de mí apenas suturadas que no quiero que Brie vea.

—Ahora nos van a bombardear con asambleas acerca de las señales de advertencia, exhortándonos a no suicidarnos y todo lo demás. Como si eso fuera tan útil después del hecho.

Lo cual imagino que hasta cierto punto lo es cuando se tiene en cuenta la historia de Bates. Es mejor que nada. Pero no hace una mierda por la persona que ya no está y por todos aquellos que la amaban.

Brie hace una pausa.

—Bueno, con lo sucedido, definitivamente, tenemos que ser más amables con las personas. Debes pensar en ello.

La miro fijamente a los ojos, buscando la sombra de mí misma en algún lugar de sus profundidades. Tal vez, en alguna parte ahí afuera, haya una mejor versión de mí misma, y si existe, está en la mente de Brie.

—La amabilidad es subjetiva.

—Dicho por una verdadera alumna de Bates. Somos una especie tan egocéntrica. ¿Qué tan ensimismadas tenemos que estar para no advertir a alguien que está a punto de implosionar?

Por una fracción de segundo, me da la impresión de que está hablando de mí. Pero no. Está hablando de Jessica. Vuelvo a respirar.

—No estás postulándote para ser presidenta. Todavía. No es tu obligación ser la mejor amiga de todo el mundo. Solo la mía.

La atraigo hacia mí para abrazarla con fuerza y derribarla al suelo.

Suspira y acurruca la frente en el hueco de mi cuello. Me permito un instante de serenidad, inhalo la fragancia de su cabello, un instante en el universo alternativo donde soy una buena persona y Brie y yo estamos juntas. Luego me obligo a sentarme.

—¿Intentaste llamar a Justine?

Saca el celular de su bolsillo y marca mientras habla.

—No responde. Los sábados duerme hasta tarde.

Justine es la novia de Brie. Por regla general, Brie y yo jamás salimos con estudiantes de Bates, así que solemos estar con estudiantes de Easterly, la escuela secundaria pública local. Hace poco rompí con *mi* ex de Easterly, el notoriamente infiel Spencer Morrow. El apodo se le había ocurrido a Tai mientras lo repudiaba encolerizada luego de que supimos que me había engañado, y por algún motivo me causó gracia y se convirtió en su apodo. Oigo una voz ligeramente ronca de alguien recién levantado del otro lado de la línea, y el rostro de Brie se ilumina. Me aparta de encima, y de pronto la habitación parece más fría y vacía al tiempo que se para rápidamente, toma su café y sale a toda velocidad al corredor. Me encantaría que Justine durmiera aún más los sábados. Me encantaría que durmiera todo el fin de semana. Me abro paso hasta la ventana, intentando no tropezar con el caos de prendas, libros de texto y equipo para entrenar. El día de lavar ropa recién es mañana.

Afuera, la gente se arremolina como si fuera el día de mudanza, pero no son solo estudiantes y sus familias. Una hilera de furgonetas de noticias se encuentra alineada a lo largo de la acera. Junto a ellas, un puñado de mujeres con anotadores van y vienen nerviosas, gritando órdenes a hombres altos con cámaras fijas amarradas alrededor del torso. Hay decenas de personas que llevan la misma camiseta azul brillante con un logo que parece un cruce entre un símbolo de infinito y dos corazones entrelazados. Una multitud de gente de la ciudad con aspecto indigente y desaliñado deambula por todos lados, con la mirada perdida, algunos llorando. Es un caos total. Pareciera que las personas que llevan la camiseta acomodaron una mesa y ofrecen café y roscas. Quizás debería dirigirme hacia ellos en lugar de ir al salón comedor. De cualquier manera, será imposible llegar con este tumulto.

Tomo las escaleras de a dos, esperando no cruzarme con la familia de Jessica, quien supongo que debe estar aquí para desocupar su habitación. En la puerta principal encuentro a Jenny, montando guardia, y le dirijo una sonrisa.

—¿Pudiste dormir algo? —pregunto.

Sacude la cabeza.

—Cuídate, Kay.

—¿Quieres café o algo más?

—Sería genial. —Sonríe débilmente.

Me dirijo a la mesa donde las personas con camiseta azul sirven café y reparten roscas y tomo dos vasos vacíos. Estoy a punto de llenarlos cuando un tipo parado detrás de la mesa me los arranca de la mano. Lo miro en estado de shock. Conozco su rostro pero no su nombre. Es un estudiante de Easterly, como Spencer y Justine, y un invitado habitual a sus fiestas del elenco. Como Justine es la estrella de la mayoría de sus producciones teatrales, lo he visto bastante, aunque jamás sobre el escenario. Seguramente sea un técnico.

Tatuajes de manga cubren sus musculosos brazos desnudos desde la muñeca hasta el codo. Su labio inferior tiene un piercing, y su oscuro cabello ondulado le cae alborotado sobre los ojos, como si acabara de salir de la cama. Los jeans ceñidos y un suéter negro hecho jirones le dan un aspecto de estrella de rock acabada, completo con el permanente esnifeo de un consumidor de cocaína y los ojos inyectados en sangre. Luego advierto un pañuelo de papel hecho un ovillo en su mano y me pregunto si en lugar de estar drogándose a primera hora de un sábado por la mañana no estará llorando. Mi compasión pasajera desaparece en el instante en que abre la boca.

—Lárgate.

—Lo siento. ¿Se supone que debía pagarlos?

Tan solo me mira furioso. Este tipo es un bicho completamente raro y antisocial, incluso si pudiera ser un poco sexy sin el aire de artista torturado y la actitud de superioridad moral.

—No son para ti —dice finalmente.

Miro alrededor, confundida.

—¿Para quién son exactamente?

Hace un gesto silencioso, señalando al gentío.

—¿Qué?

Suspira y entorna sus ojos oscuros. Se inclina hacia mí y susurra, luciendo incómodo.

—Estamos aquí para apoyar a la gente de Jessica. Los sin techo.

—Oh. —Me enderezo—. Creí que esto era para la multitud.

—Esa es la multitud —dice.

Vuelvo a echar una mirada alrededor y advierto que tiene razón. Las personas que llenan el estacionamiento no solo parecen personas sin techo, *son* personas sin techo. La mayoría de los que están aquí seguramente vengan de centros de albergue. Vuelvo a mirar hacia atrás al tipo con tatuaje de manga.

—¿Por qué?

—Están de luto por una amiga que perdieron. A diferencia de algunas personas. —Hace un ademán con la mano—. Regresa a tu guarida.

Echo un vistazo a los vasos de café que me quitó y luego miro de nuevo a Jenny.

—¿Puedo llevarme solo uno?

Me mira con desprecio.

—No. No puedes. Ve a Starbucks.

—Starbucks está a ocho kilómetros a pie. Y no es para mí. —Señalo a Jenny—. Aquella es la agente Jenny Biggs. Estaba de servicio cuando hallaron el cadáver. No ha dormido desde entonces. ¿Puedes imaginar lo que es estar tanto tiempo despierto después de encontrar a una chica muerta, una chica a la que habías jurado proteger?

Suspira y sirve un café. Luego me lo entrega.

—Está bien, pero si te veo beber eso, te pondré en la lista negra.

—¿La de tu centro de albergue? —Pongo los ojos en blanco.

—La suerte es algo esquivo, Kay Donovan.

—Está bien, Hank.

Luce confundido.

—Mi nombre es Greg.

—Ahora lo sé. —Guiño el ojo—. Y bájate las mangas, hace un frío horrible. —Me abro paso entre la muchedumbre y le entrego el café a Jenny. Lo bebe como si fuera un shot de whisky.

—Espero que resuelvan este caso rápido, muchacha. —Me dirige una sonrisa de ánimo, pero no me mira a los ojos, lo cual resulta levemente desconcertante. Advierto que da pequeños golpes con el teléfono contra el muslo y me pregunto si tuvo novedades mientras yo hablaba con Greg.

—¿Es algo probable? —pregunto, sabiendo que no responderá. Encoge los hombros y señala hacia la residencia.

—Gracias por el café.

Vuelvo a mi habitación, me devoro dos barras energéticas y un agua vitaminada, y luego abro mi laptop y googleo la noticia. Me entero de que la familia de Jessica es de aquí, y que ella comenzó una organización sin fines de lucro para ayudar a los sin techo a encontrar empleos y ofrecerles capacitación básica en informática con un programa de aprendizaje online que diseñó ella misma. Bastante impresionante para una estudiante de la escuela secundaria, incluso en Bates. Salvo eso, no hay mucho más. Las noticias informan que la hallaron en el lago poco después de la medianoche, y la causa de su muerte está sin determinar. Leo varios artículos más. No se menciona el corte de sus muñecas.

Ninguno de los artículos dice que sospechan que fue un crimen, pero uno dice que su muerte está bajo investigación. Lanzo una mirada a las fechas de partido restantes, marcadas con un círculo en mi calendario. El tiempo corre. Cada una de esas fechas es un plazo tremendamente importante, y no tengo motivos para creer que terminarán una investigación a tiempo para que se reanuden los partidos y pueda ser reclutada. Mis padres van a morir.

Como si lo supieran, mi teléfono zumba y le echo un vistazo. Es papá. Dudo, pero respondo.

—Hola, papá.

—¿Qué tal el entrenamiento, cariño?

—Tuve que cancelarlo.

—¿Por qué?

—Alguien murió. Una estudiante.

—Oh, cariño. ¿Una de tus compañeras de equipo?

—No, otra persona. —Me siento en la cama y llevo las rodillas al pecho. Generalmente, me pongo en contacto con mis padres los domingos, y me pone un poco nerviosa que papá llame fuera del horario habitual. Como si fuera a anunciar una mala noticia o algo.

—Hmm.

—¿Está todo bien?

—Quizás solo deban respetar la rutina. Poner al mal tiempo buena cara. Ya sabes, por las niñas más jóvenes. Para dar el ejemplo.

De pronto se me ocurre que probablemente ya leyó sobre la muerte de Jessica, y es exactamente el motivo por el que llama.

—No dependía de mí, papá. El colegio suspendió todas las actividades deportivas mientras investigan la muerte.

—¿Qué? —Oigo la voz de mi madre en el fondo. Genial. Debí saber que estaría escuchando la conversación. No se puede mencionar la muerte con mi madre. Hundo las uñas en la nuca para castigarme por cometer ese error.

—Pregúntale sobre el lunes. —Oigo que toma el teléfono—. ¿Y qué pasará con el partido del lunes?

Me hago un ovillo y cierro los ojos con fuerza.

—Se canceló. No hay absolutamente nada que pueda hacer al respecto. Les aseguro que siento la misma decepción que ustedes.

Oigo a mi padre maldecir en el fondo.

—Esto es inaceptable —dice mi madre—. ¿Has hablado con la doctora Klein?

—No, mamá. No recurrí a la directora. No puedo simplemente llamarla y exigirle un cambio. No es el Congreso.

—¿Ni siquiera lo intentaste? ¿Quieres que lo haga yo? No es momento para cruzarnos de brazos y esperar un desenlace feliz. Tenemos que seguir el plan.

—Estamos hablando de la muerte de alguien —digo en voz baja pero de forma deliberada, porque necesito que esta llamada termine.

Comienza a decir algo, pero sus palabras se disuelven en un suspiro.

Me muerdo el labio inferior. Hay un largo silencio. Luego mi madre vuelve a hablar, con la voz vacilante.

—¿Hay algo más de lo que quieras hablar, cariño?

—No —respondo, conteniendo el aliento hasta que siento el rostro a punto de estallar.

—Hablemos pronto —dice.

Papá vuelve a tomar el teléfono.

—Es hora de hacer tormenta de ideas, cariño. Haz llamadas telefónicas, escribe cartas. Lo que sea para asegurar las ofertas. Has trabajado demasiado duro para permitir que todo se te escape. Enfréntalo como todo lo demás, ¿sí?

—Sí.

Cuelgo el teléfono y finalmente suelto el aire con un enorme resoplido. Luego le doy un puñetazo al colchón y abrazo mi almohada con fuerza contra el pecho. Me gustaría que Spencer no fuera notoriamente infiel. Me gustaría que Justine no hubiera despertado y así podría llamar a Brie y descargarme. Me gustaría que por una vez mis padres simplemente se callaran y escucharan. Nada de eso sucederá. No podré jugar el lunes. No tengo control sobre eso. Maldita seas, Jessica Lane.

Luego me incorporo, obligándome a tomar una honda respiración para serenarme. Conozco la causa de muerte, vi el cuerpo y sé que la familia y su negocio son de aquí. Venas cortadas, escuela de mucha presión. Si la policía no puede resolver rápidamente un caso de suicidio es porque están sobrecargados. Pero yo no. Yo lo he visto suceder. Fui una espectadora impotente mientras daba vueltas a mi alrededor, demasiado lenta para detener las piezas que se movían hasta que todo el mundo quedó en ruinas. Mi mejor amiga y mi hermano, muertos; mi padre, devastado; mi madre, también dispuesta a arrojar su vida por la borda. Y yo, encapsulada en hielo.

Cierro los dedos alrededor del teléfono y lo silencio. La voz de mi madre resuena en mi cabeza. Puedo arreglar esto. Puedo hacerlo. Antes de que cancelen el siguiente partido. Una alerta del celular me indica un nuevo e-mail, y dirijo una mirada a la pantalla de mi computadora. El asunto dice: «Novedades de becas deportivas». El corazón comienza a latirme con fuerza. Acerco la laptop y abro el mensaje.

Querida Kay:

Lamento informarte que han llegado a mi conocimiento algunos comportamientos moralmente objetables de tu pasado, y está en riesgo la posibilidad de que reúnas los requisitos necesarios para obtener una beca deportiva. Yo misma no podré acudir a la universidad, así que te envío mis más sinceras condolencias. Pero si me ayudas a completar mi proyecto final, quizás pueda pasar por alto tus transgresiones.

Haz clic en el link al final de este e-mail, y sigue mis instrucciones. Cuando hayas completado cada tarea, un nombre desaparecerá de la lista de clase. En caso de que no completes alguna de las tareas dentro de un plazo de 24 horas, se les enviará a tus padres, a la policía y a toda estudiante de Bates Academy un link al sitio web junto con evidencia de tu delito.

Si tienes éxito, nadie se enterará jamás de lo que hiciste.

Cordialmente tuya,

Jessica Lane

P. D.: A riesgo de que suene como un cliché, hablar con la policía no sería demasiado útil para ti, Kay. Jamás lo ha sido, ¿verdad?

El e-mail fue enviado desde la cuenta de Bates de Jessica. Por un instante, la idea de que aún siga viva se me cruza por la mente, y no sé si reír o llorar. Quizás todo haya sido un error enorme y surreal. Por supuesto, también significaría que dejamos a una víctima que se desangraba sola en un lago. Sería un milagro, pero probablemente seríamos culpables de intento de homicidio o algo. Oh, cielos, este es el fin. Luego razono conmigo misma. Sé con toda certeza que está muerta.

Es posible que otra persona haya enviado el e-mail desde su cuenta. Pero la idea es tan retorcida que es inconcebible. Debió escribir el mensaje antes de morir y lo programó para enviarlo en este momento. La forma de redacción hace que parezca que sabía que iba a morir. Su proyecto *final*. No asistir a la universidad. O tal vez esté sacando falsas conclusiones. Se acercan los finales, y hay cientos de motivos por los que la gente no va a la universidad.

Quizás este e-mail convenza a la policía de que, después de todo, no la asesinaron. Podría presentarlo y posiblemente poner fin a la investigación en este instante.

Pero la posdata hace que me recorra un escalofrío por la espalda.

Hay un link al final de la página que dice jessicalaneproyectofinal.com. Hago clic en el enlace.

La pantalla queda en blanco un largo instante, y luego aparece la imagen de una cocina rústica de campo con una estufa de hierro fundido. Lentamente, una serie de letras empañan el vidrio de cristal del horno hasta que aparece el nombre del sitio con claridad: *La venganza es un plato: guía deliciosa para acabar con tus enemigos.*

3

Hago clic desesperada en el link, pero el sitio está protegido por una contraseña. *La venganza es un plato.* El proyecto final de Jessica era la venganza. Y lo envió directamente a mí. Hago un último intento inútil por abrir el sitio. Luego empujo mi laptop lo más lejos posible. Pero no le puedo quitar los ojos de encima.

Me habría gustado que Spencer no lo hubiera arruinado todo de manera tan contundente. Gamer apasionado, a la vez que atleta, podría hackear el sitio fácilmente. Me desplazo hacia abajo recorriendo la lista de llamadas recientes. Me deprime que solo tenga que deslizar el dedo una vez hacia abajo para encontrarlo. Sigo esperando que me llame para volver a disculparse, para ver cómo estoy, para decirme que una circunstancia fortuita hizo que se acordara de mí. Pero, aparentemente, nunca sucederá.

Dejo caer el teléfono sobre la cama y me volteo de nuevo hacia mi laptop. Me conecto con la red de la comunidad educativa y me desplazo por la lista de alumnos, buscando a alguien que pueda ayudarme. Bates es un colegio que se destaca en los cursos técnicos, y muchos alumnos saben al menos algo de programación. Maddy, Brie y Cori llevaron cargas lectivas fuertes en disciplinas científicas. Podría probar con Maddy —ella es la que más clases de programación ha tomado—, pero vacilo. Basada en la amenaza de la carta, no quiero que mis amigas tengan nada que ver con el proyecto de Jessica, y menos Maddy. Preferiría que ninguna de las personas con las que interactúo se involucre en absoluto. Cuanto menos reconocimiento social tenga, mejor. Por si acaso se enteren de algo, y sea mi palabra contra la suya.

Nola Kent. Hay un pequeño punto verde junto a su nombre, que indica que está online. Vacilo antes de enviarle un mensaje personal. Dos años atrás, cuando Nola recién entró, Tai, Tricia y yo fuimos un poco duras con ella. Mayormente, a sus espaldas. Puede que se nos haya ocurrido un apodo ingenioso o algún que otro rumor. Pero eso sucedió hace siglos. Seguramente, ella se sentiría más incómoda que yo si sacara el tema. No es culpa nuestra si viste como una cruza entre el director de una funeraria y una muñeca asesina. Y desde entonces ha venido a algunos partidos de fútbol, así que imagino que no está resentida.

Oye, ¿estás allí?

Presiono ENVIAR y espero. Aparece la fotografía de su clase junto con los puntos suspensivos indicando que está respondiendo. Es muy baja y delgada, con una melena oscura larga y tupida que parece demasiado abundante para el resto de su cuerpo. Tiene la piel blanca como la porcelana, y brillantes ojos azules, tan redondos que siempre parece asombrada. La palabra que me viene a la mente cuando pienso en Nola Kent es *intrascendente*. Es que no tiene nada de especial, o al menos eso creíamos cuando comenzamos a meternos con ella. Pero resultó que tiene un rasgo extremadamente valioso. Puede provocar estragos con códigos y sistemas.

Hola.

Me está costando entrar en un sitio web.

¿Tienes la contraseña?

No.

¿Tienes permiso para hacerlo?

Es una larga historia.

Cuéntame.

Suspiro. Necesito saber qué creía Jessica que tenía sobre mí y a qué se refería con lo de los enemigos y la venganza. Y Nola es la mejor opción que tengo para averiguarlo y evitar que la información salga a la luz.

Encontrémonos.

¿Dónde? Hay demasiada gente.

La biblioteca.

En cinco.

Me escabullo fuera por la puerta trasera de la residencia para evitar la multitud y me dirijo colina abajo hacia la biblioteca. Afuera, el aire huele a leña quemada y a sidra, como se supone que debe oler un sábado de principios de noviembre. Los sonidos de los reporteros y los dolientes siguen llegando desde el frente del edificio. Algunos han comenzado a cantar himnos, mientras que otros continúan hablando. Es como una mezcla de un funeral al aire libre con una enorme fiesta previa a un evento deportivo. Resulta siniestro, extraño y terrorífico. Detrás de la multitud de personas que han venido al funeral, no hay en realidad demasiados estudiantes en el parque, entre las residencias y el patio interno. Camino más lento, pateo las hojas muertas mientras reflexiono. Hoy debía ser un día importante. Entrenamiento hasta las cinco, cena con Brie y Justine, y luego todas íbamos a tomar una decisión final acerca de si se podía volver a confiar en Spencer. Me refiero a que seguramente la respuesta sea bastante obvia. Según Justine, una fuente de chimentos sumamente confiable en Easterly, me engañó con una estudiante de Bates en el café donde tuvimos nuestra primera cita oficial. Pero las personas cambian. Todo el mundo ha hecho cosas en el pasado de las cuales después se arrepiente. Levante la mano el que no lo hizo. ¿Ven?

Me dirijo al último piso de la biblioteca, donde hay menos posibilidades de encontrarme con alguien, y le envío un mensaje a Nola para que sepa que ya llegué. El último piso es completamente retro. Alberga videocintas, microfilms y un fichero antiguo. Todo lo que está aquí arriba debe ser valioso por algún motivo, o el colegio no lo conservaría. Pero, básicamente, es un cementerio de materiales audiovisuales viejos, y estoy casi segura de que nadie nos molestará aquí. Encuentro un cómodo sillón apolillado de corderoy verde, que probablemente sea tan antiguo como la colección de videocintas, me arrellano allí y abro la laptop sobre mis rodillas.

—Hola.

Un suave chillido se me escapa de los labios. Nola se encuentra sentada en lo alto de un estante justo encima de mi cabeza, vestida toda de negro como la maldita Raven.

—¿Qué haces allí arriba?

Desciende de un salto ágil e inclina el mentón sobre mi hombro, estirando una muñeca huesuda para teclear en mi laptop.

—Haciendo tiempo hasta que llegaras. —Me da un empujón con el hombro para que le haga lugar, y le cedo por completo la computadora. Inspecciona el sitio web de la venganza y luego voltea sus ojos enormes hacia mí.

—¿Por qué estamos acechando a una chica muerta?

Me muevo incómoda en la silla. Estoy demasiado cerca de una persona que apenas conozco, y ahora mi idea suena completamente estúpida, incluso para mí.

—Como señalé, es una larga historia. ¿Puedes confiar en mí cuando te digo que es realmente importante que acceda a este sitio web?

—¿Por qué? —Entrecierra los ojos.

Vacilo un instante. Jessica dijo que no fuera a la policía. No dijo nada sobre Nola Kent.

—Me lo pidió Jessica.

Hace una pausa.

—¿Eran amigas?

Hay momentos para mentir.

—Éramos buenas amigas, pero no íntimas.

—¿Y por qué no te dio la contraseña?

—Escucha, necesito leer lo que está en ese sitio web. Jessica me dejó un mensaje y no tengo otra manera de acceder a él. Son básicamente sus últimas palabras.

Cierra mi laptop.

—Eso no resulta demasiado convincente.

—¿Qué quieres?

—No tienes dinero. —Lo dice como si fuera algo completamente natural. Si lo hubiera dicho más agresivamente, me habría dolido menos.

—No lo necesitas —replico. Es cierto. Es como el resto. Tal vez no se vista o se comporte como ellas, pero proviene de una familia tradicional y adinerada de Nueva Inglaterra.

Aquello parece tomarla por sorpresa, y duda un instante antes de responder.

—Ponme en tu equipo cuando empiecen los entrenamientos.

Me quedo boquiabierta.

—Pero… ni siquiera has venido a una prueba.

Encoge los hombros. Su rostro permanece neutro, sin expresión alguna.

—No dije que estuviera interesada. Dije que quería entrar.

La miro sin poder creerlo.

—No tengo esa clase de poder. El entrenador es quien toma esas decisiones.

No está convencida en absoluto.

—Tienes suficiente influencia.

—Tendría que quitar a alguien que trabajó realmente duro para llegar allí.

—Pues —dice lentamente—, es la opción que te ofrezco.

Considero lo que ha dicho. Es cierto que tengo suficiente influencia. Como capitana, prácticamente dirijo al equipo. En Bates, los profesores y entrenadores alientan a los estudiantes a asumir plena responsabilidad y liderazgo de sus organizaciones. Odio la idea de eliminar a alguien que se ganó su lugar. Por otro lado, necesito la ayuda de Nola. Le tiendo a regañadientes la mano y ella la sacude con dedos fríos.

—Excelente —dice—. Siempre he querido ser estupenda. —Me dirige una mirada burlona—. Ahora puedo ser estupenda, ¿verdad?

Le permito tomar control total de mi laptop con inquietud.

—No cierres ninguna ventana.

—Claro. —La abre y golpetea los dedos ligeramente sobre las teclas. Luego abre una ventana nueva y comienza a descargar algo.

—¡Oye! —Intento recuperar mi computadora, pero le da un tirón y la deja fuera de mi alcance.

—Tranquila. No voy a destruir tu sistema operativo retrógrado. Estoy descargando un programa que uso todo el tiempo y es aceptablemente bueno para descifrar contraseñas. Jessica era una programadora bastante sofisticada, pero la mente humana solo tiene capacidad para imaginar una cantidad limitada de combinaciones...

—¿La conocías?

—Solo de las clases de Informática. No hablamos jamás. —Ejecuta el programa y teclea hecha una furia. Luego se voltea hacia mí con mirada triunfal—. ¿Ves?

—La palabra *L@br@d0r* aparece resaltada en la pantalla.

La miro.

—¿Podrías averiguar mis contraseñas así de fácil?

Me devuelve la laptop.

—No preguntes si no quieres saber.

Vuelvo a hacer clic en el blog y tecleo la contraseña. El horno se abre y adentro aparece otra vez el título del sitio en letras rojas carbonizadas. *La venganza es un plato: Guía deliciosa para acabar con tus enemigos.* Hago clic en el título y aparecen debajo seis categorías: entrada, primer plato, plato principal, limpiador de paladar, guarnición, postre. Hago clic en la entrada y aparece la imagen de una pelota de tenis quemada con una receta de Gallina despellejada estilo Tai. Al mismo tiempo, aparece el ícono de un temporizador de horno programado en 24:00:00. De inmediato, empieza a correr. Hago clic en el cronómetro, pero es imposible detenerlo o cambiarlo.

Nola intenta escribir un comando y encoge los hombros.

—Es posible que el link solo permanezca activo durante veinticuatro horas. —Pero yo sé lo que realmente está sucediendo. Ese es el tiempo que tengo para completar mi tarea. Hago clic en la siguiente receta, pero un mensaje de error aparece: *Horno en uso. Volver a visitar la cocina cuando se restablezca el temporizador.*

—Qué encantador —dice Nola.

Mientras escudriño la receta, las comisuras de mis labios comienzan a curvarse hacia arriba. Tiene que ser una broma.

Toma una gallina, blanca y colorada
Búrlate de ella hasta que esté bien acabada
Márcala con un 8
Despelléjala si sigue viva
Rellénala con la deshonra de Sharápova
Retírala y observa las llamas.

Nola me mira de reojo.

—No soy ninguna experta en imágenes poéticas, pero parece que Jessica tenía grandes planes para Tai Carter. ¿Qué le hizo Tai?

Frunzo el ceño.

—No creo que se conocieran demasiado. —Cuando hallamos el cadáver, Tai ni siquiera recordaba su nombre. ¿Cuánto daño le puedes a hacer a alguien cuyo nombre ni siquiera conoces?

Nola encoge los hombros.

—La poesía me provoca migraña. El hecho de que todo tenga un sentido ulterior. Por lo menos, según el señor Hannigan. Pero analízala línea por línea, como lo hace él, comenzando por el título. —Desliza un dedo a lo largo de la parte inferior del texto, adoptando la ligera entonación irlandesa de nuestro profesor de Inglés. Resulta desafortunado que no tenga sus rasgos rudos y apuestos, porque aquello podría atenuar las perturbadoras imágenes. Tiene dedos delgados y delicados, y las uñas están pintadas de un color berenjena brillante. La luz azul de mi laptop no hace más que darle un aspecto aún más pálido y macilento al escudriñar la pantalla.

—«Gallina despellejada estilo Tai» —lee—. En realidad, es tailandés, salvo que realmente se refiera a tu amiga. Despellejada. Es un blog de comida, pero se refiere a la venganza, ¿verdad? Y gallina. Acá también, algo que se come, pero tiene a la vez el significado de cobarde.

—Tai no es ninguna cobarde —señalo.

Me mira interesada.

—¿Ah, no?

No tengo ningún interés en defender a mis amigas justamente de Nola Kent.

—No tengas ninguna duda —digo.

Nola parece decepcionada.

—Está bien —dice, poniendo los ojos en blanco—. Te *creo*. —Pasa a la segunda línea—. «Toma una gallina, blanca y colorada». Obviamente, los colores de Bates. «Búrlate de ella hasta que esté bien acabada». Ahora bien, no la conozco tanto como tú, pero ¿acaso tu mejor amiga no tiene la reputación de ser una insolente?

—Así es. —Sonrío. Tai no solo es graciosa, es mordazmente lista. Y es mucho más doloroso cuando apunta sus dardos venenosos hacia ti. Será la próxima Tina Fey o Amy Schumer, no hay duda. Pero incluso Tina Fey admitió que fue una chica terrible en la secundaria. No es que esté llamando a Tai terrible. Es solo que la verdad duele, especialmente cuando los demás se ríen de ella. Y Tai es una persona igualitaria. A todo el mundo le llega su turno. Yo soy la que siempre está pidiendo cosas prestadas. Esa es la parte que me tiene reservada. Cuando comienza con el asunto de mi manía de pedir cosas prestadas, me recorre una oleada fría de náuseas, pero lo hace con todo el mundo. La gente se rio cuando le puse el sobrenombre Hodor a Lada Nikulaenkov, porque mide casi un metro ochenta y cinco y es tan tímida que nunca se la oye hablar, salvo para corregir a los profesores acerca de la pronunciación de su nombre. Pero no lo podría hacer si además no me obligara a mí misma a sonreír cada vez que Tai señala el hecho de que no puedo darme el lujo de comprar mi propia ropa. Es un camino de doble vía. Es lo justo.

—Además —añade Nola—, está ese asunto insufrible de «burlarse», que estaba en *Enrique V*, sobre el que Hannigan insistía el mes pasado. Pelotas de tenis, ¿verdad?

—¡Oh, cielos! —Tengo una tendencia a estudiar demasiado rápido para los exámenes y luego dejar que la información vuelva a salir rápidamente de mi cerebro, pero Shakespeare sí escribió un discurso en el cual usaba la palabra «burlarse» repetidamente para imitar el sonido de las pelotas de tenis golpeando la cancha—. Así que supongo que a Jessica sí le gustaba la poesía.

—O el señor Hannigan —dice Nola, enarcando una ceja.

—Basta. —De pronto, me avergüenza hablar de Jessica de un modo tan despreocupado, como si fuera solo otra compañera de clase más que pudiéramos criticar. ¿Y qué si estaba enamorada de un profesor? Hannigan era la opción clara si había que elegir uno. Este año es nuevo en Bates, es extremadamente sexy y por momentos se comporta de modo seductor. Ha habido rumores de algo más que gestos de seducción, pero ninguna prueba. Yo no lo creo. Pero aquel acento que tiene. Me volteo hacia la «receta» y leo la siguiente línea—: «Márcala con un 8». Ese es el promedio de Tai. —Esto es de conocimiento público. Los promedios se cuelgan en el hall central para motivarnos/avergonzarnos.

—«Despelléjala si sigue viva» —continúa Nola. Me mira.

—Despellejar. Insultar. La especialidad de Tai. Difuminando la línea entre lo que duele y lo que es gracioso.

—¿En qué se diferencia despellejar a alguien de burlarse de él?

—Burlarse es un juego, despellejarlo es mortal.

—Luego está «La deshonra de Sharápova». Parece el nombre de una mala pieza teatral.

—¿En serio? María Sharápova es una estrella de tenis. Hubo un enorme escándalo hace un par de años cuando la suspendieron por arrojar positivo en un control de doping. Pero es complicado porque la droga que tomó también es una medicación legítima.

—Lo que sea. Me importa un comino. Lo que esto me dice es que tu chica Tai debe estar intentando hacer lo mismo que Sharápova. La pregunta es, ¿cómo lo sabía Jessica?

—Pues, si *fuera* verdad, todo lo que tendría que hacer es hackear el correo de Tai para enterarse de todo lo que esta mencionó alguna vez allí, ¿verdad?

Baila como si nadie te viera.

Nola asiente.

—Jess era una muy buena programadora. Aquellos programas que creó para entrenar habilidades informáticas eran reales.

—Pero no creo que Tai hiciera una cosa así. Las chicas como nosotras no se drogan. Significa la expulsión automática.

Nola me dirige una sonrisa ligeramente despectiva.

—¿Las chicas como ustedes?

El rostro me comienza a arder.

—Tai podría llegar a ser profesional algún día. Mis amigas y yo tenemos mucho que perder.

—Qué deprimente ser alguien —dice Nola.

Pienso en mi hermano. Después de morir, los artículos de prensa se centraron en sus logros atléticos y no se refirieron al tipo de persona que era, lo bueno o lo malo. La muerte de Megan se trató de un modo bastante diferente. No era una estrella del deporte ni una estudiante de una preparatoria prestigiosa.

Hubo artículos, pero no hablaron de sus logros, esperanzas y sueños, todo aquello que la hacía especial. Solo de lo que le pasó.

—Todos tenemos mucho que perder —digo—. Bates es un boleto dorado. Nadie lo arroja a la basura.

Afuera, el sol comienza a ocultarse. Rayos rosados y naranjas se filtran a través de le ventana sa勧diza, iluminando el pálido rostro de Nola, encendiendo sus ojos.

—Entonces, ¿por qué lo hizo Jessica?

4

*A*ntes de salir a buscar a Tai, paso por la habitación de Brie para dejarle el disfraz de *Gatsby*. Hago una pausa afuera antes de golpear para ver si hay señales de que está ocupada y oigo risas ahogadas. Justine está de visita. Genial. Deslizo la mano sobre las capas delgadas y sedosas de la tela y lo dejo junto a su puerta, sobre el suelo de madera pulida. Luego me dirijo a las escaleras. Odio ser la que siempre pide prestado (y cada tanto se roba algo), dependiendo de amigos, conocidos e incluso estudiantes circunstanciales para abastecer mi guardarropa durante las horas en que podemos cambiar nuestros uniformes. Pero es necesario. El disfraz de *Gatsby* es una de las prendas más extraordinarias que he llevado en la vida. La tela provocaba una sensación eléctrica en mi piel. Era excitante ser Daisy Buchanan. Elegante, sexy y un poco peligrosa; me entristece devolvérselo a Brie, pero es un préstamo demasiado llamativo para «olvidar» devolverlo.

Cuando salgo fuera, el sol desparrama sus colores sobre el lago, una eclosión de rojos y naranjas encendidos, a través de los nudos oscuros de las ramas. Da la impresión de que ha vuelto el comienzo del otoño. Cruzo el patio interno hacia el complejo deportivo en el instante en que las campanas de la capilla tañen una melodía que no reconozco. Echo una mirada hacia atrás a la silueta del campus principal: luce deslumbrante con la puesta de sol, como una cruza entre una prestigiosa universidad de la Liga Ivy y Hogwarts, con la hermosa arquitectura gótica, las delgadas torres y las pintorescas casitas isabelinas.

A la luz menguante, Tai se encuentra practicando sola en la cancha de tenis. El colegio tiene canchas cubiertas, pero a ella le gusta practicar en todo tipo de condiciones climáticas, porque no todos los colegios cuentan con aquellas. Tiene un estilo impecable al inclinarse, arquearse y golpear la pelota oblicuamente. A medida que me acerco a la cancha, los músculos de mi pecho se relajan, y mis hombros caen instintivamente. Tai no tiene motivo alguno para hacer trampa. Está tan por encima del nivel del resto del equipo que de hecho resulta incómodo verla entrenar con ellos. El alma se me va al suelo. ¿Por qué es tan buena?

Arrojo las manos contra la valla de tela metálica y gruño como una zombi. Tai se voltea con rapidez y lanza la raqueta de tenis en mi dirección.

—¿Qué diablos, Kay? Por un instante creí que eras esa chica del lago. —Se suelta la coleta sacudiéndose el cabello húmedo y peinándolo con los dedos. Lleva un impecable traje de tenis blanco en el que se destaca el típico color escarlata de Bates.

Aquello es suficiente para borrarme la sonrisa del rostro.

—Demasiado pronto.

—No me gusta que me sorprendas. —Recupera la raqueta y la revisa para ver si se raspó.

—¿Quieres ir a cenar?

Hace una mueca.

—Todo el mundo estará llorando y haciendo un melodrama como si hubiera muerto su madre.

Típico de Tai. Efectivamente, su madre murió en primer año, pero ella suelta esta frase sin inmutarse y estaría furiosa si le mostrara un ápice de compasión. Le doy un puñetazo en el brazo.

—Te recuerdo que hay alguien que sí murió.

—Quiero decir, nadie importante.

—Vamos, Tai.

Sonríe, y una muesca afilada y asimétrica con forma de V hiende sus labios. Tai tiene la piel tan tensa que parece que siempre tuviera el cabello demasiado estirado hacia atrás, incluso cuando cuelga suelto alrededor de su rostro; una nariz y mandíbula afiladas; y cejas y pestañas tan claras que sin maquillaje resultan invisibles.

—Lo digo en serio. Sus amigos deben estar tristes. Pero recuerdo a aquella chica. No tenía amigos de Bates. Era del pueblo.

—¿Así que no nos afecta porque no era rica?

Tai pone los ojos en blanco.

—Eso no es lo que dije. Jessica Lane era una ladrona.

Suelto una carcajada.

—Todo lo que he leído dice que era una Madre Teresa.

—Pues no lo era. En primer año vivíamos en el mismo piso, y mi madre me había enviado una hermosa caja de jabones provenzales de diseño.

—¿Jessica robó tus jabones?

Sonríe, avergonzada, pero noto que realmente está molesta. No menciona a su madre con demasiada frecuencia.

—No puedo probarlo. Pero desaparecieron, y ella despedía su fragancia. Y no volví a ver a mi madre después, o siquiera a saber de ella, así que eran jabones especiales.

Enlazo el brazo con el suyo al tiempo que nos acercamos al patio interno y las residencias.

—Está bien. Era una ladrona.

Permanece un instante en silencio.

—Así que le robé el disco rígido.

—¿Por qué?

—Se lo devolví. Pero no hasta que hubiera pasado la fecha de entrega de los trabajos. —Suspira—. Ese es el tipo de asunto que te molesta después de que se muere alguien. Comienzas a recordar las pequeñas cosas que hiciste para perjudicarlos. Incluso si lo merecían.

Una brisa sopla mi pañuelo y lo levanta contra mi rostro. Suelto mi brazo del suyo para acomodarlo. Ahora o nunca. Solo pregunta.

—Necesito tu opinión.

Falso. A veces es necesario ser falso.

—Claro.

Respiro hondo y paseo la mirada por el campus. El sol acaba de ocultarse justo debajo del horizonte, coloreando la arquitectura gótica del patio contra un fondo aterciopelado color azul. Las luces que emiten las farolas que bordean el sendero de piedra relucen amarillo suave, como envases llenos de cientos de luciérnagas que se mecen suavemente sobre nosotras.

—¿Pensarías en tomar alguna vez una sustancia para potenciar tu rendimiento deportivo?

Tai desliza sus pálidos ojos sobre mí, con un rastro de condescendencia.

—¿Quién no? Si no fuera porque te pueden atrapar, no tiene diferencia alguna con beber café para estudiar más horas.

La garganta se me contrae, e intento disimular mi ansiedad. Su respuesta no augura nada bueno.

—Es un poco diferente.

—Por ejemplo, el meldonium, la droga que le encontraron a María Sharápova. Es perfectamente legal.

—No en los Estados Unidos. —Hundo las manos en los bolsillos. Olvido actuar con naturalidad. Las manos son el principal obstáculo. No tienen nada que hacer. Fue lo más difícil cuando comencé a jugar al fútbol. Mi instinto era atrapar el balón, protegerme el rostro, sacudirlas. Las manos son una parte demasiado importante del cuerpo. Nos delatan.

—La recetan todo el tiempo en Rusia. Lo único que hace es aumentar el flujo sanguíneo, lo cual mejora tu rendimiento físico.

—Sí, pero por algún motivo está prohibida. Te da una ventaja.

Se detiene y gira para mirarme, sin sonreír.

—Lo que quieres no es una opinión.

Suspiro y la miro directo a los ojos.

—¿Qué quieres que te diga?

—Nada. No estamos teniendo esta conversación. —Comienza a alejarse.

—Tienes que entregarte.

Se voltea rápidamente, sus ojos tan grandes como lunas a la luz de las farolas.

—¿Disculpa?

—Alguien lo sabe. Intenta extorsionarme para que lo haga yo, pero si tú lo haces antes se verá mejor.

—¿Se verá mejor? —Su rostro empalidece—. Tienen una política de tolerancia cero. Me expulsarán. Te lo conté porque confío en ti y sé que tú también quieres mejorar tu juego. Al principio creí que estabas pidiéndome ayuda.

Tengo la sensación de tener la boca llena de las hojas marchitas sobre las que estamos caminando.

—No. Lo siento.

—¿Se trata de Georgetown? Llamaré ahora mismo y los rechazaré. Ni siquiera estamos compitiendo en el mismo deporte, Kay. Lo entiendes, ¿verdad?

—No se trata de eso. Estoy contándote la verdad.

Sacude la cabeza.

—Vaya, Kate. Sé que te sientes amenazada por el éxito, pero esto ya es increíble.

—O tal vez tengas demasiado miedo de perder para competir en pie de igualdad. —Advierto que algunas personas abren sus ventanas y bajo la voz—. Estoy hablando muy en serio. Alguien lo sabe. ¿Cómo crees que me enteré?

—Entonces di quiénes son. —Me mira desde su imponente altura—. De lo contario, sabré que eres tú.

Sacudo la cabeza.

—Te lo diría si pudiera, pero también saben algo de mí que podría comprometerme. Créeme cuando te digo que es malo. Por favor, Tai. Si te entregas, el colegio podría ser indulgente.

—Hay toda clase de mentiras. Hay mentiras que se originan en el instinto de supervivencia y mentiras tranquilizadoras.

—Si algo me sucede, tú serás la culpable —dice, pero su voz tiene tono de súplica.

Comienzo a caminar de nuevo hacia el salón comedor. Sé que si dice una palabra más, estallaré en llanto.

Pero luego lo dice.

—Como quieras. Pero ¿Kay? No importa lo que me pase a mí, tú te marcharás de Bates sin honores, sin beca y sin futuro, y volverás directamente al hoyo en la tierra del cual te arrastraste antes de llegar aquí. Yo podré ser expulsada, y de todos modos iré a una universidad prestigiosa el año que viene. Pero oye, tal vez si no dedicaras tanto tiempo a tomar prestada mi ropa e intentar meterte bajo la de Brie, serías realmente una amenaza.

Me volteo lentamente para mirarla. Mis pensamientos corren demasiado aprisa para detenerme en alguno y procesarlo. Di algo. No digas nada. Arruínala. Perdónala.

—*Soy* una amenaza —digo en voz baja. No se imagina cómo.

Continúa avanzando hasta que nuestros rostros están a apenas centímetros de distancia.

—Todo el mundo tiene sus prioridades. Las mías son tener éxito y hacerme un nombre. Las tuyas son jugar a los disfraces y no tener sexo.

El guante ha sido arrojado.

A la hora de la cena, el ánimo de la sala comedor es completamente sombrío, y nadie habla demasiado. Los sábados por la noche son siempre bastante silenciosos, porque la mayoría de las jóvenes de los cursos superiores obtienen una autorización previa para comer fuera del campus, pero esta noche casi todo el mundo permanece por solidaridad. La señora March, nuestra supervisora, ha estado llorando todo el día a juzgar por su rostro rojo como una amapola y sus ojos inyectados en sangre. Se sienta callada en un rincón y apenas come. Siento que debería acercarme y decirle algo, pero no sé qué. No estoy segura de que decirle «Lamento su pérdida» sea lo adecuado, porque estrictamente hablando no es su pérdida. La administración y el personal siempre están diciendo que Bates es una familia, pero en realidad no lo somos. Somos más como un equipo, pero ni siquiera eso es completamente cierto. Somos dos equipos: los profesores y el personal son un equipo, y las estudiantes, otro. A partir de ello se vuelve aún más complicado, y lo digo con la autoridad competente de una capitana de equipo que ya lleva en el cargo dos años. A pesar de lo que los entrenadores te machacan en la cabeza desde el momento en que eres una principiante que corre frenéticamente por el campo pateando el balón o el aire, no todo miembro de un equipo es esencial.

Por eso se eliminan personas, por eso hay bancas de suplentes. Por eso, el temor constante al fracaso te amenaza durante toda la temporada, e incluso en el verano, o fuera de temporada, o en la pretemporada, o en sueños la noche previa a un partido importante. Incluso como capitana del equipo, cuando sabes que las malas decisiones pueden destruirte y puedes volverte prescindible en un abrir y cerrar de ojos. Los errores importan. Jessica pudo haber sido parte del equipo de estudiantes. Pero su muerte no me afectará. Eso me hace sentir mal. Más vacía que mal.

Después de mi monumental pelea con Tai, decido sentarme sola y evitar cualquier otro incidente. Esta noche, ella puede tener la custodia de nuestras amigas. No tengo energía para otra batalla. Las mesas redondas de roble de la sala comedor son para seis personas, y la mayoría ya están llenas. Tomo una pila de cinco platos vacíos y los distribuyo alrededor de la mesa para que la gente sepa que no busco compañía. Algunas compañeras de fútbol me saludan con gestos solidarios mientras pasan, y un par de estudiantes de segundo y tercer año que no conozco se detienen para decirme «Lo siento» en voz baja, seguramente suponiendo que estoy de luto o algo así. Pero mayormente me dejan en paz. De todos modos, algunos minutos después, un par de brazos me rodean la cintura y siento la mejilla de Brie contra la mía.

—¿Cómo estás, cariño?

Los sentimientos malvados se disuelven. La miro sonriendo.

—Pésimo. ¿Se fue Justine?

Se sienta frente a mí.

—Tenía ensayo. La vida sigue en Easterly. Me enteré de que atacaste a Tai en el patio.

Suspiro llevándome la mano a la boca.

—Claro. Ataqué a Tai en el patio. Con un candelabro.

Se inclina hacia delante, sus ojos prácticamente brillan. Lo único que a Brie le gusta más que el chocolate amargo con caramelo y sal marina son los chismes.

—Kay. —Alarga mi nombre seductoramente y mis ojos se enfocan en sus labios.

—Tai está dopándose —digo bruscamente.

Tamborilea los dedos sobre la mesa y se mordisquea el labio inferior.

—¿Estás segura?

—Sin ninguna duda.

—No estoy diciendo que seas una mentirosa... es solo que... no parece algo que ella haría. —No me cree. No la culpo. Yo tampoco lo creía.

—Eso no significa que no lo hizo.

—Juguemos a ser abogados —sugiere animada. Se trata de uno de los juegos favoritos de Brie. Puede presumir de lo inteligente que es haciendo que parezca divertido. En su opinión, la verdad y la justicia prevalecen naturalmente. Y, por lo general, gana.

—Como quieras.

—Tú juzgas y yo defiendo.

—Está bien... —Esto será duro. No puedo contarle a Brie sobre el blog de la venganza, y no tengo ninguna otra evidencia física—. Tai Carter es una de las jugadoras de tenis más talentosas que Bates Academy ha tenido alguna vez. Supera a cualquier otra jugadora contra la que se haya enfrentado. No hay duda de que tiene un increíble talento natural. Pero lo refuerza. No tengo evidencia física, aunque estoy bastante segura de que podemos obtenerla. El hecho es que Tai ha admitido que usa meldonium, la misma sustancia que potencia el rendimiento por la que María Sharápova fue sancionada con dos años de suspensión. Y una confesión es la prueba más irrecusable de todas.

Brie queda con la boca abierta.

—La defensa concluye su alegato. Pero ¿cómo sabías?

—Un e-mail anónimo.

—Qué misterioso. Evidentemente, el emisor más probable es otra integrante del equipo de tenis. Pero me pregunto por qué te lo enviaron a ti. ¿Por qué no la entregaron directamente a las autoridades?

—Quieren que lo haga yo. Si no lo hago, lo harán ellos.

—¿Y qué harás?

Encojo los hombros.

—Le dije que debe ser ella quien se entregue. Es más probable que sean indulgentes con ella. Ese fue el alcance total de mi supuesto ataque. Se puso como loca conmigo.

Brie lanza una mirada a «nuestra» mesa. El resto de nuestras amigas se apiñan cuchicheando entre sí. Tricia me lanza una mirada de reproche.

—Esto no va a terminar bien.

Tengo tantas ganas de contarle a Brie sobre el blog de la venganza. Este es solo el comienzo. Pero no puedo arriesgarme a involucrarla. Decido hacerle una pregunta general.

—¿Sabías que Tai conocía a Jessica?

Brie levanta un hombro y descansa el mentón sobre la mano.

—Dijo que no.

—Le robó el disco rígido y la hizo entregar un trabajo después de la fecha de plazo.

—¿Y qué? ¿Crees que Jessica esté detrás de eso? ¿Cuándo recibiste ese e-mail?

—No lo abrí hasta hoy.

—Y era anónimo. —Se estremece—. Qué inoportuno. ¿Lo sabe Tai?

—Si Jessica la amenazó alguna vez, Tai no creía que el asunto fuera más allá de ellas dos. La tomé completamente por sorpresa cuando lo mencioné. *Además*, parecía sorprendida de que yo creyera que hubiera algo malo en ello. Aunque supongo que yo misma la llevé por ese lado.

—Que todo esto quede entre nosotras. —Brie se frota la frente con cautela—. Tai está acabada —dice en voz baja—. No creo que haya manera de evitarlo. Pero tienes razón: tal vez sea mejor si es ella quien se entrega. Quizás, si hablo con ella… —De pronto, se voltea de nuevo hacia mí—. ¿No le contaste a nadie más?

—Por supuesto que no. —Tai se moriría si se enterara de que Nola lo sabe. No es que de todos modos vaya a perdonarme alguna vez.

—Porque Tricia y Cori no te dejarán tranquila. Y especialmente Maddy. —Hace una mueca apenas perceptible.

—¿Por qué no te agrada Maddy?

Levanta las cejas.

—No me hagas decir lo que no dije. —Mira por encima de mi cabeza y saluda con la mano a una mesa de miembros del club de debate. Son las únicas personas del campus que llevan trajes cuando no tienen el uniforme puesto. Me provoca dolor de cabeza mirarlos.

Hago una pausa.

—¿Soy solo yo o me parece que todo el mundo está un poco en contra de Maddy últimamente?

Su mirada se vuelve a desplazar rápidamente hacia mí.

—¿En contra?

—No parece gustarle su nuevo sobrenombre.

Brie asiente.

—Quizás la gente se olvide de él ahora que Tai tiene asuntos más importantes de qué preocuparse.

—Pero… ¿Notorious? ¿Se trata de B. I. G. o qué?

Brie se echa a reír.

—En realidad, creo que es C. P. C. Maddy no es justamente una entusiasta del hip-hop.

—¿Qué significa Notorious C. P. C.?

Su sonrisa se desvanece.

—Centro de Parálisis Cerebral —dice rápidamente.

—¿Y qué tiene que ver eso con Maddy?

—Pregúntale a Tai —suspira Brie, ocultando su rostro en forma de corazón en la mano—. Odio sus apodos. ¿Podemos dejar de hablar de Maddy?

A veces no entiendo a Brie. No tiene ningún enemigo, y rara vez habla mal de los demás. Pero cuando lo hace, siempre es la última persona que imaginaría, y lo hace de un modo tan indirecto que nunca termino de entender qué hicieron exactamente para cabrearla. Es como si me empujara suavemente para que lo adivine yo y no tener que ensuciarse las manos. Esta noche no tengo ganas de jugar este juego. Por suerte, no es necesario que lo haga.

—¿Ya te interrogó la policía?

Por un instante, mi mente queda en blanco.

—Yo no he llamado a la policía.

—Mejor. Porque eso te hará parecer extraña. Quizás, extraña y culpable. Solo haz como si nada.

Se me ocurre que no se refiere al sitio web de la venganza, sino a la agente de la escena del crimen.

—¿Así que crees que me llamará?

Brie asiente.

—Fuimos las únicas testigos. —Mi expresión debe reflejar exactamente lo que siento al tener que enfrentar a la policía, porque empuja la bandeja a un lado y me mira a los ojos—. Repite conmigo: No iré a la cárcel.

Le arrojo una bola formada con el papel estrujado de la pajilla.

—Tú no irás a la cárcel.

—Todas tenemos una coartada.

—No es la coartada más sólida del mundo —señalo—. Nos separamos durante media hora entre el baile y el lago. Tricia llamó a su novio, Tai fue a buscar más bebidas, yo fui a quitarme mis botas sexies…

Brie revolea los ojos.

—Entonces, todas estaríamos bajo sospecha. *En el caso* de que hubiera un homicidio. Pero no lo hubo.

—Entonces, ¿por qué seguirían investigando?

—Porque fue hace menos de veinticuatro horas, Kay. Si esa oficial nos vuelve a llamar, solo decimos que estuvimos siempre juntas. Problema resuelto.

—Pues, asegúrate de que todas reciban el memorándum, Brie. —Vacilo—. ¿No pareció que la agente estaba de algún modo señalándome a mí en particular?

—Qué paranoica. De cualquier modo, te dije que no te tomaras demasiado en serio esta investigación. —Empuja su silla hacia atrás y echa un vistazo del otro lado del comedor—. Iré a hablar con Tai.

Sigo su mirada y veo a Nola recostada sobre una banca al costado de la sala, con la laptop abierta sobre el pecho. Levanta un pie descalzo en una especie de extraño saludo, mostrando pantys negras con estampado de cachemira bajo la falda.

Brie me mira con desconcierto.

Sacudo el tenedor en el aire hacia Nola y evito la mirada de Brie.

—Ayuda con la tarea.

—¿Por qué no me pediste ayuda a *mí*?

—Careces de las aptitudes necesarias. —Sonrío seductoramente.

—¿En serio? —Dispara otra mirada a Nola—. Interesante.

—No es tan rara.

—¿Desde cuándo?

—Fuiste tú la que dijo que había que ser más amable con las personas.

—¿Con Necro? —susurra Brie.

Echo un vistazo alrededor de la sala comedor para asegurarme de que Necro está fuera del alcance del oído.

—Fue a Tai a quien se le ocurrió ese apodo.

—Y tú lo usaste.

—Y tú te reíste.

Desciende la mirada.

—No era gracioso.

—Además, fue hace años, y ya nadie lo usa. Salvo tú, según parece. Dime, entonces ¿te molesta que estudie con Nola?

Brie se ríe de pronto y me siento mejor. Soy físicamente incapaz de verla sonreír sin devolverle la sonrisa. Es algo bioquímico.

—Cielos, no. Solo me siento mal. Es completamente egoísta de tu parte —señala.

—Claro que no —digo—. Hicimos un trato. Estoy… —. Hago una pausa. Brie desaprobaría que intentara persuadir al entrenador de expulsar a alguien del equipo para hacerle un lugar a Nola—. Dándole clases de fútbol.

Me mira nada convencida, pero levanta un vaso de leche para entrechocarlo con el mío.

—Bien jugado, Kay. —Da un sorbo, pensativa—. Pero si la traicionas, será tu funeral.

En la siguiente mesa, Abigail Hartford deja de hablar y mira furiosa a Brie por la frase poco feliz. Luego baja la mirada rápidamente, sonrojándose. Nadie mira a Brie con furia. Es demasiado buena. Pero Brie luce mortificada.

—Sabes a lo que me refiero —susurra. Se levanta—. Muy bien. Regresaré a la otra mesa.

—Sí, hablando de lo cual, ¿vendrá Justine al homenaje mañana?

Brie sacude la cabeza.

—No la someteré a eso. Ya fue terrible cruzar el campus a pie esta mañana. Intenta meter todo ese festival enlutado en la capilla de Irving.

—Debería ser divertido.

—¿Por qué?

—Quería preguntarle sobre un tipo de Easterly. Hace teatro. Tú no lo conocerías, pero ella definitivamente, sí.

—Haz la prueba, sexy.

—Está bien. Se llama Greg. Es alto, tiene tatuajes de manga, actitud irritante. Creo que podría haber conocido a Jessica.

Sonríe divertida.

—Estás tan ajena a todo que resulta adorable. Greg, el asqueroso, era el novio de Jessica. Hasta yo lo sé.

—Entonces *sí* conocías a Jessica —digo, irritada por su tono de voz—. Aparte del hecho de que tomara Trigonometría.

Las mejillas de Brie se sonrojan ligeramente.

—Solo a través de Justine. ¿Algo más que quieras preguntarme?

—Supongo que no.

Se inclina sobre la mesa y juguetea con el brazalete de la amistad que siempre llevo alrededor de la muñeca. Es una de las pocas reliquias que me permito llevar de casa, una tira de gamuza simple con un corazón grabado en el interior. Me lo hizo Megan un verano cuando estábamos de campamento.

—No te preocupes por Tai —dice Brie—. Todas hemos pasado por ello.

Siempre sufro un trastorno emocional cuando pasa de hablar de Justine a tocarme.

—¿Qué?

—A veces no es muy simpática. Me refiero a que en el fondo de su corazón, lo es. Pero las cosas que dice no lo son. No puedes sencillamente reírte de algo y esperar que los demás lo acepten. He llorado por algunas de las cosas que dijo.

—¿Como qué?

—No voy a repetirlas. —Sacude la cabeza—. Jamás.

—¿Por qué?

Me mira directo a los ojos.

—Porque si nos enemistáramos, sabrías exactamente qué decir para destruirme. Y si dijeras esas cosas, nuestra amistad se acabaría sin posibilidad de retorno alguno.

—No puedo creer que te haya lastimado tanto y que jamás dijeras nada.

Traga como si tuviera la boca completamente reseca.

—Tú misma has estado peligrosamente cerca de cruzar esa raya, Kay.

Rompo el contacto visual. No puedo.

—Pero tú y Tai siguen siendo amigas.

Apoya la servilleta en la esquina de la mesa y comienza a alisarla y doblarla metódicamente en triángulos más y más pequeños.

—Así son las cosas con Tai. De algún modo, todas la aceptamos. No se puede decir que ninguna de nosotras sea mejor. Todo el mundo tiene un lado oscuro.

Empujo mi plato hacia un costado. El estómago se me revuelve, y el pánico comienza a apoderarse de mí al preguntarme si mi nombre podría estar en el blog de la venganza. Después de todo, el de Tai se encontraba ahí, y somos parte del mismo grupo. Yo también soy culpable de burlas y bromas pesadas, en especial al comienzo del año y durante la temporada de pruebas, pero jamás hago algo realmente malvado.

Casi nunca.

Esa noche, salgo a correr en la pista cubierta. Siempre prefiero correr sobre la senda en torno al lago, rodeada por el agradable aroma a pinos, pero esta noche estoy demasiado nerviosa para salir a correr sola por allá. Cuando regreso a la residencia, tomo mi teléfono en la oscuridad y marco el número de Justine. Atiende y alcanzo a oír que suena Sia ruidosamente de fondo.

—¡Espera! —grita en el teléfono. La música se calma—. Hola, Kay.

—Hola, tengo que pedirte un favor.

—¿Te encuentras bien? —Su voz suave está impregnada de preocupación.

—Hago un esfuerzo. ¿Tienes el número de Greg?

—¿Newman? ¿Weiss? ¿Vanderhorn?

—¿Greg, el asqueroso? —Las palabras me provocan un escozor.

—¿Muchos tatuajes, aro en el labio, resentido?

—¡Sí, ese!

Se ríe.

—Podrías haberlo descripto físicamente en lugar de intentar con un apodo cualquiera.

—Lo siento. Así lo llamaba Brie. Supuse que todo el mundo lo usaba. ¿Puedes darme su número?

—Espera. Déjame buscar la hoja de contactos. —Oigo el sonido de papeles revueltos—. ¿Por qué necesitas hablar con ese idiota arrogante?

—Solo quiero hacerle algunas preguntas acerca de la señorita Lane.

Su voz vuelve a suavizarse

—Oh, cariño. ¿Necesitas hablar?

—No, estoy bien. Solo quiero poner en marcha las cosas para volver a la normalidad. Darle un impulso a la investigación.

—Aquí lo tengo. —Me lee el número.

—Gracias. —Cuelgo y marco el número de Greg. Suena cinco o seis veces y luego va directo al buzón de voz. Lo vuelvo a intentar. Esta vez responde al primer timbre.

—¿Hola? —suena irritado y dormido.

—Hola. Habla Kay Donovan. Quisiera hablar con Greg… —Mi voz se apaga al advertir que no conozco su apellido.

—Habla Greg Yeun. No es la mejor hora para llamar.

—Está bien, lo siento.

—Espera. ¿Kay Donovan? —Parece molesto—. ¿Cómo obtuviste mi teléfono?

—Me lo dio Justine Baker.

Gruñe en voz alta.

—¿Qué quieres?

—Volveré a llamar.

—Ahora estoy despierto.

—Son las ocho y media de un sábado por la noche.

—He estado despierto desde las cuatro, ¿y tú?

Me muerdo la lengua.

—Siento tanto molestarte. Estuve pensando en lo descortés que fui hoy contigo. Lo lamento tanto.

—Claro.

—También me enteré de que estabas saliendo con Jessica, e intento averiguar algo más de ella. Sé que es el peor momento posible, pero…

Suspira.

—¿Eres una reportera para el periódico escolar o algo?

—No, estoy realizando una investigación personal.

Suelta un bufido.

—Así que eres una futura detective.

—No exactamente. Yo… me importa mucho lo que le sucedió a Jessica. Es la verdad. Tal vez te parezca extraño, pero para mí es personal, aunque no fuéramos amigas.

—Salimos, pero se había terminado.

El exnovio siempre está bajo sospecha. No hay nadie que no lo sepa.

—¿Hay alguna posibilidad de que nos reunamos?

Hace una pausa.

—¿Ahora?

Echo un vistazo a mi reloj.

—Claro. —No tengo permiso para salir del campus, pero estoy demasiado excitada como para que me importe. Brie y yo hemos escapado a la calle decenas de veces, saliendo por el otro lado del lago y caminamos al pueblo. No hay problema mientras no llamemos la atención.

—Está bien —dice—. ¿Dónde quieres que nos encontremos?

—¿Conoces el Café Cat?

—Estaré allí en veinte minutos.

5

Dedico unos minutos a hurgar en mi armario antes de ir al encuentro de Greg. La moda tiene fama de ser frívola, pero es la única expresión artística que comprendo. Tiene la habilidad de transformar los cuerpos y el entorno, ocultar o seducir, romper corazones o darles felicidad. La primera vez que me puse mi uniforme de colegio, estuve a punto de llorar. Me encerré en la habitación de mi madre y me pasé una hora examinándome en su espejo de cuerpo entero desde todos los ángulos. Probé una decena de posturas diferentes, cientos de expresiones, incluso tonos, timbres y cadencias de voz. Hablando en sentido estricto, se ajustaba a mi cuerpo, pero no a mí. Y cuando finalmente empaqué en mi maleta el bléiser ceñido azul oscuro y la falda a cuadros, la camisa blanca con una franja de volantes a lo largo de los botones, más suave que cualquier sábana en la que hubiera dormido, y la corbata roja, me sentía como una persona diferente.

Ahora, si visto un poco como Greg, tal vez tenga una oportunidad de ganarme su confianza. Es algo inconsciente. Pero funciona. Las personas confían en quienes son como ellas. Por eso elijo un par de jeans negros de patchwork, de Alexander McQueen, que Tricia jamás volverá a recuperar, y una camisa oscura con cuello. Llevo el cabello hacia atrás en un rodete ajustado, lo cual hace que me vea ligeramente mayor y me da un aire a detective en plena investigación policial. Meto una libreta de notas en mi mochila junto con mi laptop y, por si acaso, tomo mis gafas de lectura. En realidad, no las necesito, pero me hacen lucir culta. Después de considerarlo un instante, decido ponerme mi abrigo de lana color azul marino. No lo llevo casi nunca en el campus porque es demasiado grande, tiene roturas y remiendos en varios lugares y, en términos generales, parece una prenda descartada de una tienda de segunda mano. Pero abriga más que la chaqueta bomber de Balenciaga que me regaló Tai la última Navidad, que es mucho más sentadora. Además, no planeo cruzarme con nadie que importe esta noche. También, por algún motivo, me hace sentir más segura. Era el abrigo de mi hermano y, cuando lo llevo puesto, no sé por qué pero me siento cerca de él.

Abajo, en el escritorio donde se firma la salida, le sonrío al de seguridad y escribo *biblioteca* en la casilla de destino. Luego, una vez que firmo el registro de entrada en la biblioteca, salgo a hurtadillas por la puerta trasera y me dirijo al lago.

Esta noche hace aún más frío que ayer, pero ahora tengo la ventaja de contar con mi cálido abrigo de lana. El cielo está despejado, y la luna y las estrellas se reflejan con claridad en el agua serena. Evito el lugar donde Brie descubrió el cadáver de Jessica, y me doy prisa bordeando la orilla, me aseguro de estar a cubierto de los arbustos para que no me vean. Ahora no sería un buen momento para que me encuentren escabulléndome.

El Café Cat siempre ha sido mi punto de encuentro clandestino favorito. Se puede ir andando desde el campus, aunque no es lo suficientemente cerca para que lo frecuenten demasiados estudiantes o profesores. Es diminuto y solo sirve café simple, té y café descafeinado. Hay otros siete cafés en el pueblo, así que no hay mucha gente que venga a este. Es un gran lugar para que no te atrapen. Además, es barato. Está decorado de arriba abajo con cuadros y estatuillas cursis, y de fondo siempre suena una música de orquesta suave que interpreta viejas canciones. Abro la puerta de un empujón, y suena un maullido grabado. El aire huele a granos de café y a incienso, y lámparas estilo Tiffany filtran la luz creando un clima cálido, teñido de naranja. Echo un vistazo en busca de Greg al tiempo que una chica con cabello negro azabache bien corto y los ojos maquillados con llamativas sombras oscuras me toma el pedido, pero no lo veo por ningún lado.

—Que estés bien, cariño. —La empleada hace estallar un globo de goma de mascar y sirve mi café.

—Gracias. —Lo llevo al mostrador y lo cargo con crema y azúcar. Mientras lo revuelvo con un palillo de plástico rematado con un gato sonriente, oigo el maullido grabado y me volteo. Greg entra por la puerta, empapado. No me había dado cuenta de que había comenzado a llover.

Me mira.

—Una noche encantadora para salir a caminar.

—Supongo que escapé de la tormenta por un pelo.

—Quizás te encuentres con ella cuando salgas. —Sonríe sin entusiasmo y se sienta en una mesa en un rincón sin hacer su pedido.

Llevo mi café y mi mochila, e instalo mi laptop para tomar notas. Él saca un sándwich de su propia mochila. Lo miro con fastidio mientras le da un mordisco.

—¿Qué? —pregunta con la boca abierta.

—No deberías traer a un restaurante comida de fuera del establecimiento —susurro mientras le dirijo una mirada furtiva a la camarera. Se encuentra inclinada contra el mostrador leyendo una revista de snowboard.

—¿Por qué no? Aquí no sirven comida. No estoy compitiendo con ellos.

—Así que ya estuviste aquí. ¿Con Jessica?

Asiente.

—Entre otros.

Me pregunto quiénes son esos otros. Por algún motivo, me sorprende la cantidad de estudiantes de Bates que salen con él. Es que no parece ser del tipo de jóvenes que frecuentarían las estudiantes de Bates. Apoyo los dedos sobre el teclado.

—Entonces, ¿cómo se conocieron tú y Jessica?

—Tinder. —Me mira para ver cómo reacciono, pero le hago un gesto para que continúe—. Hago mucho trabajo de voluntariado y me enteré de su organización por un folleto publicitario de mi iglesia. Fui a un evento, y nos pusimos a conversar.

Tecleo mientras habla.

—¿Y eso cuándo fue?

—Alrededor de un año atrás. No comenzamos a salir hasta Año Nuevo.

—¿En las vacaciones?

—Ambos vivíamos aquí todo el año —me recuerda.

—Ah, claro. —Hago una pausa—. ¿Qué te atrajo a Jessica?

Sonríe ligeramente y se aparta el cabello de sus ojos de mirada intensa.

—¿Estás llevando a cabo una investigación o escribiendo una novela romántica?

Me mantengo seria.

—Todo es relevante.

—Está bien, te seguiré el juego. Era amable, generosa, increíble. Comenzó su propia compañía cuando tenía quince años. ¿Cuántas personas conoces que pueden decir algo así?

Sacudo la cabeza.

—Ninguna.

—Obviamente, era hermosa, pero también lo es mucha gente. En cambio, lo demás es bastante poco frecuente. —Juguetea con el aro del labio—. Me gustaba hablar con ella y estar con ella. Eso es lo que cuenta, ¿verdad? Y supongo que era mutuo.

—¿Supones?

—No soy adivino.

—¿Por qué rompieron?

Su expresión se ensombrece.

—No soy adivino.

—Está bien. ¿Cuándo fue la última vez que hablaste con ella?

—Anoche.

—¿Cuáles fueron las últimas palabras? —Hace un gesto de desazón y me invade la vergüenza—. Lo siento, me expresé mal. Me refería a…

—Sé lo que quisiste decir —me interrumpe. Saca su celular del bolsillo y me muestra la pantalla de modo que alcanzo a ver el último fragmento de su conversación anoche, a las 21:54.

GREG YEUN:i estás arrepentida, ¿por qué lo hiciste?

JESSICA LANE: No dije que estuviera arrepentida. «Lo siento» no significa arrepentimiento. Siento haberte lastimado. Lo siento por ti.

GREG YEUN: ¿Me tienes lástima?

JESSICA LANE: Me estás haciendo decir cosas que no dije. Basta.

GREG YEUN: ¿Sabes lo que lamento? Haberte conocido.

El corazón me comienza a galopar en el pecho. Son palabras peligrosas.

—¿Hace cuánto rompieron?

—Oficialmente, hace tres semanas. Pero sabes cómo se alargan las cosas, ¿verdad? —Hay un tinte rosado en sus mejillas, y sus ojos brillan como si estuvieran a punto de romper en llanto, pero mantiene la mirada fija. Por una fracción de segundo, siento el extraño deseo de extender la mano y acariciar su cabello porque conozco esa expresión salvaje. La he llevado miles de noches, sola en mi habitación, mirando fijo la oscuridad, intentando convertirme en otra persona, otro lugar, otra cosa. Y por la mañana, siempre lo conseguía. Pero él no sabe cómo hacerlo. Me dan ganas de acunarlo y susurrarle que se pueden olvidar hasta las peores cosas. Solo hace falta volver a olvidar una y otra vez.

—Nada dura para siempre —digo finalmente.

Traga con fuerza y asiente.

—Spencer y yo también rompimos hace como tres semanas —señalo. La conversación en el teléfono de Greg me resulta inquietantemente familiar. En el contexto de la muerte de Jessica, cobra un matiz siniestro. Por terrible que parezca, quería escuchar la posibilidad de que Jessica hubiera tenido tendencias suicidas, que Greg pudiera darle a la policía un motivo para quitar el homicidio de la lista. Esto no va a funcionar—. Una última pregunta. ¿Alguna vez me mencionó? ¿O a alguna otra persona de Bates?

Me mira con cautela.

—No.

Pero siempre es tan hostil conmigo. No cuadra. Debe saber algo sobre el vínculo entre Jessica y yo.

—¿Por qué accediste a encontrarte conmigo? ¿A contarme todo esto?

—La policía me interrogará, probablemente más pronto que tarde. Debería estar agradeciéndote por darme una oportunidad para ensayar.

—¿Aún no se han contactado contigo?

Sacude la cabeza.

—Lo harán. Pero ¿quién sabe? Es posible que no esté entre los principales sospechosos. No estuve allí aquella noche.

Me pongo de pie rígidamente y le ofrezco mi mano. La toma con dedos helados. Sus ojos carecen de expresión mientras tirita bajo las capas de vestimenta húmeda.

—Gracias por venir a verme.

—Buena suerte con tu investigación. Espero que atrapes al asesino.

—Espero que no haya un asesino —digo con voz ligeramente temblorosa.

Sus ojos recorren mi rostro con cautela.

—Jess fue feliz. Estaba tan llena de vida; era un ser *luminoso*. Lo tenía todo planeado hasta el último detalle. E incluso si se hubiera hecho daño, no habría sido así. Les tenía pánico a las cuchillas. Ni siquiera se rasuraba las piernas. No se hubiera hecho esto ella misma. Fue otro quien lo hizo. Y no te quepa la menor duda de que no fui yo. Yo que tú cuidaría mis espaldas, Kay.

Presiono ambas palmas sobre la mesa para mantenerme estable.

—¿Por qué yo?

—¿Quién es el nexo entre tú y Jess?

Sacudo la cabeza.

—Spencer. El mismísimo destructor de las relaciones sentimentales.

6

Corro todo el camino de regreso bajo la lluvia, y al firmar el registro de salida, dejo el suelo de la biblioteca manchado de lodo. Me dirijo directo a la residencia de Brie y golpeo su puerta con fuerza. Está viendo una película con las luces apagadas. Me invita a pasar a las apuradas y me arroja una muda seca de ropa.

—Spencer estaba acostándose con Jessica —digo bruscamente.

Me mira con escepticismo.

—¿Estás segura?

—Bastante segura, maldita sea. —Mientras explico, me quito una por una las capas de ropa mojada y me pongo, agradecida, el pijama camisero y los bóxers de franela—. Acabo de reunirme con Greg. Dijo que ella lo engañó con Spencer. Rompieron hace tres semanas. ¿Recuerdas que Justine dijo que me había engañado con una estudiante de Bates? —Le dirijo a Brie una mirada elocuente—. Y dice Greg que es imposible que se haya suicidado. Era feliz, tenía planes, odiaba las cuchillas.

—Así que eso le da a Greg un motivo. —Me hace un lugar en la cama.

—Y a mí. —Me peina el cabello enredado con los dedos—. De todas las personas del universo, solo Spencer podía tener sexo con una muchacha muerta.

—Qué manera macabra de decirlo.

Pero cuando imagino a Jessica, la veo como el cadáver en el lago, y ahora veo a Spencer allí con ella, los brazos nacarados y fríos de ella rodeándole la espalda, las manos de él levantando lentamente su vestido empapado.

No puedo imaginarla viva. No recuerdo haberla visto demasiado por el campus. Después del primer año podemos elegir muchos de nuestros cursos, y puede que Jessica eligiera sus asignaturas optativas en los Departamentos de Ciencias y Tecnología, junto con Nola y Maddy. Cori, que ha estado en los cursos preparatorios para ingresar en Medicina desde kínder, también tiende a tomar asignaturas optativas científicas. Las poetas como Tricia y las personas como yo que quieren algo nuevo todos los días eligen más bien las humanidades. Los padres de Tai también la obligan a seguir lo que ellos han decidido; son todos cursos preparatorios para estudiar Derecho, en caso de que fracase profesionalmente. Brie tiene un horario sobrecargado porque está decidida a llenarlo con cursos humanísticos y científicos a la vez. Ello explica en parte su capacidad para hacerse amiga de tantas personas sin salir tan a menudo como el resto.

Así que, aunque sea un colegio pequeño, es posible que de todos modos alguien pase desapercibido. Parpadeo para quitarme las imágenes de la cabeza.

—Greg también me mostró mensajes bastante incriminatorios de la noche en que murió. Me refiero a mensajes que se enviaron él y Jessica.

—¿Qué hacías con Greg, el asqueroso?

—No podré dormir hasta que se acabe este asunto del homicidio. —Jamás ha sido fácil mentirle a Brie, y espero lograrlo. *No hay duda* de que quiero que den por terminada la investigación del homicidio. Necesito que vuelva a comenzar la actividad deportiva. Tengo que obtener una beca y mantener a mis padres cuerdos y a una distancia manejable. Pero si no sigo hasta el final con el blog de la venganza, nada de eso importa siquiera. Porque lo que Jessica sabía sobre mí destruirá todo lo que me ha costado tanto conseguir.

Enciendo una luz, y Brie se protege los ojos. Lleva un pijama Ralph Lauren azul cielo y el cabello sujeto hacia atrás con una cinta que hace juego y que le despeja el rostro. La luz que se refleja en sus ojos los vuelve aún más redondos y brillantes que de costumbre. Incluso en medio de la noche, Brie es hermosa.

Suspira con fuerza y detiene la película.

—Kay, tienes que dejar de obsesionarte con esto.

—Pues a mí me parece extraño que *tú* no estés más interesada en el asesinato de una compañera de estudios. Una cuyo cadáver descubrimos nosotras. Y a quien tal vez sospechen que matamos.

Me toca los labios con un dedo.

—Estás paranoica de nuevo. Nadie sospecha nada de nadie, y si fuera así, sería de Greg. O tal vez de Spencer. Nosotras no tenemos por qué preocuparnos.

La idea de Spencer haciéndolo me eriza la piel.

—¿Por qué me daría Greg toda esta información si fuera culpable? Dijo que quería ensayar para la policía, pero…

—Es entendible. Los abogados hacen ensayar a sus clientes y testigos una y otra vez para que sus historias coincidan.

Comienzo a temblar y meto mis piernas desnudas bajo las sábanas.

—Tuvieron una pelea terrible justo antes de que la encontráramos. Como dos horas antes. —Tengo el cabello más o menos liso ahora, y Brie se encuentra acariciándome el cuello. Me volteo para mirarla.

—Eso encaja bastante bien en el orden de los hechos. Pero sin tener pruebas no podemos suponer que la asesinaron.

—Greg lo hizo. Tenía todo a su favor.

—Nadie lo tiene todo a su favor.

Nuestros rostros están cerca, y me pregunto cuánto tiempo permanecerá así conmigo. Mi corazón se detiene. Mis pulmones se inmovilizan. Me paraliza estar tan cerca de ella, envenenada por el deseo, y por un instante desgarrador creo que va a besarme. Es nuestro disco rayado, el momento que estamos condenadas a revivir una y otra vez. No hay un desenlace, sino un detenernos y volver a empezar.

De pronto, se pone de pie y comienza a doblar la ropa húmeda que hemos dejado caer al suelo. Cierro los ojos con fuerza, y me obligo a ocupar de nuevo el papel que me han asignado.

—Nunca se sabe lo que pasa por la mente de otra persona. A veces, las personas son sencillamente infelices.

—¿No crees que ella le habría dicho si algo andaba mal? —Levanto la toalla que he empapado enrollándola hasta formar un tubo apretado. Ella me la quita de las manos, la sacude para abrirla y la cuelga.

—Algunas personas no sienten que puedan hacerlo.

Tomo la mano de Brie, una oleada de temor me invade.

—Tú me contarías, ¿no es cierto?

Ella vacila apenas un instante.

—Sí.

—Dijiste que no podías contarme lo que Tai dijo que te hizo llorar.

Observa mi mano en la suya, y sigo su mirada hacia abajo. Es más alta que yo y más musculosa, pero sus manos son suaves y elegantes, mientras que las mías son ásperas y demasiado grandes para mis muñecas diminutas. Siempre me da vergüenza cuando nos tomamos las manos.

—Eso es diferente.

—No lo es. Jamás me perdonaría si te pasara algo pudiendo yo haberlo impedido.

Me mira un largo momento sin decir nada.

—Si no hablara contigo, hablaría con Justine.

Siento como si me clavaran agujas en los ojos, pero asiento y me paro abruptamente.

—No intento herirte, Kay. Solo digo que todos tenemos redes de contención en manos de diferentes personas. Yo te cuento a ti algunas cosas y le cuento a Justine otras. Tú no me cuentas todo, ¿verdad?

Casi. Casi todo.

Brie es la única persona de Bates que sabe que mi mejor amiga y mi hermano murieron, aunque no sabe cómo. Sabe que mi madre intentó suicidarse, aunque no sabe que fue culpa mía. Sabe tanto sobre mí como es razonable saber y perdonar. Y de algún modo, me hace sentir como si mi vida anómala fuera totalmente normal. Supongo que eso es lo que me gusta de Brie. Me hace sentir como si fuera normal que todo el mundo tenga secretos, y ocultarlos solo fuera parte de la experiencia humana.

—Intentaré estudiar antes de ir a dormir.

—Está bien. —Se pone de pie para darme un abrazo—. No dejes que esto te vuelva loca, Kay.

Mientras intento quedarme dormida, repaso los mensajes de texto de Spencer. Quisiera no parecerme tanto a Greg y que él no se pareciera tanto a Jessica. Se me ocurre enviarle un mensaje a Spencer para decirle lo que averigüé, que Greg podría ser el presunto asesino de la chica con la cual me engañó, que definitivamente se acabó entre nosotros. Pero eso no tendría sentido. Cada vez que le envío un mensaje para decirle que se acabó, terminamos reconciliándonos.

En cambio, me pongo a reproducir en bucle el único mensaje de voz que tengo guardado de él hasta quedarme dormida. Es un mensaje de cumpleaños del verano pasado. Dura quince segundos. Me avergüenza aferrarme a él solo para oír el sonido de su voz. Pero no dejo de repetirlo, hasta que me hundo en la oscuridad.

Al día siguiente, me salteo el desayuno y, en cambio, salgo a correr un buen rato por la mañana para despejar la cabeza. Después de una ducha rápida me reúno con el resto fuera del salón comedor para caminar juntas a la capilla. Es una mañana fresca, y el cielo está increíblemente azul. Siempre me resulta chocante cuando el día de un funeral o servicio conmemorativo coincide con un hermoso día. Me tomo del brazo de Brie mientras cruzamos el patio interno con el resto del alumnado, un ejército de jóvenes adolescentes vestidas en trajes negros de rigor, con cabello y maquillaje discretos. Como es un servicio conmemorativo, nos han instruido que no llevemos nuestros uniformes. La mayoría de mis compañeras probablemente no han tenido que enfrentar demasiadas tragedias a esta altura de sus vidas, pero todas hemos sido formadas en protocolo. Es parte de nuestra educación.

Tai no se encuentra allí, pero hasta esta mañana su nombre seguía en la lista de clase, y el temporizador del horno del sitio de la venganza sigue corriendo.

Nadie me dice una palabra hasta que finalmente me volteo hacia ellas.

—¿Podemos hablar de Tai?

Tricia escupe la goma de mascar que está perpetuamente mascando.

—Maldita sea, ¿lo dices en serio? —Luce, como siempre, como una modelo espectacular, con el cabello recogido, dejando al descubierto su cuello de cisne; las largas pestañas enmarcan sus ojos habitualmente cálidos color castaño oscuro. Ahora lucen tan fríos como el hielo.

Bric hace un gesto solemne con la mano para saludar a algunos miembros del equipo de atletismo y luego se vuelve de nuevo hacia nosotras.

—Tai estaba exagerando. Kay jamás la atacó.

—Tuvimos una pelea. Se acabó.

Cori hace equilibrio sobre un pie mientras levanta un calcetín caído sobre la pantorrilla pecosa.

—No puedo creer que estés defendiéndote. Me enteré de que se va del colegio. Para siempre.

Intento disimular mi reacción.

—¿Te lo dijo? ¿Cuándo se va?

—No, no me lo dijo. Ha bloqueado toda comunicación. Pero *yo* estoy al tanto.

Brie me dispara una mirada. Eso significa que la información fue directamente de la oficina de Klein a los padres de Cori. Todo esto sucedió con la velocidad de un rayo.

—No le echen la culpa a Kay —dice Maddy en voz baja—. Tai no es de darse por vencida. Jamás abandonaría el colegio salvo que *ella* hubiera hecho algo incorrecto. —A esta altura, todas nos hemos detenido en el medio del sendero, y el grupo me está mirando. Les hago un gesto para que se muevan al costado, bajo un sauce sin hojas, y dejamos que las demás pasen. Tricia vacila al borde de la senda, mirando sus zapatos Christian Louboutin. Luego se los quita y corre descalza sobre el césped helado con un gesto de fastidio.

—Estás ocultando algo. —Cori enrosca una rama sinuosa alrededor del brazo hasta que se quiebra. Sus mejillas habitualmente rosadas parecen haberse quedado sin sangre—. ¿Por qué no nos cuentas lo que realmente sucedió?

—Sí, Kay. No guardes secretos —dice Tricia.

Brie pone una mano sobre cada uno de sus brazos.

—No es el secreto de Kay, y por tanto no le corresponde contarlo. Le pertenece a Tai.

Los ojos de Tricia se llenan de lágrimas un instante, y luego se evaporan.

—Es mi mejor amiga. Si realmente hubiera cometido un error, me lo habría contado.

Miro sucesivamente a cada una de ellas.

—¿Están diciendo que hice algo para arruinarle la vida?

Nadie dice nada durante un instante.

—Tai estará bien —asegura Brie con firmeza—. Todas estaremos bien. Ni siquiera sabemos si se va.

—Entonces ¿dónde está? —Tricia cruza los brazos sobre el pecho con fuerza; sus hombros se cuadran rígidos. Parece a punto de quebrarse. Quiero consolarla, pero fui yo quien provocó todo esto.

La campana de la capilla comienza a sonar, señalando el comienzo del servicio.

—No lo sé —digo agotada—. No puedo decir nada más. Lo siento.

—Vamos, chicas. —Tricia enlaza los brazos con Maddy y Cori, alejándose de mí—. Es hora de honrar a los caídos.

Todas las bancas de la diminuta capilla están atestadas de estudiantes y otros miembros de la comunidad, y una multitud se amontona en todos los rincones. La familia de Jessica está sentada en la primera fila. Lucen como la típica familia de Bates, a pesar de que ella estaba aquí con una beca. Su madre es alta con hombros anchos y rasgos severos. Tiene los ojos hinchados y enrojecidos, pero no llora durante el servicio. Su padre luce estoico, con la mandíbula apretada, la postura encorvada y los dedos entrelazados como gruesos nudos marineros. Hay una hermana menor, aún no lo suficientemente grande para asistir a Bates, y un hermano mayor, apuesto, quebrado, su brazo rodeando protectoramente el hombro de su hermana. No habrá un funeral —aquello será un evento privado y después de que se examine el cadáver—, pero hay una enorme fotografía enmarcada de Jessica, rodeada por una cascada de lirios.

Odio los lirios. Son las mascotas florales de la muerte, y todo el mundo lo sabe. Tuve que inhalar su hedor, mezclado con el espeso perfume del incienso católico, durante las misas fúnebres de mis cuatro abuelos, luego de Megan, y luego de mi hermano mayor, Todd, apenas dos meses después, el año antes de comenzar en Bates. No les tengo paciencia a los lirios.

El servicio se extiende más de lo habitual para poder meter la mayor cantidad posible de homilías, poemas y canciones, y después sirven café y pasteles. La sala está abarrotada de alumnas y profesores, y hago lo posible por asentir con cortesía mientras pasan lentamente uno tras otro. Me recuerda al velatorio de Todd, cuando nos obligaron a saludar a todos los que fueron a presentar sus respetos. Como si hubiéramos sido los anfitriones de una fiesta, o algo por el estilo. Detesté a todas las personas que vinieron por hacerme sentir que tenía que atenderlos. Ahora comienza a surgir por dentro el mismo rencor a medida que mis compañeras me abrazan con emoción y los profesores me ofrecen la mano y pronuncian palabras en voz baja, destinadas a ser reconfortantes pero que seguramente repiten una y otra vez a cada estudiante presente. Palabras mecánicas. Finalmente consigo alejar a Tricia y a Brie a un rincón apartado donde podemos hablar sin interrupciones.

Me encuentro observando a la familia de Jessica y mordisqueando un croissant de chocolate cuando Maddy se apresura en nuestra dirección, jalando a Cori del codo.

—Parece que Notorious tiene novedades —observa Tricia.

Maddy la ignora.

—Tenemos que hablar de Tai.

—¿Acaso no lo hicimos ya? —pregunta Cori, enderezándose el cuello frente a un vitral.

—Sé lo que *sucedió* —dice Maddy con elocuencia. Nos hace un gesto para unir las cabezas y nos susurra en los oídos—: Tai se dopaba.

—Imposible. —Tricia echa un vistazo a mi croissant y bebe un sorbo de café. Durante su primer año, Tricia tenía un gran sobrepeso, y tras una cirugía y un verano de hacer una dieta extrema, está físicamente transformada. Ahora se niega a comer otra cosa que no esté en los menús diarios de su nutricionista. Era espectacular antes y es espectacular ahora, pero vive obsesionada con su menú.

—Interesante. —Brie inclina su cabeza hacia mí.

—¿Por qué tenía siempre tanta energía? —observa Maddy.

—Porque básicamente tomábamos seis tazas de café por día —digo.

—Sí, pero Tai era demasiado buena. Nadie juega tan bien y tiene tiempo para hacer vida social. —Cori vacía su vaso de plástico y se aleja discretamente para llenarlo de nuevo.

Tricia se muerde el labio inferior.

—Me alegro que fuera eso —añade.

—¿Por qué? —La miro con curiosidad.

Encoge los hombros.

—Tenía miedo de que tuviera algo que ver con la muerte de Jessica. Soy tan paranoica. Pero es indudable que la conocía más de lo que nos contó. La odiaba.

—Así que tú también la conocías —dice Brie.

—Solo sabía que Tai la detestaba. —Tricia se aparta el flequillo de los ojos con un ágil movimiento de los dedos—. Todo el mundo tiene secretos —añade, como si fuera una experta en el tema.

Lanzo una mirada hacia Brie, pero tiene los ojos fijos en el otro lado de la sala. Nola se encuentra haciendo equilibrio en un pie como una bailarina y chupando el azúcar de un buñuelo.

Me abro paso hacia ella.

—Oye.

Se inclina en un grácil *plié*.

—*Bonjour.* —Hoy lleva un delineado al estilo ojo de gato y rímel oscuro. Combinado con sus labios pálidos, casi desprovistos de color, la da un look retro de los años sesenta. A diferencia del resto de las estudiantes, ha optado por no llevar un vestido negro, lo cual resulta irónico teniendo en cuenta lo que elige habitualmente para vestirse. En cambio, lleva el uniforme estándar de Bates Academy.

—¿Te enteraste de lo de Tai?

—Me enteré de que yo tenía razón y tú estabas equivocada.

—Es correcto.

Una mueca juguetona se asoma a sus labios.

—Dilo.

—Yo me equivoqué, y tú tenías razón.

Asiente y da otro mordisco.

—Vaya, esto es una mierda. —Se deshace del plato en la basura y se dirige afuera. La sigo tras ponerme una chaqueta diminuta encima de mi vestido negro.

Una brisa se levanta y encrespa la superficie del lago, fustigando algunos platos de cartón y tazas de café solitarios sobre el césped de la capilla. Azota mis piernas y agita bucles de cabello de mi trenza en mi cara.

—Necesito tu ayuda para averiguar la contraseña de la próxima receta.

—¿A cambio de…?

Me detengo.

—Ya teníamos un trato.

—Eso fue para la contraseña inicial. ¿Ahora qué me ofreces? —Toma un paquete de cigarrillos de su bolsillo y enciende uno. La tomo del brazo jalándola detrás de la capilla. Está terminantemente prohibido fumar.

—No tengo nada que quieras.

Se inclina contra el contenedor de basura y golpea el pie suavemente mientras reflexiona.

—Consígueme una cita con el ex de Jessica.

Parpadeo.

—¿Greg Yeun? No creo que siquiera esté dispuesto a salir en este momento.

—No busco amor, busco un desafío.

Es evidente que lo que busca es desafiarme a *mí*.

—N–no sé si lo conseguiré. No soy proxeneta.

Encoge los hombros.

—El software de la contraseña es bastante básico. Seguramente, no me necesites.

—Está bien. Lo haré —digo a toda velocidad. Pero me arrepiento en el instante en que las palabras salen de mi boca. No tengo idea de cómo lo voy a conseguir.

Se mete el cigarrillo entre los labios y saca su celular del bolsillo.

—¿Cuál era el plato delicioso?

—*La venganza es un plato*. Espera. —Abro el e-mail de Jessica, copio el link, y se lo envío a Nola. Luego me fijo en la lista de la clase. El nombre de Tai ha desaparecido. Primera tarea, completa.

—A ver… —Abre el sitio web y teclea rápidamente un momento.

—¿Tienes el software para descifrar el código en tu teléfono?

Me dirige una mirada fulminante.

—¿Qué crees? —Teclea otro instante más y luego me muestra la pantalla.

Bajo la mirada a la lista de platos. La entrada era la Gallina despellejada estilo Tai. El siguiente punto es el primer plato. Hago clic en él. El nombre de la receta es Sándwich de Pulled Parck[1]. El apellido de Tricia es Parck.

Toma una cerdita gordita y rosada
Quítale la grasa; elige un trago
Whisky de Irlanda añejo y helado
Sirve con documentación, parece delicioso
Sobre un consejo de lujo
Ensártala por tener sexo con él.

Nola silba en voz baja.

—Qué amigas tan depravadas, Donovan.

Leo el poema varias veces. Tricia. Irlanda. Sexo.

—Imposible.

---

1. *Pulled pork* es una receta de cerdo desmenuzado. *(N. de la T.)*

—¿Eso significa que Tricia se acostó con Hannigan? Porque es exactamente lo que parece decir. ¿Irlanda? ¿Añejo? El asunto de la cerdita gordita es odioso, pero el resto le da en el clavo.

Siento náuseas. La drástica pérdida de peso de Tricia explica el cruel verso del comienzo. Pero Nola tiene razón. El resto parece referirse a Hannigan. Y hubo un rumor acerca de una estudiante en septiembre cuando él recién acababa de entrar. Pero todas lo desestimamos como una noticia falsa porque nadie tenía un nombre concreto.

Le devuelvo el celular, disgustada.

—No quiero tener nada que ver con esto.

—Sabes, tal vez estemos malinterpretando las cosas.

—Es evidente que Jessica era una persona perturbada. Tal vez…

—¿Lo tenía merecido? —Nola le da un golpecito al cigarrillo. Sopla una voluta de humo a través de sus pálidos labios y luego los tuerce en una sonrisa remilgada, perforándome con sus ojos azules—. Es posible. Pero ¿no quieres averiguar nada más? —Mira la pantalla—. Aunque no tengo idea de lo que significan la documentación o el consejo.

Le quito el teléfono y toco la pantalla en diferentes lugares. La imagen de esta receta muestra una servilleta de bar sobre la cual hay un teléfono garabateado. El número de Tricia. Toco el número y se abre un archivo PDF. Es la solicitud que envió para ingresar en Harvard con el programa de decisión anticipada, incluida su carta de recomendación de Hannigan. En la página final hay una captura de pantalla del consejo de admisiones de Harvard, y una de las personas que figura tiene como apellido Hannigan. Adjunto hay un archivo.jpg de Tricia y Hannigan juntos en su oficina, los brazos de ella alrededor de su cuello, el rostro de él inclinándose para besarla.

—Vaya, eso no luce muy bien —dice Nola. La puerta trasera de la capilla se abre y me inclino detrás del contenedor de basura, pero solo es un proveedor de la panadería que lleva una pila impresionante de cajas blancas de pasteles a su furgoneta. Salvo eso, el pequeño estacionamiento entre la capilla y los árboles que bordean el lago está completamente vacío.

La cabeza me da vueltas.

—Necesito hablar con ella. —Regreso corriendo a la parte delantera de la capilla, con el corazón dando volteretas en el pecho, e irrumpo por las puertas. El aire está espeso con la fragancia persistente de incienso del servicio, mezclado con el aroma dulce de pastel y café. Se me revuelve el estómago, e intento no respirar mientras avanzo a grandes pasos hacia Brie y Tricia.

Brie arruga la nariz.

—¿Estuviste fumando?

Sacudo la cabeza con vigor.

—Tricia, necesito hablar contigo afuera.

Me sigue, curiosa.

—¿Qué pasó?

Espero hasta que estamos fuera del alcance del oído de los pocos estudiantes que dan vueltas por el césped.

—Sé que resulta intrusivo, pero necesito que seas honesta conmigo. ¿Estás teniendo un *affaire* con Hannigan?

No duda un instante.

—No. Qué desagradable.

—No mientas.

Posa una mano sobre mi brazo y se ríe. Sus mejillas se pliegan formando hoyuelos.

—Oh, cielos, Kay. No estoy mintiendo.

Respiro hondo.

—Siempre estás diciendo que los tipos de nuestra edad son básicamente niños en edad preescolar.

Desvía la mirada una milésima de segundo hacia el costado.

—Algunos lo son. Mira a Spencer.

—Trish.

Observa a las estudiantes salir en tropel de la capilla y pasar junto a nosotras para dirigirse hacia las residencias.

—¿Qué tienes de pronto contra Hannigan?

—Nada si no es cierto. —Ahora repaso todas las veces que pasé por su oficina para revisar un trabajo que para mí no tenía sentido. Me hacía leer escenas románticas cuando no entendía los discursos políticos. Tal vez, solo quería que estudiara lo que iba a tomar en las pruebas. Pero ahora me produce escozor.

—Entonces ¿por qué intentas que lo despidan? —Echa un vistazo rápido detrás de ella sin pensarlo, y observamos a varios de los profesores deteniéndose en la entrada de la capilla, conversando con estudiantes. Hannigan se encuentra allí con su esposa, que luce increíblemente parecida a Kate Middleton. Tricia me mira y parece haberse encogido.

—Es desagradable, Trish. Es un abuso de poder absurdo acostarse con una alumna.

Vuelve a mirar la capilla un instante, y su elegante perfil resulta magnífico. Todas nos hemos vestido de luto, pero solo el rostro de Tricia lo refleja. Ella y Tai eran mejores amigas, y sé que ese es uno de los motivos. El otro es un corazón roto.

—No se trata de eso.

—Es él quien se equivoca. El cien por ciento. Pero por favor, sé honesta conmigo —digo en voz baja.

No responde de inmediato.

—Lo único que te importa eres tú.

—Alguien lo sabe. Y lo hará público.

Me mira, alarmada.

—¿A menos que…?

—No hay condiciones. Lo despedirán, y creo que tal vez quieran que tú te vayas.

—¿Quiénes?

—No lo sé.

—Qué conveniente. ¿Eso fue lo que le dijiste a Tai?

——Yo no la obligué a irse. —Pero no es cierto. Lo hice.

—Entonces ¿por qué debería irme *yo*?

—No deberías hacerlo. —No sé qué más decir.

—Tampoco él. Tengo dieciocho años. Puedo hacer lo que quiero.

—No funciona de esa manera. Él es un profesor. Controla nuestros futuros. Una mala calificación…

Sus ojos comienzan a brillar, pero aprieta los dientes.

—Te crees tan superior a mí.

—Para nada. Solo te estoy advirtiendo. Si tienes alguna manera de cubrir tu rastro en las próximas veinticuatro horas…

—Ahora solo estás amenazándome. Escucha, me agrada. Lo admito. Hemos pasado tiempo juntos. Pero jamás hemos llegado a tener sexo, y no me gusta que me juzgues.

Una sombra afilada de duda se cuela en mi mente. No creer en tus amigos tiene consecuencias. Así se derrumbaron las cosas en casa. El instante en que la reacción en cadena comenzó y arruinó la vida de todos. Cuando Megan me contó lo que pasó, lo que Todd había hecho, y yo dudé, y dije «Estoy segura de que fue un accidente». Ese fue el momento en que se alejó a toda velocidad de mí y después de eso quedó fuera de mi alcance; nadie más pudo volver a acercarse a ella. Y luego llegó el infierno.

Ahora miro a Tricia, y me atraviesa toda la culpa que sentí por Megan. Es demasiado tarde para hacer algo por Megan. Es demasiado tarde para ayudar a Tai. Pero tal vez no sea demasiado tarde para ayudar a Tricia. Y una cosa es cierta: si nadie me habla, jamás sabré el motivo por el cual Jessica quiso vengarse de todos.

—¿Conociste a Jessica Lane?

Sacude la cabeza y luego sonríe como si hubiéramos estado conversando de cursos, deportes o nuestros futuros, y no de nuestro mutuo derrumbe.

—No. —Se voltea de nuevo hacia la capilla—. Lamento mucho que hayan suspendido los partidos, Kay. Espero que logres salir adelante con tus notas. —Hace una pausa y luego mira fijamente el campanario con una expresión angelical—. Los milagros sí ocurren.

Quedo con la boca abierta.

Y es justo en ese momento que Spencer sale de la capilla, con un cigarrillo apagado que le cuelga de los labios, luciendo —como siempre— como si acabara de llegar de una fiesta que duró toda la noche. Su cabello lacio color arena se revuelve salvaje con la brisa, y se detiene para poner a resguardo su cigarrillo con una mano mientras gira el dedo sobre un encendedor intentando prender la mecha, entrecerrando sus pálidos ojos azules.

Durante un segundo me quedo paralizada, atónita de verlo. Luego me volteo abruptamente y me dirijo de regreso a mi residencia. Pero no antes de que me vea.

—Katie D.

Sabe que odio que me llame Katie. Sigo caminando, pero corre para alcanzarme y arroja un brazo alrededor de mi hombro, acercándome en un abrazo lateral. La sensación hace que quiera hundirme contra él y alejarlo a la vez. Quiero verlo, pero no ahora. Y el hecho de que simplemente aparezca para el servicio conmemorativo de Jessica y se comporte como si nada hubiera pasado después de todo lo que ocurrió entre nosotros es como una patada en el estómago.

—Cuánto tiempo sin verte —dice.

—O llamarme.

—Me dijiste que no lo hiciera.

—Por buenos motivos.

Cruzamos una mirada. Luego encoge los hombros y da una honda calada.

—¿En qué andas?

—Lo de siempre. Asesinatos, escándalo. ¿Y tú?

—Lo mismo. —No se ha rasurado esta mañana, y una barba incipiente color rojiza le cubre la mandíbula. Es una peculiaridad de Spencer. Su vello facial no coincide por completo con el cabello que tiene en la cabeza. Combina con el mío.

Ya casi hemos llegado a mi residencia. Bloquearon el estacionamiento con barreras para hacerle lugar a más autos, pero la mayoría se ha ido. Me siento tironeada. Quiero que esta conversación termine tan pronto como sea humanamente posible. También quiero que se prolongue indefinidamente.

No sería justo decir que tuvimos una relación de amor-odio. Más acertado es decir que fue de amor-desconsuelo. Nos conocimos la noche en que Brie y Justine se conocieron, en la misma fiesta. Brie y yo fuimos juntas, allá cuando seguíamos transitando una etapa de posibilidades. Yo ya había arruinado las cosas varias veces, y aquella era evidentemente la última oportunidad. Era la fiesta de elenco de un show de Easterly en el que actuaba Justine, y parecía que las cosas estaban muy cerca de suceder entre Brie y yo. Al menos eso creía yo. Creí que era una cita. Tricia se pasó dos horas quitándome todo el vello del cuerpo, cubriéndome con un oloroso mejunje, enderezando mi cabello ensortijado y maquillándome con el nivel de habilidad que se necesita para crear los efectos especiales de una película de terror. Tai me prestó un estupendo par de botas

Louis Vuitton y un vestido Coach de algodón y seda con una mezcla de estampados. No demasiado… solo lo suficiente. Es decir, mientras realmente *fuera* una cita.

Luego, durante la obra, todo se vino abajo.

El show era deprimente hasta el punto en que comencé a llorar y tuve que salir del teatro. Para cuando me recompuse, la fiesta del elenco ya había comenzado. Pero cuando llegué, encontré a Brie en un rincón flirteando con la estrella de la obra.

Así que… tal vez no haya sido una cita después de todo.

Me encontré sentada sola en un sofá, bebiendo vodka con limonada a toda velocidad mientras fingía enviar mensajes en mi celular para no parecer una completa fracasada sin amigas.

Y luego, un tipo se dejó caer a mi lado sobre el sofá como si fuéramos íntimos amigos, se inclinó y susurró: «Enviar mensajes de texto hace que parezca peor».

Se distinguía completamente de los demás. Los estudiantes de Bates tienden a vestirse según su estatus con un toque de estudiante de preparatoria, Polo Ralph Lauren y Burberry. El grupo de teatro de Easterly tenía un estilo más hipster, con muchos pañuelos, chalecos, vaqueros ceñidos, cárdigans y gafas. Spencer llevaba vaqueros rotos, una camiseta de mangas largas y cuello redondo de los Red Sox y un par de viejas Converse. Pero exudaba un aire de confianza que me resultó arrogante a la vez que fascinante en alguien que claramente estaba tan fuera de su liga. Daba la impresión de que se había caído de la cama y caminado hasta aquí en medio de la oscuridad. Era posible que yo hubiera quedado sola en la isla de invitados inadaptados, pero aún me veía espectacular.

Dejé el teléfono de lado.

—¿Enviar mensajes hace que qué parezca peor?

—Se supone que tienes que estar con Burberry. —Hizo un gesto hacia Brie.

—¿Cómo lo sabes?

—Lo dice su pañuelo. —Inclinó la botella hacia atrás, y dirigí otra mirada desesperada hacia Brie, pero estaba enfrascada en una conversación. Se suele meter de lleno hasta quedar atrapada. Pero solo cuando alguien realmente despierta su interés.

—No es lo que...

—Porque no dejas de mirarla, pero ella no te mira a ti. —Me volví de nuevo hacia Spencer. El rostro me ardía—. Así que te plantaron. Y fingir que tienes algo mejor que hacer en una fiesta solo hace que te veas aún más patética. Primer error, presentarle a tu chica a Justine. Segundo error, comportarte como si no te importara.

—Entonces ¿qué sugieres?

—Ponerla celosa.

Reí.

—Eso no sucederá, amigo.

Encogió los hombros.

—Como quieras.

Eché un vistazo alrededor del salón. Más de un estudiante de Easterly nos estaba mirando con curiosidad, y había envidia inequívoca en algunos de sus rostros. Disparé una mirada a Brie y Justine, y finalmente conseguí que Brie me mirara. Levantó una ceja como para preguntar qué hacía. Le hice un gesto para que se acercara, pero sacudió la cabeza y levantó el dedo como diciendo *espera un segundo*.

Me volteé hacia Spencer.

—¿Y *tú* con quién viniste?

Esbozó una sonrisa divertida.

—La cuestión es con quién me voy. ¿Quieres ayudar a que me decida? —Describió a algunas de las chicas en la sala, me señaló algunos pros y contras, y luego, por supuesto, me hizo su oferta—. O te podría ayudar con Burberry. Básicamente, tienes dos opciones: una, vamos a una habitación. Podemos jugar Blackjack y Yo Nunca toda la noche, y nadie se enterará jamás. Dos, nos besamos aquí en el sofá. Sé cuál prefieres.

Miré rápidamente a Brie una vez más. Ahora se había reubicado contra la pared de modo que tenía una visión completa de mí. Pero no hizo ademán alguno por finalizar su conversación o siquiera por invitarme a unirme a ellas.

Reacomodé mi posición de modo que quedé orientada tanto hacia Brie como hacia Spencer, y me incliné hacia él.

—Eres un principiante.

Una sonrisa curiosa cruzó sus labios.

—Qué acusación tan vil.

—Oh, no. Es un hecho. —Tomé su cerveza y la posé sobre el suelo. Luego lo jalé para que se pusiera de pie y lo ubiqué en un extremo del sofá, en tanto yo me senté en el otro, enfrentándolo, con las piernas cruzadas debajo—. Así no funcionan los celos.

Su sonrisa se hizo más amplia, pero también vi un destello de incertidumbre y excitación en su mirada. Era bastante guapo. Eso no minimizaba el dolor que me provocaba el hecho de que Brie me estuviera destrozando el corazón por enésima vez, pero su sonrisa tenía algo magnético. Por lo menos hacía más fácil no mirarla a ella.

—¿No?

Sacudí la cabeza.

—Es algo que se cuece lentamente. Seguimos hablando. Voces bajas, para que nadie más alcance a oír lo que estamos diciendo. Y cada vez que sonrío o me río, me acerco un poco más. —Para demostrarlo, me deslicé un par de centímetros hacia él y bajé mi voz hasta convertirla en un susurro—. Solo apenas. Tienes que ganártelo.

Su respiración se aceleró un poco, y no pude evitar reprimir una sonrisa. Había estado esperando y deseando tanto tiempo a Brie que había olvidado por completo cómo era sentirse deseada. Me sentía poderosa. Me sentía sexy. Él era sexy.

—¿Por qué sonríes? —preguntó Spencer, inclinándose aún más cerca. Su sonrisa tenía algo provocativo. Algo peligroso e inocente a la vez. Una paradoja. Por eso le agrada a la gente, decidí. No consiguen descifrarlo. Me di cuenta de que debíamos estar atrayendo mucha atención, y me pregunté si finalmente había captado la de Brie. Pero de pronto no quería arrancar los ojos de los de Spencer. Ni siquiera por ella, especialmente después de que me humillara. Ojalá estuviera observando.

—Vuelve a tu rincón. Esa es la regla final. No puedes besarme hasta que solo el aliento separe nuestros labios. Eso significa que si fuera un Dementor, podría aspirar tu alma.

—Qué imagen exquisita. Cuántas sonrisas para alguien que parecía a punto de estallar cuando me senté.

—Es un reto —dije con una mueca.

—Acepto. —Sonrió, y la excitación juvenil de sus ojos fue contagiosa. No era Brie, pero sería una distracción sexy y divertida.

Y lo fue. Siempre lo fue, hasta el final. Jamás tuve la intención de enamorarme de él.

Jamás tuve la intención de herirlo.

Y ciertamente jamás creí que él pudiera hacerme daño.

Ahora me mira desde el pie de las escaleras con la expresión más inocente. Tengo tantas ganas de preguntarle si quiere ir a dar un paseo en auto que de hecho desciendo un escalón hacia él. Pero de pronto gira bruscamente, levantando la mano apenas para saludar, se encamina de nuevo por el sendero y tropiezo con su sombra.

7

$\mathcal{E}$sa noche, tras estudiar un poco, llamo a Greg. Mi primer impulso era llamar a Brie para contarle acerca de Spencer y Tricia, pero si no me obligo a estudiar, no lo haré, y estoy ansiosa por saldar mi deuda con Nola.

Greg responde el llamado. La música suena a todo volumen en el fondo. Por un momento, el aliento queda atrapado en mi garganta. Cuando murió Todd robé su iPod y escuchaba su música sin parar: en clase, mientras dormía, corriendo kilómetros interminables. Este disco, *xx*, de la banda The xx, siempre era el último que sonaba, y cuando se detenía, también lo hacía yo. Era tan difícil volver a presionar play, recomenzar, salir de la cama.

—Hola, Kay Donovan. ¿Estoy bajo arresto?

Vuelvo a respirar.

—No, tengo que pedirte un favor.

Suelta una risa breve.

—No sabía que teníamos el grado de confianza como para pedirnos favores.

—En realidad, no, pero tenemos mucho en común. A ambos nos engañaron cuando Spencer Morrow y Jessica Lane tuvieron un encuentro libidinoso.

—Se trata de un modo frívolo de hablar de un asunto bastante complicado.

—Sí, pero así es la vida y, si te pones demasiado serio, te asfixia. —Me desperezo en la cama y arrojo las piernas contra la pared. Mis pies aterrizan sobre un póster del equipo nacional de fútbol femenino.

—Eres toda una filósofa.

—En realidad, no. Yendo al grano, me gustaría pedirte una cita.

Hay una pausa.

—No conmigo. Con alguien más parecido a ti. Es original, bonita y muy especial.

—No me has dicho nada concreto.

—Habla un poco de francés, hace un poco de ballet y es una hacker tremenda.

Hace silencio, y miro el teléfono para asegurarme de que la llamada no se haya cortado.

—Kay, eres consciente de que mi exnovia acaba de morir, ¿verdad?

—Como te dije, esto sería un favor. —Busco desesperadamente un argumento más convincente—. Será una buena distracción. Sal de la casa. Apaga esa música deprimente.

—Ni se te ocurra dejar el fútbol para ser porrista, Kay.

—Eso no sonó bien. Cuando mi hermano murió, lo único que me mantuvo cuerda fue salir y hacer cosas. Sé que cada uno vive el duelo a su manera, pero…

Cuando vuelve a hablar, su tono es más suave.

—Lamento lo de tu hermano. Pero no soy una persona activa. Además, es aburrido salir conmigo.

—Yo creo que sería genial salir contigo —digo.

Oigo una carcajada ahogada y me sonrojo involuntariamente. Fue estúpido decir algo así.

—Sabes que estoy bajo sospecha en un caso de homicidio, ¿verdad?

—¿Acaso ha sido calificado oficialmente como un caso de homicidio?

—No lo sé. No usaron esa palabra cuando me interrogaron, pero ya me han llamado dos veces para que me presente. No es una buena señal.

Contengo un suspiro de alivio. Si están con la mira puesta en Greg, estamos fuera de peligro. Tal vez, después de todo, Morgan no venga nunca a seguir con el interrogatorio.

Pero continúo debiéndole a Nola su cita.

—Una cosa más: no tengo gran afinidad con la candidata en cuestión.

Suelta una carcajada.

—Eres una vendedora terrible, Kay Donovan.

—Puede ser. Pero te repito, habla un poco de francés y hace un poco de ballet. Y es bohemia como tú.

—Ah, bueno, las personas bohemias suelen juntarse. Somos como cuervos.

Un asesinato de cuervos.

—Entonces, ¿tenemos un trato?

—No, se trata de un acuerdo completamente unilateral. ¿Qué obtengo yo?

Pienso.

—Pide algo.

—Volvamos a hablar. No una cita —dice rápidamente—. Pero encontrémonos en algún momento para comparar notas y heridas de guerra. ¿Te parece?

Asiento lentamente mientras lo considero.

—Sí. —Será una oportunidad para volver a observarlo, y averiguar un poco más sobre el blog de Jessica—. Pero antes tienes que cumplir con Nola.

—Nola. Está bien. Pásame sus datos.

Al día siguiente, se reanudan las clases, y resulta extraño estar de nuevo en un aula, tomando notas e intentando concentrarse como si el fin de semana que acaba de pasar jamás hubiera sucedido. Es como si hubiera pasado un mes desde el viernes. Pero solo han transcurrido tres días desde que murió Jessica. Parece surreal cumplir con las actividades habituales de un día común; le envío un mensaje a Tricia varias veces para ver si aún me habla. No responde, y a la hora de almuerzo no está. Brie me dice que tampoco estuvo en clase de Trigonometría ni de Literatura Comparada. De todos modos, sigue en la lista, y Hannigan está en su oficina cuando paso por allí, así que la tarea no se ha resuelto por arte de magia. Para el final del almuerzo, tengo quince minutos antes de que se detenga el temporizador del blog de la venganza. Comienzo a entrar en pánico. Incluso si obligo de algún modo a Tricia a abandonar el colegio, su nombre no desaparecerá tan rápido.

Salgo fuera y llamo a Nola.

—Estoy ocupada.

—No cuelgues.

—Convénceme con una frase.

—Me quedan quince minutos para eliminar a Tricia y a Hannigan y necesito tu ayuda. Catorce.

Nola sale del salón comedor, me ve y saluda con la mano.

—Esas fueron dos frases. ¿Por qué cambiaste de idea?

—Porque estoy desesperada —susurro. Me siento terrible. Pero esto es solo una solución temporal. Hannigan tiene que irse. No hay duda de eso. Pero luego se me ocurre algo. El nombre de Tricia solo tiene que desaparecer. No Tricia en sí. El programa solo registrará que su nombre ha sido eliminado, y para Nola es absolutamente posible hacerlo—. Necesito que elimines el nombre de Tricia de la lista de clase.

Nola se inclina contra el tronco de un árbol y saca la laptop de su mochila.

—Eso no suena a ensartar.

—Yo no inventé las reglas.

—¿Y Hannigan?

—Voy a denunciarlo.

Asiente.

—Está bien. ¿Y mi pago?

—Nola, se me acaba el tiempo. Digamos que te debo un favor que puedes reclamar cuando quieras, ¿sí?

—Está bien.

Tipea mientras yo escribo a las apuradas una carta anónima señalando a Hannigan como un profesor que se encuentra involucrado en una relación con una estudiante anónima, y la echo en el buzón de la doctora Klein. Dejo una segunda nota anónima en el buzón de Hannigan comunicándole que, si no renuncia de inmediato, le daré a Klein el nombre de la estudiante junto con la evidencia fotográfica. Justo cuando estoy a punto de salir del edificio, su asistente administrativa me llama desde lo alto de la escalera y me pide que tome asiento fuera de su oficina. Me quedo sentada en la sala de espera invadida por un temor asfixiante, preparada para responder preguntas sobre Tricia, pero cuando me hacen pasar a la oficina, la agente Morgan me está esperando junto con la doctora Klein.

—Siéntate —me pide la doctora Klein, señalando un sofá de gamuza azul.

Me siento y sonrío nerviosa.

—¿Puedo ayudar en algo?

—La agente Morgan te hará algunas preguntas, querida. Yo solo estoy aquí para acompañarte —dice.

Me volteo hacia la agente.

—Está bien.

Sonríe.

—¿Cómo lo estás llevando, Kay? Han sido un par de días muy difíciles.

—Estoy bien.

—Vi que cancelaron el gran partido que tenías esta noche. Eso debe ser difícil.

Difícil, dos veces, en dos frases. Digamos que no tiene un vocabulario particularmente amplio.

—Lo es.

—Entiendo que había algunos reclutadores que venían a observar tu juego.

Me resulta extremadamente inquietante su forma de mirarme sin pestañear, por no mencionar el exhaustivo trabajo de espionaje que ha realizado.

—Sí, es cierto.

—Difícil —dice por tercera vez. Por algún motivo, esto realmente me irrita.

—¿En qué puedo ayudarla?

—Solo haré algunas preguntas acerca de la otra noche, Kay. ¿Puedo llamarte Kay?

Hago un esfuerzo por que no se note mi fastidio.

—Todo el mundo lo hace.

—Dijiste que encontraste a Jessica un rato después de la medianoche.

—No afirmé una hora exacta. La encontramos, aparecieron ustedes y lo reportamos de inmediato.

Mira a la doctora Klein y luego a mí con incredulidad.

—Pero creí que le dijiste a tu amiga Maddy que no nos llamaras.

—No. Mi amiga Brie le dijo a Maddy que llamara antes a la doctora Klein. No queríamos que la familia de Jessica se enterara por las noticias o por Internet que su hija estaba muerta.

Escribe rápidamente en su libreta de notas.

—Así que le dijiste a Maddy que no nos llamara porque…

—Brie le dijo a Maddy.

Se golpea la frente con dramatismo.

—Brie le dijo a Maddy que no nos llamara para proteger a la familia de Jessica.

No puedo evitar que la irritación se cuele en mi voz. Me da la impresión de que está tergiversando mis palabras a propósito.

—Dije que le dijo a Maddy que llamara primero a la doctora Klein. Después a la policía.

—Error mío —suelta la agente, con una expresión inocente—. Para proteger a la familia de Jessica.

—Sí.

Revisa sus notas.

—Así que esto, de hecho, contradice la declaración que hiciste en la escena respecto de que no sabías quién era la víctima.

Parpadeo.

—Es cierto, no lo sabía.

—Acabas de decir que querías proteger a la familia de Jessica.

—Es cierto. Solo que no sabía la familia de quién era.

Comienza a dar golpecitos sobre la libreta con escepticismo.

—¿Cuál de las dos, Kay?

Inspiro profundo e intento permanecer calma.

—Queríamos proteger a la familia de la víctima desconocida. Estábamos casi seguras de que era una estudiante, y la doctora Klein sabría quién era.

—Está bien. —La agente Morgan enarca las cejas y lo escribe. No parece creerme—. Entonces. —Vuelve a levantar la cabeza para mirarme—. Cuando yo llegué a la escena, tenías una prenda empapada y rasguños en ambos brazos.

La garganta se me reseca. No me gusta a dónde se dirige todo esto.

—Dejé caer el disfraz dentro del lago, como dije. Teníamos planes de nadar. Y atravesé los espinos a toda velocidad para ayudar a Brie a salir del agua.

—¿Por qué no rodearlos?

—Porque mi amiga estaba gritando y necesitaba llegar a su lado de inmediato.

—¿Cuántos segundos ganaste corriendo a través de los espinos?

—No sabría decirlo sin hacer el cálculo.

—Adivina.

Mis ojos se dirigen rápidamente a la doctora Klein. Ella hace un gesto con la cabeza como para animarme, pero tiene las manos anudadas con fuerza.

—¿Tal vez veinte?

La agente Morgan procede a anotarlo.

—¿Estuviste toda la noche con tus amigas?

—Sí, en el baile.

—¿En algún momento estuviste sola?

Vacilo un instante. Brie dice que debemos decirle a la policía que nunca estuvimos solas. Pero no sé si lo confirmó con las demás. Termino partiendo la diferencia.

—No de un modo que importe.

—¿Qué significa «que importe»?

—No lo suficiente para matar a alguien. —Cuanto más hablo más me doy cuenta de que me estoy cavando una fosa de dos metros de profundidad.

—¿Y eso cuánto tiempo lleva?

—No lo sé. Nunca lo hice.

Hace una mueca.

—Qué ocurrente. Entonces, repasando los datos, ¿jamás estuviste sola, ni por un instante, durante toda la noche?

Maldición.

—Fui un segundo a mi habitación para cambiarme los zapatos antes de encontrarnos en el lago.

—Justo cuando se supone que asesinaron a Jessica Lane.

—No sabía que la habían matado. —Mis ojos se vuelven a desplazar hacia la doctora Klein, pero está mirando su escritorio.

—Ahora lo sabes. Tal vez saberlo te ayude a recordar mejor. —La agente Morgan golpea su lápiz suavemente sobre su libreta—. Estuviste saliendo un buen tiempo con Spencer Morrow.

—Sí. —Vuelvo a tener una visión de él con ella, de *mi* Spencer con la Jessica muerta. Muerta pero animada, helada pero llena de pasión. ¿Por qué siempre me la tengo que imaginar muerta con él?

—Rompieron cuando comenzó a salir con Jessica Lane.

—En ese momento no lo sabía.

—¿Ahora sí?

—Me acabo de enterar.

—Qué conveniente.

Tengo el rostro caliente, y el corazón me late en el pecho como si estuviera a punto de estallarme. Quiero gritarle a la agente Morgan que se vaya a la mierda. Pero eso solo me haría quedar aún peor.

—Solo un par de preguntas más. Cuando la agente de policía del campus Jennifer Biggs llegó a la escena, le dijiste que no tocara nada porque era una escena de crimen, ¿verdad? Había una chica con las muñecas cortadas. La mayoría de las personas que ven algo así creen que se trata de un suicidio. ¿Qué te hizo pensar que era la escena de un crimen?

—No lo sé. —Mi voz sale como un áspero susurro.

—Acabas de mostrarte sorprendida cuando te dije que Jessica había sido asesinada. Pero justo antes la llamaste una víctima y especulaste acerca de cuánto llevaría asesinar a alguien. Qué buena actuación, Kay.

—No quise…

—¿Es cierto que has estado en contacto casi permanente con el exnovio de Jessica, Greg Yeun, desde su muerte?

—No permanente. —Siento que estoy a punto de vomitar. La habitación comienza a girar como un carrusel, más y más rápido.

—¿Estuviste en la habitación de Jessica la noche que murió?

Sacudo la cabeza y la oficina se inclina bruscamente.

—¿Hay algo más que quieras decirme? ¿Lo que sea?

Abro la boca, mi estómago se contrae en una arcada, y luego me inclino hacia delante y vomito sobre el suelo.

Hasta el incidente del asesinato, el Baile del Esqueleto de este año había sido el mejor de todos. Como estudiantes del último curso, éramos las reinas de la escena. Tricia dejó a todo el mundo asombrado con su vestido de fiesta de diseño hecho a medida y sus increíbles pasos de baile, y Cori les dictó la playlist a los estudiantes de tercer año asignados a la cabina de sonido. El club de arte a cargo de la decoración había transformado por completo el salón de baile, convirtiéndolo en un rutilante bosque nocturno con remolinos de bruma y sombras grotescas. Tai dirigía un bar de cócteles clandestino en un baño, y Maddy corría de un lado a otro tomando fotos y subiéndolas al sitio web del evento mientras Brie bailaba, conversaba y se tomaba selfies con prácticamente todos los presentes. Las fiestas siempre son un poco más difíciles para mí. Yo rara vez me acomodo en una función como mis amigas. Siento que tengo que ser la cita o la invitada de alguien, o simplemente trato de pasar desapercibida. Pero arreglarme lo hace más fácil. Disfrazada de Daisy, pude identificar a alguien con un estilo Gatsby, una jugadora de rugby de tercer año vestida en un traje con aspecto costoso.

Caminé a los tumbos hacia ella, ignorando a la pelirroja con la que estaba hablando, y le dirigí mi sonrisa de Daisy más radiante.

—Hola, Jay.

Parecía confundida pero encantada con la atención.

—Flapper.

—La señora Daisy Buchanan.

—Ah, has dado con el Leo equivocado. *El Lobo de Wall Street.*

Me ofreció la mano, pero le saqué la bebida de la otra —un ginger ale con lima y gin—, la bebí de un trago y luego la arrastré a la pista de baile.

—Baila conmigo, Jay —dije, recostando mi cabeza contra su pecho.

Y así fue. Eso es lo que tiene Halloween, estar disfrazado, jugar roles diferentes. Para el final de la noche estábamos besándonos entre los arbustos detrás del salón de baile, y Maddy se reía y tomaba fotos mientras Cori aplaudía, y el Lobo de Wall Street, quienquiera que fuera, se ponía bruscamente de pie, avergonzada, recogía su traje y se disculpaba por algún motivo. Arranqué el teléfono de las manos de Maddy y eliminé las fotos.

—Pido disculpas por mis amigas. Las fotos desaparecieron. —Le mostré la pantalla y avancé hacia atrás recorriendo las fotografías para demostrárselo.

El Lobo me dirigió una sonrisa incómoda.

—Descuida. Nos vemos. —Entró de nuevo en el edificio, le arrojé la cámara a Maddy y volví a dejarme caer sobre el suelo.

—Qué mala eres —dijo Maddy riéndose. Se desplomó junto a mí jadeando y tomó un trago de su brillante petaca color rosado.

—*Mala* no es la palabra. Discretamente escandalosa. —Cori estiró sus largas piernas llenas de pecas contra el muro de ladrillos del edificio y recostó su cabeza en el césped.

Cori pertenece a *Gatsby*. Es una aristócrata de verdad, golfista, una personalidad ruda y franca con rasgos marcados y un ingenio aún más agudo. Por momentos puede ser demasiado áspera e intransigente, y sería fácil que causara antipatía si no decidiera de inmediato hacerse amiga tuya, y como decidió hacerlo, nos llevamos genial.

—Descansa en paz, Spencer.

—¿Has sabido algo de él siquiera? —preguntó Maddy.

Sacudí la cabeza.

—Spencer tuvo su oportunidad.

—¿Cómo puedes sencillamente… —Maddy suspiró y miró el cielo— hacer para gustarle a otra persona?

—No puedo. —Quisiera que no hubiera usado esas palabras—. Gustar es una cosa. Bailar es otra. Solo tienes que pedirlo.

Cori hizo una mueca.

—Aquello fue más que bailar.

—Entonces pide *más*.

Se rio con fuerza, una carcajada ronca y fuerte. La risa de Cori es tan particular que hizo que Tricia y Tai salieran del edificio. Tai llevaba sus pócimas en su enorme cartera, y Tricia aún bailaba. Tai se puso en cuclillas y abrió su bolsa de refrescos.

—Parece que es hora de una recarga. ¿Alguien quiere un shot de vodka con chocolate?

—Cielos, no. —Volteé la cabeza hacia ella, y una estela de estrellas acompañó el movimiento—. Dame algo burbujeante.

—Prosecco. Con notas de pomelo y miel. —Me sirvió una petaca diminuta, pero se la devolví y tomé la botella.

—¿Comenzamos a caminar hacia el lago? —Tricia levantó la botella y se echó un buen trago.

Me incorporé hasta quedar sentada.

—¿Dónde está Brie?

—Seguramente, en un rincón oscuro con otra perdedora —dijo Cori con una risita tonta.

El estómago me dio un vuelco. No le haría algo así a Justine. Y si lo hiciera, lo haría conmigo. Yo sería la elegida. Estaría rodeándome con los brazos, enlazando los dedos en mi cabello, nuestros labios presionados, atrayendo nuestros cuerpos mientras subíamos y volteábamos sobre las hojas crujientes, riendo para olvidarnos del frío. Debía ser yo. Siempre debí ser yo. De pronto, me sentí abatida e irritada como si la noche hubiera sido un desperdicio.

Y luego estaba allí, alzándose encima de nosotras, jadeando, despeinada, sus ojos brillantes y excitados por el alcohol.

—Cambio de planes. Separémonos ahora y encontrémonos en treinta minutos. Volvamos a nuestras habitaciones, dejemos los objetos de valor, hagamos lo que deba hacerse y nos encontramos al borde del campo de deporte. Tengo una sorpresa.

Una sonrisa traviesa jugueteó en las comisuras de los labios de Tai, pero yo ya no tenía ánimos.

—¿Qué tipo de sorpresa?

—Valdrá la pena. —Brie comenzó a correr hacia las residencias y echó un vistazo encima del hombro—. Treinta minutos.

—Vaya —dijo Tricia—. Definitivamente ha estado en algún rincón oscuro.

—Parece que se marchó para terminar lo que sea que comenzó —susurró Cori, y las demás rieron a carcajadas.

Las miré con furia.

—Se parecen a los chicos de las fraternidades.

—Nosotros somos las presas de los chicos de las fraternidades, Kay. —Tai bebió un largo trago y eructó en el dorso de la mano. Las otras se rieron descontroladas—. No somos más que chicas inocentes.

Salteo los cursos de la tarde para salir a correr una media maratón alrededor del lago e intento relajarme con una sesión de yoga en una de las salas de meditación privadas del complejo deportivo, pero no puedo bajar el pulso ni impedir el fragor de mi mente. No me va mucho mejor a la hora de la cena. Desde la muerte de Jessica, las comidas se han vuelto cada vez más surreales. La primera noche me senté sola, en el otro extremo del salón cavernoso de donde estaban mis amigas, mientras Tai intentaba envenenarles la mente para que se pusieran en mi contra. Al día siguiente, Tai se había marchado, y Tricia se sentó con el equipo de rugby después del servicio conmemorativo. Esta noche no hay señales de ella. Cori y Maddy están sentadas en nuestra mesa habitual, y arrastro a Brie a un rincón solitario en la parte trasera. Decido no revelar el secreto de Tricia. No me corresponde revelarlo, ni siquiera a Brie.

—¿Has visto a Tricia? —pregunta ella mientras aparto de un codazo a una estudiante de primer año para impedir que se siente en la mesa y tenerla toda para nosotras. Me mira espantada, y Brie sacude la cabeza al tiempo que me mira frunciendo el ceño y se disculpa ante la chica, que parece a punto de llorar.

—Lo siento —digo, distraída—. No te vi en absoluto.

—No responde el teléfono.

—¿Quién?

—Tricia. —Brie me pone la mano sobre la frente—. ¿Estás enferma?

—Estoy bajo sospecha —digo. Una sensación helada se apodera de mi cuerpo—. *Yo.*

—No pueden sospechar de ti. Tienes varias coartadas.

—No para cada instante de la noche. No para la ventana entre el baile y el lago.

Brie apoya el tenedor lentamente.

—Te dije que no les contaras acerca de eso.

—Me acorraló. Esa mujer es como uno de esos tiburones que muerden la presa y no la sueltan.

Brie cierra los ojos, y su expresión se vuelve serena, pero me doy cuenta de que comienza a entrar en pánico. Se vuelve extrañamente calma cuando las cosas van mal.

—Ahora sabrá que todas mentimos. Podrían arrestarnos por obstrucción de la justicia.

—Tranquila. Solo le dije que yo estuve sola. No el resto. Le dije que fui a mi habitación a cambiarme. Que da la casualidad que está directamente debajo de la habitación de Jessica. Luego la agente preguntó específicamente si estuve allí, y parecía insinuar que creía que hubiera estado. Nadie puede probar que no la maté, y luego me encontré con ustedes.

—Nadie puede probar que estuviste en su habitación porque no fue así. Y no tienes ningún motivo.

—Los celos son el móvil más antiguo del mundo.

Se ríe desestimándolo.

—¿Por Spencer? Si lo conocieran, ni lo considerarían. —Toma un bocado de espaguetis.

Me quedo pensando un momento.

—Ya te equivocaste una vez, Brie. La agente dijo que no fue un suicidio.

Brie frunce el ceño.

—Sí, parece que la opinión pública está inclinándose en esa dirección.

Echo un vistazo al otro lado del salón comedor y veo que Nola se desliza fuera de la cocina con su bandeja. Le hago un gesto con la mano para que se arrime. Duda un instante, y luego se acerca y se sienta.

—Nola, ¿conoces a Brie?

Se levanta y hace una reverencia afectada. Lleva el cabello peinado hacia atrás, su mata meticulosa de rulos sujeta con un lazo de seda azul que combina con sus ojos.

—Señorita Mathews, la conozco por tu reputación, por supuesto.

Brie la mira de arriba abajo y me dispara una mirada de recelo. Incluso con uniforme, Brie y Nola son polos opuestos. Nola es una encarnación dramática y diferente de sí misma todos los días, mientras que Brie es clásica y tradicional. Nola es maquillaje, teatro y efecto. Brie es brillo labial y luz natural; parece brillar por el solo hecho de existir. Nola está moviéndose siempre; Brie se mueve con un propósito. Las camisas de Brie están planchadas y abrochadas, y solo lleva como accesorio una sencilla cadena plateada; Nola lleva camisas desabrochadas hasta el chaleco, brazaletes toscos y anillos enormes, demasiado grandes para sus manos diminutas.

—Nola, tal vez debas cancelar tu cita con Greg.

Sacude la cabeza, haciendo rebotar sus rizos.

—Ni lo sueñes. Vamos a una función de medianoche del *Rocky Horror*. Voy vestida de Magenta.

—Está bien, pero ahora la muerte de Jessica está siendo investigada como homicidio, y es casi definitivamente un sospechoso. No sería seguro. —Mejor dicho, no se vería bien si, por algún motivo, la agente Morgan trazara una línea entre Nola, Greg y yo. No pareció gustarle el hecho de que yo estuviera en contacto con él.

Nola enarca las cejas.

—Qué *intriga*. ¿Crees que lo hizo?

—No —admito—. Pero no puedes arriesgarte.

—Podrías hacerlo —dice Brie con suavidad. Tritura un trozo de hielo y le sonríe con dulzura a Nola.

—Qué curioso. —Nola le da un mordisco al pan de ajo—. Me contaron que estabas en la lista de sospechosos, Kay. Tal vez no debería arriesgarme a hablar contigo.

—¿Quién te dijo eso?

Encoge los hombros.

—La gente habla.

Le dirijo a Brie una mirada como diciendo «te lo dije», y vuelvo a mirar a Nola.

—Puedes hacer lo que quieras. Solo intento protegerte.

Me observa.

—¿En serio?

Asiento con cierto esfuerzo. La cabeza me pesa una tonelada. Necesito beber café. Siento el teléfono zumbando bajo la mesa y bajo la mirada para ver un mensaje de Brie.

Me mira expectante, pero sacudo la cabeza. Respondo:

Está todo bien.

—Muy bien. No iré. —Nola escribe un mensaje en su teléfono—. De todos modos, no es mi tipo. Demasiado pigmento. Un poco de tinta está bien. Menos es más. —Nos mira a mí y a Brie—. Entonces, ¿qué hacemos esta noche?

—Los días de semana estudiamos —dice Brie. Me mira como si estuviera esperando que ofrezca mi propia excusa.

Realmente debería estudiar. Pero tengo que echarle un vistazo a la siguiente receta del blog de Jessica, y a esta altura ya debería estar abierto. Pero no puedo mencionárselo a Brie.

Nola asiente.

—¿Mi habitación o la tuya?

Brie me mira con una expresión que no comprendo. Se levanta sin decir una palabra más, me besa con fuerza la mejilla y sale del comedor hecha una furia.

8

La habitación de Nola no es nada parecida a lo que esperaba. Creí que las paredes estarían tapizadas con pósteres de Tim Burton, fotografías de *Vampire Diaries*, dibujos góticos, y una estética del estilo. En cambio, está llena de luz y vida. Hay plantas por todos lados. Reconozco cactus, aloe, girasoles, lirios atigrados y amarilis, pero el resto me resulta exótico, el tipo de vegetación que se veía en un desierto y en climas tropicales. Se me ocurre que no sé nada acerca de Nola, ni siquiera de dónde es.

—¿Te dedicas a la jardinería? —pregunto sin motivo.

—Pues no es exactamente un jardín. Pero sí, me gustan las plantas. Estos son todos esquejes de mi casa. Mis casas. —Inclina una regadera sobre una maceta de cactus, y examino el resto de la habitación. Su escritorio está cubierto de pilas cuidadosas de libros e instrumentos de escritura antiguos, recipientes de tinta, plumas de cálamo, piedras para afilar, plumas cortadoras, y cosas de ese estilo. Las paredes están completamente tapizadas de papel madera, con minuciosas columnas de caligrafía que se extienden de suelo a techo. Me paro de puntillas para alcanzar la parte superior de una columna.

—«¡Cuánto más felices pueden ser unos que otros! / En toda Atenas se me tiene por tan hermosa como ella». —Me volteo hacia ella—. ¿Por qué me suena tan conocido?

117

—Porque *Sueño de una noche de verano* es la obra más representada de Shakespeare. La leímos el año pasado en Literatura Europea, y también fue la obra que representamos en la primavera. Yo era Helena.

—Oh. —No suelo molestarme con las producciones teatrales del colegio. El arte escénico no es realmente lo mío. Solo voy a las obras de Justine para apoyarla, y en la mayoría me he quedado dormida u ocupado el tiempo enviando mensajes de texto.

Nola hace un gesto en dirección a la pared con una mano delgada y luego se para junto a mí. Es una cabeza más baja que yo.

—Crees que memorizar algunas ecuaciones para Física es difícil. Intenta meter todo esto en tu cerebro.

Camino lentamente en círculo. La pared entera está cubierta de arriba abajo.

—Es imposible que te lo hayas memorizado todo.

—Pues no para una obra —admite—. Pero jamás olvido nada. Podría recitarte *Hamlet* en este preciso instante.

—No estuviste en *Hamlet*.

Me mira con sus ojos, que son dos globos extraños.

—Fui la primera alumna en la historia de Bates que actuó de Hamlet. El año pasado, en tercer año.

Sabía que al club de teatro le gustaba montar obras de Shakespeare, y como no hay estudiantes varones, son las mujeres quienes interpretan el papel de hombres. Pero por algún motivo jamás imaginé a alguien que conozco representando un papel icónico. Hamlet. El vendedor, comoquiera que se llame. Imagino a Nola vestida con el típico atuendo isabelino, con un bigote dibujado con delineador, y una sonrisa asoma en mis labios. No puedo evitarlo.

Sus ojos se estrechan.

—Como si darle a un balón de fútbol fuera un logro tan meritorio.

Me muerdo el labio.

—No me rio. Parece realmente difícil.

—Un mono puede hacer lo que haces tú. Pero no lo que hago yo. Es lo único que digo.

—Estoy de acuerdo. —Asiento—. ¿Podemos ir al sitio web, por favor?

Se arroja sobre la cama con ímpetu y levanta la mirada al cielorraso.

—¿Has pensado bien en todo esto, Kay?

—¿A qué te refieres?

—Me refiero a que el sitio web está acosando a tus amigas. Primero a Tai, luego a Tricia. ¿Realmente quieres tentar al destino?

—Tengo que hacerlo.

Levanta la cabeza y se apoya sobre los codos. El cabello le cae sobre los hombros como un manto oscuro.

—¿Por qué?

Porque Jessica supo lo que hice y, si no sigo sus reglas, también lo sabrán los demás.

—Porque tal vez sea la próxima en la lista de Jessica.

Se inclina hacia mí con complicidad.

—¿Qué secreto sucio guardaba sobre ti?

Encojo los hombros.

—Tal vez, nada.

—Tenía algo sobre todos los que están en la lista. Quizás, uno de ellos sea el asesino.

—O tal vez la explicación más sencilla sea la verdadera. Se suicidó y quería vengarse de todos los que le hicieron daño.

—Eso no es lo que cree la policía.

—La policía no sabe sobre el blog de la venganza. Y no debe enterarse.

—Dijiste que necesitabas mi ayuda para entrar en el sitio web porque Jessica te dejó un mensaje allí.

—El sitio web *es* el mensaje. Quería vengarse.

—¿Por qué pedirte a ti que lo hicieras? Es un favor tremendo para pedirle a alguien que jamás has conocido.

—Esa es la pregunta.

La mirada de Nola me atraviesa.

—¿No le has hecho nada? ¿Tal vez algo que hayas olvidado? ¿Algo que ni siquiera pensaste dos veces? ¿Lo que sea?

Sacudo la cabeza y le digo lo que parece la enésima mentira del día.

—Ninguna de nosotras jamás habló con ella antes de que apareciera muerta. Era una nadie.

Nola encoge los hombros.

—Quizá sea eso lo que le hicieron. Ninguna persona quiere ser una nadie. —Abre la laptop, y me siento junto a ella mientras entra en el sitio web y descarga el programa para desbloquear la contraseña de la siguiente receta.

Mientras se apoya en el codo, el cabello le cae sobre un hombro y su vestido se desliza un poco hacia abajo. Noto una mancha de tinta negra que se extiende sobre su omóplato derecho.

Me arrodillo al costado de la cama.

—¿Tienes un tatuaje?

Me mira por encima del hombro.

—No. Me hago el mismo dibujo sobre mi propia espalda todas las mañanas, dejo que se borre durante el día, me quito el resto en la ducha con un cepillo y lo recreo meticulosamente hasta el cansancio. Es como un juego para mí.

—Claro.

Jala el vestido ligeramente hacia abajo sobre el hombro para que alcance a ver mejor. Se trata de un dibujo intrincado de la esfera de un antiguo reloj sin las manecillas.

—¿Qué significa?

—Es arte. Si lo explico, pierde el sentido. No se le pide a un pintor que explique… Olvídalo. —Vuelve a levantarse el vestido a las apuradas con el rostro sonrojado.

—Lo siento. Por lo que nos dice la señorita Koeppler, el arte siempre tiene un sentido.

Sonríe y me aparta el cabello del rostro casi como haría Brie cuando digo algo que revela mi ignorancia sobre una cuestión en la que se considera una experta.

—Es cierto. Pero la obra de arte en sí es la declaración del artista. El resto depende del espectador. —De pronto deja caer la mano, como si recordara que estoy prohibida. Me lleva un instante recordar que técnicamente no lo estoy. Pero sigo sintiéndome culpable, y miro mi teléfono para ver si Brie me ha enviado un mensaje tras su intempestiva salida del comedor. Nada.

La contraseña aparece. Nola la escribe y hace clic sobre el link para abrir el limpiador de paladar.

Sorbete color Naranja Sangre de Nueva Orleans, LA

Tenía una naranja, la exprimí hasta que palideció
La golpeé hasta que sangró, ningún indicio quedó
La llevé al bosque y se perdió; la dejé en la nieve y se heló
¿Creíste que nunca nadie sabría
que la nieve color naranja yo algún día atraparía?

Hay varios archivos adjuntos de lo que parecen gotas de brillante sangre roja que salpican la nieve.

El rostro de Nola se vuelve blanco como la tiza.

—Soy yo —susurra—. Jessica también quiso vengarse de mí. Vuelvo a leer las palabras.

—No lo veo. —Entonces advierto el título. Nueva Orleans, LA. NOLA—. ¿Tú qué hiciste?

—No pudo saberlo. Es imposible. —Nola jadea con tanta fuerza que prácticamente está hiperventilando, así que le paso un cojín.

—Abraza esto. Inhala lento y profundo. —Vuelvo a leer el poema—. Creí que Jessica solo quería vengarse de mis amigas.

Nola aferra el cojín contra el pecho y respira más lentamente.

—Parece que no.

—Pero es un blog de venganza. Tiene sentido que vaya tras Tai y Tricia. Incluso si no la recuerdan, todas mis amigas les han dicho y hecho algo a las demás estudiantes y ahora lo lamentan. Y si no lo lamentamos en aquel momento, seguro que ahora sí. —Evito la mirada de Nola—. Tú no eres como ellas.

—Podría serlo. —Me mira por el rabillo del ojo—. Es posible que no haya accedido a ayudarte por pura generosidad. Al menos, después de ver la primera receta.

—¿A qué te refieres?

—*Hay* una cosa que me une a ti, a Tai y a Tricia. Y a Jessica.

Rebusco en mi memoria. No se me ocurre ni una sola conexión entre las cuatro.

—No lo creo.

—¿Te suenan las palabras *Querido San Valentín*?

La frase me golpea como un puñetazo demoledor. Me tomo un momento para recomponerme.

—¿Qué sabes de Querido San Valentín?

—Sé que mi primer año no tenía amigas y estaba desesperada por conseguir algunas. Así que me anoté para ser mensajera. Me asignaron el tercer piso en Henderson, por lo que

Jessica estaba en mi lista. Y el día de San Valentín, nadie le envió flores. Nada del otro mundo, no era la única estudiante de segundo año. A mí tampoco me mandaron. Pero luego Tricia me encontró y me rogó que regresara para entregarle una carta a Jessica. En realidad, no nos permiten hacer eso. Se supone que el evento dura un día. Pero fue tan amable, y yo estaba tan desesperada por que alguien fuera amable conmigo… que acepté. Luego al día siguiente, lo mismo. Y al siguiente. Para el tercer día, Jessica me rogó que dejara de hacerlo. Pero cuando intenté decirle que no a Tricia, me dijo lo estupenda que era, y que todo el mundo me consideraba una heroína. Tú, Tai, Brie e incluso las estudiantes del último año. Soy tan idiota. En realidad, ninguna de ustedes hablaba conmigo. Pero supongo que imaginé todas esas miradas de admiración en clase y comencé a ir a los partidos, y cielos, qué perdedora era. De todos modos, no sé lo que había en aquellas cartas que Tricia escribía. Pero todos los días oía a Jessica llorando cuando golpeaba su puerta. Y seguía entregándolas. Durante casi dos semanas, hasta que por fin Tricia dejó de escribirlas. Luego volvió a fingir que no me conocía. Así que, sí. Yo diría que Jessica también tenía un motivo para vengarse de mí. Por eso realmente quería ayudarte. He estado esperando para ver si aparecía mi nombre. Solo tenía la esperanza de que lo que algún otro le hubiera hecho fuera peor. Lo que sea que haya estado en esa carta era terrible. Tan terrible que el último deseo de Jessica fue arruinarles la vida a todos los que estuvieron involucrados en enviarlas. Tú eras amiga de Tricia, y Jessica te confió la misión de llevar a cabo su venganza. Eso significa que o participaste o eras la única de tus amigas que no lo hizo. Así que vuelvo a preguntar: ¿hay algo que le hayas hecho a Jessica?

Intento hablar, pero tengo la garganta demasiado reseca. Querido San Valentín es una muy buena razón para que Jessica esté enojada conmigo y con mis amigas. Y Nola solo conoce parte de la historia. Su versión apenas rasca la superficie.

Voltea la laptop para mostrarme el poema de nuevo y toma una bocanada de aire profunda y temblorosa.

—¿Recuerdas toda aquella histeria hace un par de años cuando desapareció el gato de la doctora Klein? ¿Tal vez una semana o dos después del día de San Valentín de aquel año?

Una descarga eléctrica recorre mi espalda al recordarlo. Fue todo un acontecimiento. Hunter había sido una presencia habitual en el campus, prácticamente una mascota. Siempre cruzaba al trote el parque, persiguiendo ardillas; desparramaba las hojas por todos lados o se sentaba al sol. Luego despareció del interior de la mansión de la doctora Klein, en las lindes del campus. Las puertas y ventanas habían estado cerradas, pero sin cerrojo. Ella estaba segura de eso. Habían abandonado su collar. Fue terriblemente siniestro. Colgaron pósteres en todos lados. Hubo múltiples asambleas. La policía del campus habló con el alumnado; el psicólogo del colegio nos mandó llamar a cada una para entrevistarnos. Fue todo un acontecimiento. Pero Hunter nunca apareció. Aquel gatito atigrado, adorable y peludo.

Me volteo hacia Nola, el pánico se propaga lentamente en mi interior como una fiebre.

—¿Qué hiciste?

—Fue un accidente. —Hunde el rostro en el cojín y suelta un aullido ahogado. Luego lo levanta. Tiene los ojos enrojecidos y llorosos, y el rímel corrido—. Yo no lo secuestré. Solo lo encontré. Por lo menos, creo que fue él. Estaba en el arroyo. Vivo, pero por muy poco... —Su voz se va apagando al tiempo que las lágrimas desbordan sus ojos. Tiene la nariz hinchada y los labios temblorosos. Su voz flaquea—. Tenía el cuerpo aplastado y el pelaje apelmazado con sangre coagulada, y ni siquiera se veía color roja en el agua, sino café y rosado. Realmente tétrico. —Se atraganta, y la rodeo torpemente con mis brazos.

»Jamás había visto nada muerto —sigue, cada vez más alterada—. Y todo el mundo estaba tan triste, y no sabía qué hacer. No tenía amigas y tenía miedo de que si decía algo, todo el mundo creyera que lo había hecho yo. O si lo encontraban, dirían: *oye, Nola estuvo caminando por este arroyo, ¿acaso no es una coincidencia curiosa? Qué rara es.*

Un sentimiento de culpa abrumador me desgarra por dentro al recordar lo crueles que habíamos sido con ella cuando apareció con su cabello teñido de negro azabache, esmalte negro y maquillaje gótico. *Necro*. Ni siquiera le dimos una oportunidad. Hacíamos bromas diciendo que se acostaba con cadáveres y adoraba al diablo. Por supuesto que prendió. Todo lo que hacemos termina prendiendo. Con razón estaba aterrada. Abro la boca para decir que lo siento, pero solo digo:

—Nadie hubiera creído que lo hiciste.

Me dirige una mirada áspera.

—Todo el mundo hubiera creído que lo hice. —Sorbe por la nariz y se derrumba sobre mi hombro—. Así que lo levanté y corrí. A través del bosque, sobre la nieve, lo más rápido que pude. Luego lo puse sobre el suelo para enterrarlo, pero el terreno estaba helado, así que lo cubrí con piedras. Pero toda la nieve que me rodeaba estaba empapada de sangre. Por un rato pensé en simplemente hundirme en ella, dejar que la nieve me envolviera y morirme de frío. Parecía una manera de morir sin sufrir. Pero me eché atrás. —De pronto, se sienta y se sorbe la nariz con la manga. Luego me mira—. ¿Sabes por qué?

Sacudo la cabeza.

—¿Por qué?

Cruza la habitación y señala una de las columnas escritas sobre la pared. «Pues en aquel sueño de la muerte, qué sueños sobrevendrán / Cuando nos hayamos despojado de estas ataduras mortales, / debe hacernos reflexionar».

—¿Shakespeare te salvó la vida? —le pregunto, escudriñándola con la mirada.

Luce decepcionada, casi desdeñosa.

—Hamlet. No podía matarse, porque por terribles que sean los tormentos de esta vida, el más allá podría ser aún peor. No podemos hacerlo sin una certeza. —Parece tan convencida que asiento, aunque está completamente equivocada. Es posible que Hamlet no haya podido hacerlo, pero algunas personas se animan. Megan lo hizo. Tengo mis dudas de si Shakespeare hubiera podido salvarla aunque todas sus palabras hubieran cubierto todos sus muros.

»¿Qué pasa si cada uno de nosotros muere y va a un infierno individualmente diseñado, lleno de nuestros temores más profundos y oscuros? —pregunta Nola, dejándose caer nuevamente sobre su cama—. Si es cierto, no puedes de ningún modo permitirte morir un segundo antes de lo necesario.

—Claro. —Desde que Megan y Todd fallecieron, intento no pensar demasiado a menudo en la muerte, pero cuando lo hago, me gusta pensar en ella en términos más optimistas—. Pero lo contrario es igual de probable. Tal vez, cuando muramos entremos de inmediato en nuestra tierra de sueños. Un continuado de todos nuestros mejores recuerdos. —Una sonrisa cruza mis labios, imaginándome con Todd cuando éramos niños, corriendo por el patio trasero el 4 de Julio, con el olor a perros calientes y hamburguesas que impregnaba el aire; las luciérnagas y luces de bengala, iluminando el ocaso; el césped, resbaladizo bajo nuestros pies desnudos. Sería una imagen para añadir al rollo. Espero que en este momento esté en algún lugar así.

—Quizás no sea nada —dice Nola—. Pero de todos modos, nos hace pensar. —Suspira y vuelve a mirar la pantalla de la computadora—. Si Jessica sabía que enterré a Hunter, estaba perfectamente enterada de dónde está su cuerpo. Sabes lo que tenemos que hacer ahora.

Una sensación viscosa me revuelve el estómago.

—¿Ambas?

—Es decir, si quieres el resto de las contraseñas. —Me mira desafiante.

Me pongo de pie, recojo mi cabello en una coleta ajustada y me pongo el abrigo.

9

Es una noche despejada, pero hace un frío gélido. Ráfagas ocasionales de viento me arrancan el aliento de los pulmones. Decido que la helada caminata alrededor del lago y a través del bosque amerita que me ponga el abrigo de Todd. Además, si nos encontramos con alguien mientras llevamos un cadáver, tendré un problema más grave que estar a la moda. El bosque se encuentra en el otro extremo del lago, del otro lado de la carretera principal. Caminamos en silencio, yo, con las manos enrojecidas y agrietadas, hundidas en los bolsillos, y Nola, cada tanto balanceando los brazos y haciendo semipiruetas. A medida que pasamos más y más tiempo juntas, ciertas conductas de ella me llaman la atención. Cuando camina, baila. Apenas ligeros rebotes y deslizamientos. Tiene gestos gráciles, y a veces se para en puntillas como si tal cosa, como si no se diera cuenta de lo que hace. También habla con cierta melodía. Por momentos, su discurso adquiere una cadencia determinada, y después de permanecer sentada demasiado tiempo en un lugar, da golpecitos con los dedos y los pies. Cuando todo está en silencio, comienza a canturrear en voz baja, y ahora tengo que hacerla callar una o dos veces, porque si no lo hago, su voz se vuelve más y más fuerte hasta que está cantando a viva voz, y tarde o temprano nos pillarán deambulando por el bosque con un saco lleno de huesos de gato, entonando alegremente a pleno pulmón canciones de musicales.

—¿Estás segura de que puedes encontrar el camino de regreso al lugar? —le pregunto mientras apuntamos el haz de nuestras linternas alrededor del bosque oscuro.

—Creo que sí —dice—. Había señales. Un viejo granero rojo a la derecha, un tractor abandonado a la izquierda. Una roca con las iniciales IKC grabadas encima. Una cinta rosada para marcar la línea divisoria de una propiedad, un poste indicador de una ruta de senderismo, y tres árboles más allá, las piedras.

La miro de soslayo en la oscuridad, con la linterna inclinada hacia abajo.

—Qué buena memoria.

—Pues tuve que encontrar el camino de regreso —dice.

Me abro paso lentamente sobre las raíces y las piedras, con cuidado para no resbalar sobre las hojas escarchadas y húmedas. Lo último que me falta es estar lesionada una vez que consiga que la temporada vuelva a comenzar. Damos la vuelta a un gran roble abatido sobre el suelo, sus enormes ramas putrefactas brotan de la tierra. Nola se detiene.

—Allí. —Señala.

Miro hacia el lugar donde acaba de indicar, pero no alcanzo a ver nada. Avanza cruzando un pequeño claro, su calzado deportivo roza a un lado las hojas incrustadas de escarcha. Luego comienza a apartar piedras de una pequeña pila. Vacilo. No quiero tocarla. Si hay un cadáver putrefacto debajo, es probable que aquellas piedras estén infestadas de gérmenes. Me quedo a un lado y forcejeo con el cierre de la mochila de tela que Nola decidió que emplearíamos para transportar el cadáver. Cambio el peso de un pie al otro mientras aparta rápidamente las piedras y las coloca detrás de ella. En cualquier momento aparecerá un cuerpo. Hace un tiempo que está allí, y no sé qué esperar. Podría ser bastante macabro. No he visto muchos cadáveres.

Jessica estaba recién muerta, y los cortes y la piel se hallaban conservados por el agua helada y por lo reciente que había sido. Megan fue cremada. Todd fue minuciosamente retocado para que no pareciera que había sido reventado por el camión del hermano de Megan. Reconstruyeron su caja torácica bajo su flamante traje azul marino. Pintaron sus manos, las empolvaron y las sujetaron para que abrazaran amorosamente un balón de fútbol contra el pecho. Cubrieron un enorme corte en el costado de su rostro y le cosieron los labios y los párpados para que luciera en paz. Y luego, capas y capas de pintura y polvo, pintura y polvo. El disfraz más grotesco de Halloween de la historia.

Le rogué a mi madre que no me hiciera ir al funeral, que no me hiciera mirar el cuerpo de Todd, pero ella solo se quedó parada allí sin decir una palabra, mirando cómo se movía mi boca. Estaba tomando tantas pastillas que no comprendía una sola cosa de lo que yo decía. Era demasiado para ella, explicó la tía Tracy. Yo jamás sabría hasta qué punto estaba hundida en la desesperación. Y sí, yo tenía que ir. Era lo que se esperaba. Pero cuando me paré allí, mirando el cuerpo destrozado de mi hermano, se me ocurrió que quizás podía entender hasta cierto punto el grado de desesperación de mi madre. Solo que no sentí tristeza, ni la mente vacía como si hubiera tomado una pastilla, ni una furia que me hiciera gritar cosas sobre abogados, infiernos o venganzas como hizo mi padre tras puertas cerradas antes de oír sus sollozos atravesando la casa, tan sonoros como carcajadas. Lo que yo sentía eran como pequeñas punzadas, pequeñas descargas impulsivas. Meter la mano en el ataúd e intentar cambiar la posición de las manos frías y rígidas de Todd. Vaciar la botella de papá de whisky especial. ¿Acaso alguien haría algo? Y luego, en Bates. Competir contra la capitana de un equipo en segundo año, obligar a la chica nueva a comer una araña muerta, escribirle al entrenador un poema de amor o fingir un ataque en el medio de la capilla. Sustraer la ropa más bonita del vestuario y llevarla puesta en el campus, porque si no la escondías y no te echabas atrás, nadie te pondría en evidencia. Saltar dentro del lago después del Baile del Esqueleto. Lo que se me ocurriera. Solo para ver qué sucedía. ¿Quién iba a detenerme? ¿Acaso alguien haría algo? ¿Importaba siquiera algo de todo ello?

Y luego, el mundo comenzó a girar una vez más sobre su eje. De hecho, me convertí en capitana del equipo. Mamá y papá se aferraron a la vida. Todo se volvió real. Todo comenzó a importar. No quiero volver a caer en aquella nada angustiosa y delirante. Porque una vez que estás dentro de ella, no hay puntos de apoyo. Se necesita algo extraordinario, una alineación cósmica de dimensiones prodigiosas para sacarte de allí. Conocer a alguien como Brie. Darme cuenta de que sí pertenezco a un colegio como Bates. Un lugar donde puedo estar completamente segura de que lo que hay por delante es mejor que lo que dejé atrás. Pero el equilibrio es tan frágil.

Finjo estornudar para tener una excusa de llevar los dedos a mi rostro y dejarlos allí, mirando a hurtadillas a *través de ellos*. No quiero ver un cadáver putrefacto de gato. Nola retira otra piedra más, y me muevo inquieta donde estoy parada.

—¿Qué haremos con el cuerpo? Ni siquiera hablamos de ello.

Ella no levanta la mirada. Retira otra piedra y la echa a un lado con descuido.

—Volver a enterrarlo.

—¿Dónde? ¿Cómo? No tenemos palas y el suelo está helado. —Retrocedo un paso hacia la oscuridad, de modo que la fosa y el exiguo hilo de la linterna que lo ilumina quedan prácticamente bloqueados por su figura inclinada. Pero aún alcanzo a ver una delgada porción de su pálido rostro curvándose sobre la pila que se achica, con la expresión concentrada y la tierra acumulándose bajo sus uñas.

—No lo haremos bajo tierra. Aquello sería demasiado obvio. Solo volvería a aparecer.

Doy otro paso más hacia atrás y, al sentir algo que me toca el hombro, suelto un grito. Una rama. He retrocedido hasta quedar de espaldas a un árbol.

Nola se voltea y me mira, furiosa.

—Harás que nos atrapen.

—Lo siento —digo dócilmente.

—Podrías ayudar, sabes.

—No lo creo. Prefiero vigilar.

Remueve una piedra más y atisba hacia abajo.

—Arrójame la mochila.

Se lo arrojo, incapaz de obligarme a mí misma a acercarme o a retroceder aún más, incapaz de apartar la mirada o de hacer algún esfuerzo por asomarme y mirar alrededor de ella. Lo que tengo delante es lo siguiente: tierra dura, mechones de pelo y huesos. Resulta casi más aterrador que lo peor que imaginaba, por ser tan simple y estar montado como si fuera una pieza de museo. Fósiles. Se me ocurre una idea escalofriante. Nola había dicho que Hunter no estaba muerto cuando lo encontró. Me acerco un poco más, miramos los huesos en silencio, y siento curiosidad. Casi pregunto. Pero luego raspa con cuidado los huesos y el pelaje separándolos del suelo y los mete en la mochila. Finalmente, se limpia las manos sucias en la tierra.

Me mira con desdén desembozado.

—Eres una cobarde, Donovan.

Comienzo a estar de acuerdo. Pero no me convencerá de que toque los restos de Hunter. Un temor repentino y paralizante se apodera de *mí*. El temor de que de un modo u otro tendré que responder por su muerte. Que, por ver sus huesos, soy de algún modo responsable. Y luego el temor estalla, y no es solo Hunter, son Megan, Todd y Jessica. La muerte es una reacción en cadena, un efecto mariposa. Me estremezco y comienzo a desparramar las piedras de nuevo alrededor del claro con mi calzado deportivo.

—Entonces, ¿cuál es el plan? Ya tenemos los huesos.

Se lanza la mochila al hombro y se dirige por el sendero hacia la carretera principal.

—Les damos reposo.

—Dijiste que no podían volver a ser enterrados.

—Justamente. Irán donde jamás volverán a reaparecer.

Al entender el sentido de sus palabras, me recorre un escalofrío.

—¿No crees que el lago esté demasiado vigilado en este momento?

Acelera el ritmo e intento igualar sus pasos.

—No cerca de donde encontraron a Jessica, sino cerca de la carretera principal.

Camino a la par de ella.

—Nola, piénsalo bien. Si alguien descubre esto alguna vez, es mucho más incriminatorio que la tumba. Pueden rastrear la mochila hasta ti.

—¿Cómo? ¿Has oído alguna vez que realizaran una prueba de ADN por un animal muerto?

Me quedo un rato callada, inquieta. Hay muchas cosas que podrían salir mal. Me jalo la capucha de cachemira sobre la cabeza a medida que nos acercamos a la carretera principal y escudriño la oscuridad en ambas direcciones antes de cruzar corriendo. Todo está en calma. Al borde del lago, Nola se arrodilla y abre la cremallera de la mochila. Yo recojo piedras para lastrarla. *Cómplice*, grita una voz en mi cabeza. Cómplice de homicidio.

Levanto una piedra pesada, resbaladiza por el musgo y las algas, y la deslizo dentro de la mochila. Hace crujir los huesos y las demás piedras que están abajo.

—Así que supongo que después de esto hemos terminado.

Ella se remanga y se enjuga el sudor de la frente.

—Ni de lejos. Esto es apenas el comienzo. Dame algo que me sirva.

—Respecto del blog de la venganza. —Hago una pausa y me aboco a otra piedra grande—. Obviamente no puedo seguir metiéndome en él sin el programa, pero si me muestras cómo usarlo, estamos a mano.

—No dije que hubiera acabado. —Su rostro es una máscara de quietud, pero sus brazos están envueltos con fuerza alrededor de su cintura, casi a la defensiva.

—Pues yo sí.

Suelta una carcajada abrupta.

—No me estás despidiendo.

—No seguiré poniéndote en peligro. Hemos destruido tu evidencia, pero tu nombre sigue en la lista. Solo hazme un favor más y elimina tu nombre de la lista como hiciste con Tricia. Y enséñame a usar ese estúpido programa de contraseñas. Yo me ocupo del resto.

—Como si tuvieras algún tipo de control sobre toda esta mierda. —Levanta la mirada para sonreírme a la luz de la luna. Sus sonrisas siempre tienen un aire de cinismo, pero por un instante, con la brisa soplando suavemente los mechones de su cabello aterciopelado alrededor de su pálido rostro, y los ojos luminosos, parece llena de esperanza.

Luego recuerdo por qué estamos aquí, y el hecho de que soy directamente responsable de que ella haya quedado involucrada.

Discúlpate. Hazlo ya.

—Está bien. Pero eres la secuaz malhablada.

—Siempre me comporto como una verdadera dama.

Nola me ayuda a arrancar la piedra del suelo y a meterla en la mochila. Cierra la cremallera, luego se pone de pie e intenta levantarla sin éxito.

—Maldita sea, qué pesada es. Dame una mano.

Me afirmo con la baranda que separa el lago de la carretera, deslizo una de las correas sobre el hombro y hago fuerza para levantar. De pronto, un haz de luz blanca oscila encima de nosotras.

—Agáchate. —Nola suelta la mochila y se tumba contra el suelo, dejándome a mí sujetando sola la mochila.

Como un ciervo petrificado ante las señales de su propia muerte, quedo paralizada, esperando yo también encontrarme con un par de faros y el fantasma de Jessica Lane que me acecha por perturbar a los muertos. Pero no es ninguno de los dos. De hecho, es mucho peor. Es la agente Morgan en persona, caminando con determinación sobre el sendero del lago, con una linterna.

Dejo caer la mochila y comienzo a correr.

«¡Ey, tú! ¡Detente donde estás!», escucho que dice.

Oigo a Nola chillando y un par de pisadas que golpean a mis espaldas. Tengo confianza en mi habilidad para escapar de Morgan. Estoy en plena forma física, tengo diecisiete años y entreno a diario. Ella probablemente tenga treinta y cinco, y tal vez haya sido una atleta alguna vez, pero seamos sinceros, en este lugar no hay demasiados delincuentes para perseguir. No me llama por mi nombre, y eso me da esperanza. Tal vez tenga una oportunidad de regresar sin que me atrapen. Pero con Nola no se sabe. Aunque es baja, tiene que estar en buena forma física si baila con regularidad. No puedo darme el lujo de detenerme y mirar atrás, pero espero que haya huido en otra dirección o se haya quedado escondida. Si la atrapan, es como si me atraparan también a mí, porque no tengo motivos para creer que me protegerá.

Mi calzado deportivo golpea con fuerza sobre el sendero del lago; tomo las curvas a toda velocidad, y luego me alejo de las residencias cortando camino hacia el gimnasio, esperando aguantar más que ella. Incluso si Morgan corre rápido, cuento con tener más resistencia. Rodeo el gimnasio y bajo la velocidad, aguzando el oído para escuchar pisadas detrás. No oigo nada. El corazón me late con fuerza. Tomo el teléfono de mi bolsillo y se me ocurre enviarle un mensaje a Nola para ver si consiguió regresar. Pero no puedo. Si en este momento está con la agente Morgan, y por algún milagro no me delata, entonces enviarle un mensaje me implicaría.

Entro en el gimnasio y me dirijo al vestuario para darme una ducha rápida antes de regresar a la residencia. Por si acaso. Cuando estoy secándome y poniéndome una muda extra de ropa que siempre tengo en el locker para los entrenamientos de los días de lluvia, veo que Nola me envió un mensaje.

Estuvo cerca.

Mi cuerpo aún tiembla con la adrenalina de la persecución y el terror de que estuvieran a punto de atraparnos, pero también me siento extrañamente eufórica y desafiante. Decido que es el efecto Nola. Le respondo:

Me debes una.

Sonrío y regreso a la residencia.

10

Para la noche siguiente, la noticia se ha propagado por todo el campus: encontraron el cadáver de un gato cerca del lago.

—Probablemente haya sido la misma persona que asesinó a Jessica —dice Cori durante la cena—. Aparentemente, el homicida empleaba gatos como una manera de prepararse para asesinar a un ser humano. Así empiezan los asesinos seriales. Todo el mundo lo sabe.

Brie me patea bajo la mesa y esboza una mueca de suficiencia. Cori había sido una de las protagonistas en la historia original del gato perdido porque era amiga de la familia de la doctora Klein y, como tal, conocía a Hunter desde que era un gatito. Se tomó su secuestro muy en serio y condujo patrullas de estudiantes para rescatarlo. Como alguien que había estado regularmente en la mansión de la doctora Klein, también era la autoridad principal respecto del modo en que una persona pudo haber entrado y salido sin ser visto mientras la doctora y su esposo cenaban, el lugar donde era probable que hubiera estado Hunter en ese momento y otras cuestiones forenses. Incluso comenzó un podcast que duró poco sobre crímenes reales en torno a la desaparición de Hunter, pero rápidamente se aburrió y lo abandonó cuando fue evidente que no sería el siguiente *Serial*.

Descarga su reciente conjunto de teorías en Brie, Maddy y yo con su vertiginoso discurso mientras extraigo los champiñones de una quesadilla de pollo. Resulta un tanto agridulce. La noche de quesadillas era la favorita de Tai, y también la mía.

—Creí que Jessica se había suicidado —interrumpe Maddy.

Cori la mira furiosa.

—A estas alturas, cualquiera que siga aferrándose a la teoría del suicidio está *en* estado de negación *por miedo*, Notorious. ¿Acaso seguiría habiendo una cinta para precintar la escena del crimen en su habitación si fuera un suicidio? *¿Y por qué* continuarían interrogándonos los oficiales de policía?

Levanto la cabeza bruscamente.

—¿También te interrogaron a ti?

Cori me mira con incredulidad.

—Por supuesto. Somos testigos.

Siento que los cubiertos se deslizan entre mis dedos y los apoyo, limpiándome las palmas sobre la falda.

—¿Qué le dijiste a ella?

Frunce el ceño y se acomoda detrás de la oreja un mechón de su grueso cabello color café que le llega hasta el mentón.

—A él. Hablé con el tipo bajo. Lombardi. Le dije lo que vimos. Un cuerpo muerto, que fue muy triste, que era demasiado tarde para hacer algo. Ahora, volvamos al pobre y dulce Hunter.

Nola aparece revoloteando y apoya su bandeja a mi lado. Cori deja de hablar. Brie sonríe tensa y saluda con un gesto de la cabeza. Cori y Maddy levantan la mirada hacia Nola, mudas. Ella las vuelve a observar y luego me mira a mí.

Doy un mordisco a la quesadilla, nerviosa.

—¿Conocen a Nola Kent?

—Nos estamos encontrando constantemente —dice Brie. Bebe un sorbo de mi soda, y me sorprende lo territorial del gesto. Es imposible que esté celosa. Le echo un vistazo a Nola, que se encuentra saboreando su propia bebida y observando a

Brie, y luego miro a Brie, que retiene mi vaso y hace girar la pajilla.

Nola se voltea hacia Cori.

—Tú eres la chica del gato.

Cori se aclara la garganta.

—Pues… en realidad, sí. Lo conocí personalmente.

No es gracioso en absoluto. Lo que le sucedió a Hunter es un episodio morboso, cruel e injusto. Pero la tensión de la mesa me supera, y una carcajada me burbujea en los labios por el modo en que lo dice. Brie me lanza una mirada extrañada, y toso con las manos sobre la boca. Nola me sonríe pícaramente detrás de su taza de té.

—¿Qué te pasa? —le grita Cori a Nola, aunque no resulta del todo justo. Fui yo quien se rio. Aunque Nola sonrió.

—Entonces, ¿quién lo hizo? —le pregunto a Cori, esperando distender la situación—. Conclusión final.

Muerde un trozo de aguacate y mastica reflexivamente.

—Una estudiante. Del penúltimo o el último año. Alguien que estuvo aquí lo suficiente para conocer la mansión de la doctora Klein y a la doctora misma, y, obviamente, alguien que sigue aquí. —Bebe un sorbo de leche y prosigue, disfrutando a pleno el protagonismo—: Fue alguien que tenía un motivo para estar resentido con la doctora. Pero no fue venganza. Fue una compulsión.

Los ojos de Maddy se abren aún más.

—¿Así que crees que es una asesina *serial*?

Cori asiente con solemnidad.

—Es de manual.

Brie roza su pie contra el mío de nuevo, y lo hace rebotar de un lado a otro, entre el mío y el suyo, juguetonamente.

—¿Has matado alguno últimamente? —Vino a cenar directo de la pista de entrenamiento. Se encuentra apenas sofocada, las mejillas aún enrojecidas, el cabello despejado de la frente con una cinta escarlata. Siempre es más bonita justo después de entrenar.

—Qué gracioso.

Cori frunce el ceño.

—¿Qué?

Consigo liberar mi pie.

—Brie cree que es muy gracioso que la agente que estuvo en la escena del crimen tenga una venganza personal contra mí.

Maddy pone los ojos en blanco.

—¿Por qué fue tan perversa? Obviamente, necesita un hobby.

—Tal vez tenga razón. —Todos los ojos se vuelven hacia Nola, que nos mira ominosamente por encima de la taza de té. Cierro los ojos, frustrada. ¿Por qué tiene que ser tan rara?—. Me refiero a que Jessica le robó su novio. Nadie más tiene un motivo. Salvo el ex de Jessica, y como Kay está acostándose en secreto con Greg, ¿quién sabe qué más están ocultando? —Encoge los hombros, y todas se quedan mirándome boquiabiertas.

—Por favor, dime que no estás haciendo eso —reclama Brie.

—¡Por supuesto que no! —Me volteo hacia Nola, que sonríe maliciosamente—. Se lo inventó. No estoy saliendo con nadie.

—No dije que estuvieras saliendo —dice Nola con un fuerte susurro.

La mandíbula de Maddy se descuelga, y Brie me lanza una mirada incierta. Tomo mi bandeja y me alejo furiosa de la mesa, volcando lo que queda de mi cena en el contenedor de la basura. Nola me sigue a la puerta.

—Lo siento —dice, restándole importancia—. ¿Fui demasiado lejos?

—¿Qué diablos te pasa? —Me pongo el abrigo sobre los hombros—. Llamé a Greg porque tú me pediste que arreglara una cita contigo. Estoy tratando de ser amable contigo, Nola.

Cruza los brazos sobre el pecho y alza su barbilla, tan puntiaguda como la de un duende.

—¿En serio? ¿Tan difícil es? ¿Tanto te cuesta?

Advierto que todas las personas que se encuentran lo suficientemente cerca para oírnos nos están mirando.

—Solo… sé normal.

Sacude la cabeza.

—Tienes que aprender a soportar una broma, Kay.

—Tus bromas no son graciosas.

—¿En serio? —Entrecierra los ojos—. Tampoco las tuyas.

Empujo la puerta para salir. Un remolino de hojas sale a mi encuentro mientras regreso a paso airado a mi residencia. Un instante después, Brie sale corriendo y me alcanza.

—¿Qué te está pasando?

—Nada. Nola es una maldita mentirosa.

—Entonces, ¿por qué pierdes tu tiempo con ella? —Su aliento sale en nubecillas de su boca, y mientras camina se balancea arriba y abajo. Solo lleva una sudadera y pantalones de chándal. Me quito mi abrigo y se lo ofrezco, pero me lo devuelve con ímpetu. Intentamos unos segundos pasárselo a la otra hasta que por fin lo coloca encima de los hombros de ambas.

—Terca.

—Es rara pero amable.

—No parece nada amable. Acaba de hacerte quedar como una idiota.

—Por lo visto, a ti ya no te gusta nadie.

Brie me mira de reojo.

—¿Por qué dices algo así?

Encojo los hombros.

—Maddy.

Dejamos de hablar un momento mientras atravesamos un grupo de estudiantes que le dirigen a Brie las sonrisas y los saludos acostumbrados, pero salvo que me lo imagine, algunas me miran con recelo.

—¿Acaso esa asquerosa estudiante de tercer año a quien nadie conoce me murmuró *puta*? —Me detengo en seco y le echo una mirada fulminante por encima del hombro. Su nombre es Hillary Jenkins; probó entrar en el equipo de fútbol durante dos años seguidos, pero no pasó la prueba. Y puedo convertir su vida en un infierno.

Brie me aparta del farol de hierro forjado donde se han congregado las estudiantes de tercer año.

—Escucha. Ahora que Tai y Tricia se han ido, la gente ha comenzado a especular. Dicen que tú las delataste, que conseguiste que despidieran a Hannigan...

—¿Lo despidieron?

—¿Dónde has estado y por qué no me invitaron? Tai y Tricia terminarán el año en una escuela pública, y para ellas es un insulto terrible.

—Ninguna responde mis mensajes.

—Pues dicen las malas lenguas que fuiste tú quien lo provocó.

—No es cierto.

—Por supuesto que no. Así como no te acostaste con el ex de Jessica. —Frunce los labios y levanta las cejas—. Lo interesante es que estos rumores comenzaron el instante en que comenzaste a frecuentar a Nola.

—Estás completamente equivocada. —Me volteo y vuelvo a mirar a las estudiantes de tercer año. Por un instante considero aclarar lo que sucedió exactamente con Tai y Tricia. Pero Brie vuelve a conducirme con suavidad hacia Barton Hall.

—Hay algo más. —Hemos alcanzado los escalones de piedra de Barton, y ella levanta la mirada hacia mi ventana—. No sé cómo se descubrió que Jessica y Spencer se acostaron. Y la gente cree que es raro que se haya muerto justo después de eso. Ahora, viendo que traicionas a todas tus amigas y comienzas a frecuentar a Nola, famosa por su necrofilia y por adorar al demonio…

—Eso es mentira. Nosotras inventamos ese rumor.

—Pues ahora vuelve para morderte el trasero. Tal vez sea mejor que recapacites acerca de juntarte con ella hasta que termine la investigación.

Doy un puntapié al césped y ahogo un grito de frustración.

—Qué mierda.

—Todo volverá a la normalidad. Solo tenemos que mantener un perfil bajo y aguantar.

La examino.

—¿Aún crees que fue un suicidio?

Toma un hondo respiro y lo suelta lentamente.

—Es difícil decirlo sin ver la evidencia. —La respuesta de una abogada. Mira su reloj—. Tengo una tonelada de tarea para Latín.

—Y yo, para Francés.

—Así que ¿no más Nola? —Nunca es fácil discutir con Brie. Primero, formula sus pedidos como afirmaciones. Segundo, su nivel de confianza en sí misma me hace dudar de mí misma. Y tercero, estando tan cerca de ella, olvido por qué mi lado de la disputa era importante para empezar.

—Vamos. ¿Dejarías de juntarte con Justine si te lo pidiera? —Intento restarle importancia a la pregunta, como si en realidad no la tuviera.

El rostro de Brie se ensombrece.

—Está bien. No sabía que tú y Nola tenían una relación tan estrecha. —Me arroja el abrigo—. Hablamos luego.

Entro al edificio y subo las escaleras hacia mi habitación dando fuertes pisotones. Realmente tengo que hacer algo de tarea esta noche. Me lleva hasta la medianoche ponerme al día con mi trabajo escolar y casi me quedo dormida sobre mi escritorio, pero me siguen molestando los comentarios provocativos de Nola. Es obvio que no estoy saliendo con Greg ni estoy interesada, pero sí necesito averiguar más sobre Jessica y lo que pudo haber sabido sobre mi pasado.

Es posible que Greg sea la última persona con la que debería hablar después de lo que dijo la agente Morgan. Pero también conoce a Jessica mejor que nadie. Cepillo mis dientes, me pongo el pijama, entro en la cama y apago la luz antes de animarme a llamarlo. No responde, lo cual tiene sentido, porque a esta altura ya son cerca de la una de la mañana. Decido no dejarle un mensaje. Se dará cuenta de que llamé. Si quiere responder la llamada, lo hará.

Pero para la una y media, aún no puedo dormir, y de alguna manera termino marcando el número de Spencer.

—Katie D. ¿Cuántas vidas has arruinado hoy? —dice a modo de saludo.

—Olvídalo.

—No cuelgues —dice rápidamente. Lo oigo tipeando a toda velocidad—. Lo siento. Estoy de mal humor porque estoy perdiendo. Déjame morir. —Por un instante lo oigo teclear con furia, y luego hay silencio—. Disculpa. He extrañado nuestras reuniones de Insomnes Anónimos.

—No podría decir lo mismo. —En realidad, sí. Pero jamás lo haría. Ambos sufrimos horriblemente de noche. Pensamos demasiado. La noche es algo que Brie y yo jamás pudimos compartir de verdad, porque ella se duerme temprano. Y por más que la primera hora me encante recostarme junto a ella, rápidamente se convierte en una tortura mirar el cielorraso oscuro. Spencer y yo paseábamos, nos besábamos, hablábamos sin parar sobre nada en especial, arrojábamos piedras a la luna. Lo que se hace cuando no hay otra cosa que hacer. Una vez hice entrar a escondidas a Spencer en mi habitación (una infracción que podría haber terminado en expulsión), trepamos a la torre y nos pasamos la noche mirando el cielo para ver si distinguíamos estrellas fugaces. Al final, me quedé dormida, pero cuando desperté, él seguía con la frente presionada contra la ventana y los ojos enfocados en el delgado halo de luz sobre el lago. Aquella fue la noche que le dije a todo el mundo que Spencer y yo finalmente habíamos tenido sexo, la noche que se supone que debió suceder. Pero por algún motivo solo terminamos despiertos, esperando. Se suponía que habría una lluvia de meteoritos. El cielo nos falló.

—Me encanta tu honestidad. —Lo oigo encender un cigarrillo y abrir la ventana de su habitación. Me imagino allí con él. Siempre he odiado el olor a cigarrillo, salvo cuando hace un frío gélido, metida bajo su chaquetón estropeado. No puedo explicarlo.

—Entonces, dime algo.

—Eligen las damas.

Me muero de ganas de preguntar acerca de Jessica y si la policía lo ha interrogado, pero Spencer es impulsivo respecto de la verdad. Es más probable que me lo cuente si él mismo saca el tema que si se lo pregunto y sabe que me importa. Porque entonces se convierte en un juego.

—¿Estás viendo a alguien? —pregunto en cambio.

—Las agentes de policía no son realmente mi tipo, ¿sabes?

Su otro talento es darse cuenta exactamente de lo que estoy pensando.

—Encontrémonos.

—¿En serio?

—Claro. A esta altura, el sueño se está convirtiendo en un recuerdo fugaz. Reúnete conmigo en Old Road en quince minutos.

No duda.

—Trae unos bocadillos.

Aparezco con dos Vitaminwaters y un puñado de barritas energéticas. En realidad, no tengo otra cosa. Cuando aparece, trepo en su auto y quedo envuelta de inmediato en los olores de café de vainilla y humo de cigarrillo. Me hace un gesto hacia el posavasos, y levanto un café, agradecida.

—Sabía que no cumplirías con la misión de los bocadillos. Hay donas en la parte trasera.

Llevo el brazo hacia atrás y elijo una dona de chocolate glaseado.

—Gracias.

Se dirige por el camino serpenteante a través del bosque que rodea la orilla oriental del lago.

—¿Qué quieres, Kay? Solo me llamas cuando necesitas algo.

—Jamás haría algo así. Solo quiero hablar.

—¿Sobre qué? —Con un movimiento rápido del dedo, lanza el cigarrillo hacia fuera y sube la ventanilla. Yo subo la calefacción.

—Nada. Cualquier cosa. Café y donas.

Estaciona el auto y me mira.

—Entonces, hablemos realmente. Sobre nosotros.

Una horrible sensación de desazón me invade. Siempre me pareció que tiene un rostro angelical y demoníaco a la vez, dependiendo de la expresión que elija adoptar. En este momento, la esperanza de su mirada me está destruyendo. Una parte de mí lo quiere besar y decirle que olvide todo lo que ambos hemos hecho. Porque Brie jamás se decidirá a quererme.

No como su novia. Eso lo probó esta noche. Y Spencer y yo nos conocemos tan bien. Podemos pedir explicaciones mutuas por errores cometidos, enloquecernos mutuamente, tranquilizarnos el uno al otro cuando estamos en un estado de desesperación absoluta y excitarnos en segundos. Odio que todo lo que deseo esté arruinado por la contradicción. Tengo el cerebro partido, el corazón amputado. En este momento, ahora, quiero desabrocharme el cinturón de seguridad, treparme a su regazo y besarlo hasta olvidar todo lo que las últimas semanas se me ha grabado en el cerebro.

Pero al filo del mañana y por siempre, y el instante en que vuelve a haber aire entre nosotros, no puedo perdonarlo por el asunto de Jessica. Por lo menos, yo no puedo olvidarlo. No puedo dejar de imaginármelo. Y cada vez que lo hago, es de la misma forma aterradora, como una pesadilla que me despierta. Su cuerpo muerto y frío, abrazándolo.

—Spence —digo en voz baja—, no hay nada que podamos hablar de nosotros. Ambos lo sabemos.

—Te sorprendería —dice con una voz tétricamente calma.

El aliento me queda atrapado en la garganta.

—¿Eso qué significa?

Enciende el motor de nuevo.

—Una sola vez —dice, sin mirarme—. Jess y yo solo nos acostamos una vez. ¿Es eso lo que querías saber?

—No pregunté.

—No hacía falta que lo hicieras.

Conduce a nuestro punto de reunión, la carretera de tierra polvorienta que se aparta del camino, da la vuelta alrededor del lago y termina entre el pueblo y el sendero del lago, en las afueras del campus.

—Gracias por el café.

Se toma las manos con un suspiro.

—No tuvo nada que ver contigo.

—Claro. —No puedo evitar que mi voz se eleve y mis ánimos comiencen a caldearse—. No tuvo nada que ver con Brie y conmigo.

—Fue *ella* quien intentó seducirme *a mí*.

Me detengo, con la puerta a medio abrir.

—¿Dijo algo sobre mí?

—Dijo que eras una narcisista paranoica que podría creer que la gente persigue a sus novios solo para ponerla celosa.

—Lo que sea, Spence.

Me toma la mano.

—Kay. —Me doy vuelta para mirarlo—. Cuando me preguntó si estaba saliendo con alguien, le dije que no. Me llamó un mentiroso de mierda. Pensé que estaba haciéndose la simpática, pero tal vez sí sabía de nosotros. Mirando hacia atrás, tiendo a creer que probablemente lo supiera.

Me detengo.

—¿Cómo se conocieron?

—En una fiesta. —Respira hondo y luego me mira con culpa—. Nos presentó Brie.

Esta vez no está mintiendo. Luce tan descompuesto como me siento yo.

Le cierro la puerta en la cara.

Por la mañana, la agente Morgan está esperándome en el lobby de la residencia. Barton Hall se construyó como una imponente propiedad inglesa, una especie de versión de Downton Abbey en escala reducida. La sala de estudiantes está rodeada de ventanas de suelo a techo. Cuando no puedo dormir, me gusta acurrucarme en uno de los sillones de terciopelo antiguo para mirar las estrellas y fingir que todo esto es mío. Es allí donde la agente Morgan decide interrogarme.

Una vez más, la doctora Klein está presente para acompañarnos. Sigo dormida, y mis músculos piden a gritos mi café habitual y el trote cotidiano alrededor del lago. Estoy convencida de que la sangre no me circula como debiera si no lo hago. Pero Morgan se alza delante de la puerta, una barrera para acceder al aire fresco de la mañana, con los brazos cruzados y una sonrisa macabra torciéndole los labios delgados. La doctora Klein, por su parte, se encuentra inclinada en el rincón; luce *más menuda y* aparenta más edad que lo habitual. Viste una blusa por fuera con unos pantalones apagados color beige en lugar de los trajes de chaqueta y pantalón en intensos colores que suele llevar. Intento dirigirle una tímida sonrisa, pero ella solo levanta un dedo hacia la sala de estudiantes. Entonces me dirijo hacia allí al tiempo que una nube de temor desciende sobre mí. Vaya. Quizás, después de todo, Morgan sí me reconoció la otra noche.

La policía hace que me siente enfrentando el muro de cristal de modo que el sol naciente me da de lleno en el rostro, y tengo que mirarla con los ojos entrecerrados, su silueta destacada contra el cristal inmaculado. La doctora Klein se acomoda en un sofá en el rincón, con las rodillas dobladas debajo, la mano metida bajo el mentón. Me resulta inquietante verla en una pose tan descuidada. Entonces se me ocurre que el descubrimiento del cadáver de Hunter la ha golpeado mucho más de lo que anticipé. No pensé mucho en ello, supuse que lo había dado por muerto. Es posible que no.

Morgan carraspea.

—¿Dónde estuviste hace dos noches?

—Estudiando.

—Registraste tu salida de la residencia para ir a cenar a las 5:30 p.m.

—Sí.

—Volviste a registrar tu regreso a las 10:30.

—Así es. —Miro su oscura figura. Su rostro es indistinguible de todo el resto, iluminado a contraluz por la incipiente luz del campus.

—¿Estuviste estudiando todo ese tiempo?

—Primero comí. Luego fui a la habitación de Nola. Estudiamos, me fui, salí a correr, regresé a mi habitación y volví a estudiar hasta la medianoche.

Morgan se remueve en su asiento, extrae una libreta de notas del bolsillo y apunta algunas cosas.

—A ver si lo entiendo. Cena a las cinco y media. Habitación de Nola, digamos, a las seis y media, firmaste el registro para salir de su residencia a las siete treinta y ocho, y regresaste a la tuya a las diez cuarenta y dos, y luego estudiaste hasta la medianoche.

Intento tragar el nudo que rápidamente se forma en mi garganta, pero tengo la boca reseca. Ella ya ha chequeado los registros y confirmado las horas de entrada y salida exactas.

—Suena correcto.

Acomoda la silla un poco más cerca, casi imperceptiblemente, pero su rostro sigue a oscuras.

—Así que estabas corriendo, sola, con paradero desconocido, entre las siete treinta y ocho y las diez cuarenta y dos. Eso sí que es correr. Eres una atleta de primer nivel, Kay.

—Me va bien.

—Parece que ahora mismo ibas a correr.

—Corro todos los días. Tengo que hacerlo.

Se vuelve a acercar, las garras de madera de su silla raspan el suelo.

—Tienes que hacerlo. ¿Y si no lo haces?

—Lo mismo que le sucede a todo aquel que deja de entrenarse. El cuerpo se debilita. Pierde fuerza, resistencia, su corazón y sus músculos se deterioran, no rinde al máximo de su capacidad. Muere antes. ¿Usted corre todos los días? —Dudo de que Morgan tenga la disciplina para siquiera salir a caminar cinco minutos todos los días.

Como si me leyera la mente, bosteza perezosamente.

—No, pero paseo al perro. Me despeja la cabeza. Hay unos paisajes hermosos por aquí. Especialmente cuando las hojas cambian de color. Supongo que habrás oído sobre el gato de la doctora Klein.

—Me enteré de que encontraron el gato.

—Yo lo hallé. Encontré a una chica intentando deshacerse de un cadáver.

—Qué espanto. —Me siento extrañamente aliviada porque solo haya visto a una de nosotras.

—Lo es. También es inusual por una serie de motivos. —De nuevo, vuelve a deslizar la silla hacia delante, solo un par de centímetros. Ahora alcanzo a ver la mitad de su cuerpo, hasta su cintura, pero su rostro permanece a oscuras—. Normalmente, cuando mutilan y matan a una mascota, no se entierra. Se la deja a la vista. El asesino está orgulloso de lo que hizo y quiere disfrutar de la reacción del dueño de la mascota.

De pronto, soy penosamente consciente de la presencia de la doctora Klein, encogida en el rincón de la sala. Aunque no alcanzo a ver su rostro y aunque no hice nada para hacerle daño de verdad a Hunter, siento una culpa sofocante y me cuesta respirar. Siento un deseo repentino y poderoso de mirarla, de soltar una disculpa. Mis huesos tienen ganas de saltar fuera del cuerpo y salir corriendo, de alejarme rápidamente de aquí antes de decir algo que me arruine la vida.

Cambio de posición, incómoda. Siento como si estuviera hundiéndome en la silla, como si fuera imposible levantarme de ella sin maniobrar y hacer un enorme esfuerzo.

—Qué raro.

—La otra cuestión es todo el tiempo que pasó. Que el asesino espere un año para ocultar la evidencia es extraño. ¿Por qué ahora?

Encojo apenas los hombros, tan solo un gesto minúsculo.

—Además, está el otro cadáver en el lago —continúa, y vuelve a arrimar la silla hacia delante—. ¿Ves lo que veo yo?

—La veo levantando el mentón, la nariz afilada, pero no los ojos. Todo en ella es afilado, anguloso y rígido. Quizás no sea tan idiota como luce. Cada vez que me interroga, comienza la conversación como una profesora de kínder y termina provocándome un trauma mental.

»Ahora bien, estoy pensando en que tal vez la persona que mató a Jessica también haya matado a Hunter. Y cuando atas cabos, parece que la asesina es una estudiante de Bates. Posiblemente, con un grupo íntimo de amigas dispuestas a ayudarla a encubrir. A mentirle a la policía. —Finalmente, realiza el último empujón hacia delante, y advierto sus ojos pequeños y brillantes fijos en mí—. ¿Sabes lo que encontramos sobre la cama de Jessica después de asegurar la escena del crimen?

Sacudo la cabeza, confundida por el repentino cambio de tema.

—Un teléfono, una fotografía, un mensaje y ni una huella. Haz un gesto con la cabeza si algo de esto te resulta familiar.

Habla tan velozmente, analizando cada aliento que tomo, cada parpadeo, cada movimiento de mi garganta al tragar, cada imperceptible temblor de los ojos. Tengo miedo de respirar.

—Una foto de su cadáver flotando en el lago, en el teléfono. Y algo más. Algo tuyo. —Espera, fija en mí su mirada sagaz y peligrosa.

—¿Tengo que hablar con un abogado? —susurro.

Sus labios delgados se abren en una sonrisa.

—No estoy interrogándote, Kay. Solo estamos conversando. Tú eres una testigo. Si *realmente* tuviera evidencia en tu contra, estaríamos en la estación de policía. Te habría detenido, tus padres estarían aquí, un oficial habría leído tus derechos, tendrías todos los abogados que quisieras. —Hace una pausa—. Pero hay algo que no tiene sentido, Kay. Me dijiste de buen grado que no tenías una coartada para la hora en que asesinaron a Jessica. Cada una de tus amigas lo contradijo en sus declaraciones testimoniales.

Asiento vacilante.

—Dijeron que estuvieron toda la noche a tu lado. Si me dices la verdad ahora, de acá en adelante se vuelve mucho más fácil creerte. ¿Dónde estabas cuando asesinaron a Jessica Lane?

Mi mente se dispara. La última vez que me preguntó, le dije que estaba sola y salió mal. No puedo correr el riesgo de hacerlo de nuevo. Además, Greg es el sospechoso principal. Solo tengo que seguir el consejo de Brie y mantener un perfil bajo.

—Con mis amigas —digo finalmente.

La oficial mira hacia abajo y suspira pesadamente. Luego me mira a los ojos con frialdad.

—Mentirle a la policía es un delito, Katie.

—No estoy mintiendo —susurro.

—Encontramos tus zapatos detrás del salón de baile. Los que dijiste que estabas cambiándote en tu habitación a la hora del asesinato.

La hora del asesinato.

Cuando Brie nos dejó en la salida de la fiesta, tuve realmente la intención de regresar a mi habitación a cambiarme.

Pero todo salió mal y se arruinó. La cabeza me daba vueltas por el prosecco, sentía el corazón gigante y doloroso en el pecho y solo quería hundirme en el hielo hasta que pasara todo. Caminé descalza por el sendero del lago hacia el Old Road, presionando la boca fría de la botella contra mis labios, marcando el teléfono de Spencer, sin esperar realmente que me respondiera. Y luego lo hizo, y pronunció esta palabra sorprendente y terrible que jamás podré remover de mi mente.

«¿Jess?», preguntó. Y luego: «Estaré allí en cinco minutos».

Ahora, con la agente Morgan alzándose delante, jamás he estado tan atemorizada en mi vida. Si no estuviera tan aterrada de la reacción de mis padres, los llamaría de inmediato. Pero enloquecerían. Luego, de pronto, pensar en mis padres enciende un interruptor por dentro, y la otra Kay, la Kay que he estado intentando exterminar, echa chispas y se enciende. Me paro abruptamente y bajo la mirada a la agente Morgan, a su cabello estropeado color café, al único diente frontal amarillo que no combina con los demás, a su sonrisa desagradable y petulante con aquellos labios delgados.

—¿Es posible que su vida tenga tan poco sentido que no tenga mejor cosa que hacer que hostigar a chicas de diecisiete años?

Su sonrisa se desvanece, y queda literalmente boquiabierta.

—Si cree que puede intimidarme para que dé una confesión falsa, está realmente delirando. ¿Cuántos asesinatos cometen chicas adolescentes según las estadísticas? ¿Cuántos cometen viejos pervertidos o exnovios celosos? ¿Por qué no comienza a fijarse en algunos de ellos y deja de acosarme, maldita puta?

Salgo hecha una furia de la sala y me dirijo afuera. Voy a llegar tarde a mi primera clase, pero no me importa. Si no me descargo de todo esto corriendo, voy a estallar.

11

Evito a Brie todo el día. Aún no estoy preparada para enfrentarla tras enterarme de que arregló una cita entre Spencer y Jessica. Es un doble puñetazo en el estómago. Ya es bastante malo que me haya hecho algo así. Pero que se haya comportado durante semanas como si nada hubiera pasado hace que el cerebro me lata hasta sentir que se me va a resquebrajar.

En cambio, me preparo para el primer entrenamiento de fútbol desde la muerte de Jessica. Voy temprano para intentar darle algunas indicaciones de último momento a Nola, pero llega tarde. Maddy está terminando su entrenamiento de hockey sobre césped en el campo contiguo, y camino hacia allí para conversar mientras espero.

Parece sorprendida de verme.

—Kay, no sabía que hoy entrenaban.

—¿Por qué no?

—No lo sé. Últimamente, pareces ajena a todo. —Se rocía el rostro con una botella de agua y luego frota con vigor de modo que su piel adquiere un color rojo intenso.

—Eso no significa que no esté completamente enfocada en ganar.

Sonríe.

—Así que en realidad no ha cambiado nada.

Levanto un palo de hockey y lo sacudo en el aire. Cuando era chica, mis padres me pusieron en softball, y era pésima.

Fallaba las jugadas, no bateaba lo suficientemente lejos, y no podía atrapar el balón. Lo único que podía hacer era robar bases, pero como rara vez conseguía llegar a la primera, era bastante penoso. Odiaba todos los deportes hasta el día en que Todd me arrastró al jardín con un balón de fútbol y me desafió a quitárselo sin usar las manos. Me llevó un tiempo, pero estaba decidida, y finalmente algo hizo *clic*.

Le sonrío a Maddy.

—No. En realidad, nada cambia jamás.

Mira detrás de mí y su expresión se paraliza.

—Oh, cielos santos.

Nola ha aparecido al fin, con un atuendo completamente inadecuado: un par de diminutos shorts negros de felpa y calcetines hasta las rodillas, Converse negras y una camiseta blanca con las palabras YO HAGO DEPORTE impresas con letras escuetas.

—Genial. —Salgo corriendo en dirección a Nola.

Maddy me sigue y se sienta en la banca para observar.

—Esto debería ser divertido.

—Te vas a congelar —le digo a Nola, bajándome la cremallera de la sudadera y entregándosela. Tengo una camiseta de manga larga bajo mi suéter, y de todos modos voy a temblar de frío hasta que corra un par de vueltas. Comienzo a hacer algunos estiramientos, y Nola me observa incierta, intentando imitarme. Luego se rinde y emprende su propia rutina de estiramiento.

—¿Volviste a visitar el sitio web? —pregunta.

—En realidad, he estado distraída con la investigación del homicidio. La oficial realizó otra visita poco amistosa.

—Y luego lo entiendo. Cuando la agente Morgan me advirtió sobre mentirle a la policía, me llamó Katie.

Alcanzo mi bolso y extraigo el teléfono de adentro.

Nola ejecuta una patada de práctica.

—¡Fútbol!

Me detengo un instante a reflexionar y decido que después de todo lo que hemos pasado, puedo confiarle a Nola el e-mail original de Jessica.

—Ven aquí. —Le muestro el correo mientras comenzamos una vuelta lenta para alejarnos un poco de Maddy.

Nola se cierne sobre mi hombro y lee en voz alta.

—«A riesgo de que suene como un cliché, hablar con la policía no sería demasiado útil para ti». Reconocer que es un cliché no invalida el hecho de que lo sea.

Me tomo un momento para escoger mis palabras con cuidado.

—Hubo un incidente en el que fui testigo de un crimen, y por alguna razón la policía no creyó mi historia. Fue lo peor. Me tuvieron que interrogar una y otra vez.

Nola suelta un jadeo.

—Jessica lo sabía.

Asiento.

—Por alguna razón.

—Y nadie más sabría eso acerca de ti —dice incierta. Pero se detiene y mira alrededor del campo de deportes, como si alguien pudiera estar observándonos ahora mismo.

—Nadie más. —Pero es mentira. Hay una persona más que sabe lo que hice. La única persona que sabe que la gente me llamaba Katie allá en casa. Spencer Morrow.

Es imposible concentrarse el resto del entrenamiento. Nola es terrible. No puede patear, ni robar, ni defender. Puede correr, pero por alguna cláusula ridícula de la Ley de Murphy, no puede correr en la misma dirección que el balón. Y se cae. Un montón de veces.

Al acabar el entrenamiento, todo el mundo está enojado conmigo, salvo Nola, que por alguna forma increíble de autoengaño parece creer que le fue bien. El entrenador me aparta a un lado y me dice que mi criterio está empeorando; no hay manera de que lleguemos a las estatales ni que yo obtenga una beca si Nola está siquiera a diez metros del campo de deporte. Nadie me habla, porque adoran a Holly Gartner, la suplente que tuve que poner en la banca para agregar a Nola a la lista. Holly se quedó allí sentada llorando todo el rato mientras que Nola hacía el ridículo y me ponía también a mí en ridículo, y cuando intenté acercarme a ella después del entrenamiento, se alejó furiosa antes de que pudiera abrir la boca.

Si intento convencer al entrenador de que mantenga a Nola, las posibilidades de ser reclutada serán nulas. Tengo que cerrar una temporada perfecta. Nuestros principales partidos son justo después del Día de Acción de Gracias, y una vez que lo consigamos, confío en poder obtener una beca. Pero no puedo hacerlo sin Holly. Nola tiene que marcharse. No tengo idea de cómo se lo diré.

Maddy observó todo el entrenamiento. La pillé mirando espantada a Nola, pero me saludó con la mano un par de veces apiadándose de mí. Me gustaría que nadie fuera testigo de mi legendaria humillación, pero se acerca corriendo después y me invita a tomar un café antes de la cena. Vacilo. Estoy atrasada con el estudio y quiero abrir la siguiente pista del blog de la venganza. Pero también quiero desahogarme sobre este entrenamiento desastroso, y por una vez sería un alivio enorme concentrarme en algo mundano.

—Claro —digo.

—Genial. ¿Vamos a ese simpático lugar de gatos?

Maddy dispara una mirada irritada por encima de mi hombro. No había visto a Nola parada allí. Suspiro. Y yo que quería desahogarme.

Nos sentamos a disgusto alrededor de una mesa pequeña —Nola con su té y Maddy y yo con cafés— y hablamos de cosas sin importancia hasta que Nola se va al baño.

Maddy golpea la cabeza contra la mesa.

—Ay, cielos, es tan rara.

—Somos amigas.

Maddy se sonroja.

—Lo siento. Creí que solo estaban acostándose.

—Claro. —Bebo un sorbo de mi café—. No estás aquí para solidarizarte conmigo. Estás aquí para chismorrear.

—No. —Suspira contra la mano y baja la mirada—. Quería saber cómo estabas. Últimamente, ha sido todo tan extraño. Primero, Jessica que aparece muerta, luego Tai y Tricia abandonan el colegio. Ninguna de las dos responde mis mensajes. Pero la gente parece creer que...

—Claro. Kay es quien arruina el mundo.

Sacude la cabeza con énfasis.

—Bates no es el mundo, y tú no lo arruinaste. —Juguetea con los extremos de su pañuelo de seda, deslizándolos sobre la mesa plana—. ¿Has hablado con Spencer últimamente?

Suspiro.

—Depende de lo que llames hablar.

—¿Van a reconciliarse?

—En absoluto.

Mastica un mechón de cabello un instante y luego lo alisa.

—Es solo que me da la impresión de que has estado pasándolo mal, y quería que supieras que estoy aquí si quieres hablar.

La miro con recelo.

—O podría simplemente tuitearlo.

Se pone de pie.

—Me queda claro.

—Oye. —Le tomo la mano y la arrastro hacia atrás. Tiene los ojos llenos de lágrimas y enmudezco de espanto.

—Solo quise decir que sé lo que es estar excluida.

—¿Cuándo te excluimos a ti?

Encoge los hombros.

—Nadie me cuenta nada jamás. Pero va más allá. A veces puedes estar en el medio de todo y aún sentirte completamente sola. Solo digo que me llames si lo necesitas.

Me pongo de pie y la abrazo con fuerza.

—Llámame tú a mí. Yo no duermo nunca. Jamás. Hace mucho que no descanso. Y si quieres que hable con las demás sobre ese estúpido apodo Notorious C. P. C., dalo por hecho.

Por un instante, Maddy parece asombrada.

—¿Qué les dirías?

—No lo sé. Que Maddy es demasiado inteligente para que la vinculen con un Centro de Parálisis Cerebral.

Se ríe y enjuga las lágrimas.

—Estoy bien. Llámame tú a mí.

Asiento.

—Por supuesto.

Su teléfono comienza a vibrar, y lo mira.

—Debería irme antes de que tu amiga regrese a los saltos.

—Tiene mucha energía —consigo decir—. Aunque no tanto control.

—Deshazte de ella. —Maddy se vuelve a enroscar el pañuelo alrededor del cuello—. Trae de nuevo a Holly. Si Nola es una amiga, lo entenderá. Es terrible. Ni siquiera tienes que decirle que es tu decisión. No tiene nada de malo priorizarse. Solo debes evitar que se entere.

—Pero se lo prometí.

—Pues todo puede romperse. Los huesos, los corazones. Mejor romper una promesa que un récord invicto. —Me mira con elocuencia y luego me abraza una vez más antes de desaparecer por la puerta.

Pero cuando Nola regresa del baño, no me animo a decirle nada. Por lo menos, todavía no. La necesito demasiado.

A pesar del aluvión constante de mensajes, consigo eludir con éxito a Brie el resto de la semana metiéndome de lleno en el estudio, en el fútbol y en comer con Nola. No puedo quitarme dos cosas de la cabeza: el hecho de que Brie haya arreglado una cita entre Spencer y Jessica, y el hecho de que la agente Morgan podría conocer mis antecedentes con la policía.

Para ser franca, no sé cuál es peor.

Después de que Megan se suicidó en el vestuario de chicas, los oficiales interrogaron a todas las alumnas de octavo y noveno año. Luego, cuando encontraron el video de su nota de suicidio posteado en Internet, me volvieron a interrogar. Y otra vez, y otra vez.

Sus padres lo borraron de inmediato antes de que yo pudiera verlo, y la policía jamás me avisó si se refería a mí o cómo. Quizás ni siquiera me mencionara. Pero seguían interrogándome. ¿Qué sabía acerca de su relación con mi hermano? ¿Me contó algo sobre las fotografías? ¿Me mostró las fotografías? ¿Me mostró Todd las fotografías?

Ese era el asunto. Jamás vi las fotografías.

Un montón de chicos de noveno y décimo año las vieron, y algunas de las chicas. Megan estaba en noveno año y conocía a muchos de ellos. Pero yo no. Jamás vi ninguna de las fotografías y jamás hablé con nadie que lo hubiera hecho. Solo tuve aquel único momento, aquel shock inesperado cuando me dijo que las había tomado y se las había enviado a él, y él se las había enviado a todo el mundo. Y en esa fracción de segundo, entre el momento en que nuestra amistad era todo y nada, lo único que se me ocurrió decir fue: «Seguramente, fue un accidente».

Jamás tuve la oportunidad de arreglar las cosas entre nosotras porque jamás volvió a hablarme.

Más tarde, cuando entré a hurtadillas en su habitación, Todd lucía enfermo, pálido y asustado, y dijo que alguien había robado su teléfono. Todd, mi amigo más antiguo. El que me regaló el fútbol, mi salvación, mi boleto para salir de Hillsdale y entrar en Bates. El chico al que le partieron los dientes defendiéndome cuando Jason Edelman me llamó una tortillera en cuarto año, y yo no sabía lo que significaba la palabra.

¿Qué mierda debía decir en esa ventana de tres segundos?

Y eso fue lo que me dije a mí misma y a la policía. Alguien robó su teléfono. Alguien robó su teléfono.

Si repites algo las veces suficientes, se vuelve cierto.

Lo complicado es que después hay que rellenar los detalles que tal vez no estaban allí antes para hacer que la verdad se convierta en algo real.

Quizás no estuve con Todd mientras enviaban las fotografías. Quizás no di vueltas con él buscando su teléfono robado. Quizás no lo encontré con él, horas después de que las fotografías se hubieran enviado.

Pero ninguna de esas verdades que creé era incompatible con lo que yo creía. Y era que él *sí* había perdido el teléfono y había dado vueltas buscándolo, y que no merecía que le arruinaran la vida solo porque no tuviera una coartada. Si Todd asumió la culpa, jamás pude probarle a Megan que lo que le dije a ella era cierto. Que realmente fue otra persona quien le hizo daño. Y cuando encontrara a esa persona, pagaría con su sangre.

Solo que fue Megan quien pagó.

Luego Todd.

Y luego me quedé sola.

12

El sábado por la noche, Nola y yo nos recluimos en el último piso de la biblioteca para estudiar y desbloquear la siguiente receta. Por ser el Día de los Veteranos, es un fin de semana largo, y todo el mundo está aprovechando el tiempo extra para estudiar. Casi todo el edificio está atestado de gente que se prepara para los exámenes de medio término, pero aquí arriba está tranquilo como siempre. Ha ido transformándose en nuestra guarida personal, nuestro refugio del ruido y el drama en que se ha convertido Bates Academy. Nadie puede dejar de hablar durante cinco segundos acerca del gato o el asesinato o el lento deterioro físico de la doctora Klein. La gente ha comenzado a cuchichear y a mirarme, y las jugadoras llegan tarde o ni siquiera vienen a entrenar. No he hablado con Cori desde aquella penosa cena ni con Maddy desde nuestro café, y he conseguido eludir con éxito las llamadas de Brie. Por suerte ha estado enterrada bajo una pila de libros, preparándose para los exámenes, y generalmente estudia en su habitación. Además, este fin de semana cumple un año con Justine. Spencer y yo también estaríamos cumpliendo nuestro primer aniversario. Brie se encuentra ahora en Nueva York, probablemente degustando diminutas porciones de platos que no puede pronunciar en un restaurante donde sirven champaña en lugar de agua y te dan masajes en tu asiento. Yo comí un rectángulo gomoso de pizza de microondas que conseguí en la máquina de snacks del complejo deportivo mientras corría a la biblioteca tras mi entrenamiento. Además me quemé el paladar.

Las cosas no pueden estar peor.

Nola y yo nos instalamos en el enorme sofá verde, y ella acomoda su laptop para que ambas podamos ver la pantalla.

—Traje bocadillos. —Abro un refresco de pomelo, lo vierto en dos vasos de plástico, y parto por la mitad una galleta gigante con chispas de chocolate. Al diablo con Spencer. Y con Brie y Justine y su sofisticado fin de semana de aniversario. Yo tengo a Nola, un montón de azúcar refinada y una venganza de ultratumba.

—Gracias. —Muerde una mientras abre el sitio web y el programa para desbloquear la contraseña, en el que tipea rápidamente. Luego hace clic sobre el link de la guarnición. El horno se abre, y descubre la receta de Prueba con Coriander[2], y el temporizador comienza a andar.

¿Tienes una difícil? ¡No desesperes!
Solo fracasas si juegas limpio.
Ella es la que entiende. ¡Bola!
Es hora de arreglar el puntaje
De derribar otro castillo[3]
De ver a la reina caer sobre el ladrillo.

—Cori sería el objetivo evidente. —Lo leo de nuevo—. Después de todo, habla de una prueba.

Nola frunce el ceño con desaprobación.

---

2. «Prueba» en español en el original, y en inglés «Coriander», que significa cilantro y a su vez forma un juego de palabras con «Cori». *(N. de la T.)*

3. En ajedrez, «castle» hace referencia a la torre y también al enroque. *(N. de la T.)*

—Ella juega al golf, así que «es la que entiende ¡bola!»[4]. Estos juegos de palabras están volviéndose insoportables. ¿Qué significan el castillo y la reina? ¿Una referencia al ajedrez? El enroque solo puede hacerse con reyes. ¿Acaso tiene Cori una novia secreta?

—*Cori* es el castillo. Una vez que la derribemos, la reina quedará al descubierto. No juega limpio. El puntaje, las calificaciones de los exámenes. Entonces ¿tendrá las respuestas de los exámenes en su locker? —Por algún motivo, esto me saca de quicio. Jamás ha ofrecido ayudarme, y sabe que me cuesta estudiar. No es que haría trampa. Pero ¿por qué no ofrecerme ayuda?

»Lo siento. Escucha, no es una falta tan grave. Solo habla con ella y dile que se deshaga de la evidencia. Las otras han sido bastante incriminatorias. Drogas, escándalos sexuales, asesinato.

—No sé si un animal cuenta como un asesinato.

Un chispazo de temor cruza su mirada.

—Cuenta como algo. Tú misma dijiste que creen que está conectado con la muerte de Jessica. El punto es que este caso justamente no es tan terrible. Solo dile ahora antes de que salga a la luz.

Un pensamiento cruza mi cabeza.

—¿Crees que podemos detenerlo eliminando su nombre de la lista? Me refiero a que es posible que Tai haya sido expulsada, pero Tricia *eligió* irse, y tú nunca tuviste que hacerlo.

—¿Por qué es tan importante la lista de la clase?

—Tal vez un sitio web esté conectado con el otro, o algo así. Realmente, no entiendo cómo funcionan las claves, los algoritmos y las matrices.

---

4. En referencia al grito de advertencia cuando una pelota está en el aire y una persona está en su camino. *(N. de la T.)*

Nola levanta la mano.

—Estás haciendo el ridículo. Pero entiendo lo que quieres decir. Uno podría estar programado para detectar un cambio en el otro.

Le muestro el e-mail de Jessica de nuevo.

—No dice que los objetivos tengan que marcharse. Pero los nombres deben eliminarse *y* tengo que seguir las instrucciones de los poemas.

—Lo cual significa que tienes que «derribarla». Da la impresión de que quiere que la expongas en público. —Nola hace una pausa—. ¿Qué hiciste entonces?

La mentira perfecta es una verdad que no viene a cuento.

—Querido San Valentín. Lo mismo que las demás.

Bajamos las escaleras, donde todos los cubículos y las mesas están atestados de estudiantes inclinados sobre sus libros. A mitad de camino de la elegante escalinata de madera que desciende en cascada cruzando el centro de la planta principal, Nola se para en seco y me rodea la cintura con la mano. Apoya el mentón sobre mi hombro y posa su fría mano bajo mi mandíbula, volteando lentamente mi cráneo hacia abajo y hacia la izquierda. Cori está sentada en un cubículo frente a Maddy, justo en el centro de la sala, rodeadas de libros.

—Hazlo ahora y habrá terminado —susurra Nola.

De pronto, quisiera que Brie estuviera aquí, pero me diría que no lo hiciera, y no tengo opción. Creo que no podría llevar esto a cabo si me estuviera observando. Trago con fuerza y desciendo el resto de las escaleras.

Cori levanta la mirada cuando llego a su lado, pero no dice una palabra ni sonríe. Maddy me hace un pequeño gesto, y luego mira a Cori nerviosa.

—¿Podemos salir cinco minutos? —susurro.

—No —dice Cori con un volumen normal de voz. Algunas personas levantan la vista, irritadas.

Holly Gartner me fulmina con la mirada.

—Nunca preguntes por quién doblan las campanas —murmura en voz baja.

Miro hacia abajo para observarla.

—Disculpa, ¿qué dijiste?

Holly se cruza de brazos delante del pecho de modo desafiante.

—¿Qué vida viniste a arruinar hoy? —Las demás chicas de su mesa intercambian miradas.

Quedo atónita, no solo porque empleó casi las mismas palabras que Spencer me lanzó al pasar hace algunos días, sino porque normalmente jamás se atrevería a hablarme de este modo. Nadie lo haría.

Cori se voltea de nuevo hacia su libro.

—Tai, Tricia y luego Holly. Haz lo que puedas, Kay.

Arrojo las manos hacia arriba.

—Como quieras, Cori. Tú sabes lo que hiciste.

Holly se pone de pie y me hace frente.

—¿Y *yo* qué hice?

Nola la empuja con el hombro.

—Kay no estaba hablando contigo.

Llevo aparte a Nola.

—Gracias. Yo me ocupo. —Holly tiene un tamaño casi una vez y media superior al de Nola. Si se pone melodramática, las buenas intenciones no resultarán en un final feliz. Me volteo hacia Holly—. Hablemos de esto antes del próximo entrenamiento. Ahora necesito resolver algo con mi amiga.

Cori cierra su libro con un golpe.

—No. Amiga no. Ya ni siquiera pasamos el rato juntas. Estás todo el tiempo con la mismísima Necro Morticia Manson.

No sé si son mejores amigas con beneficios o sin ellos, pero espero que tenga alguna virtud que valga la pena. Porque es tan tétrica como el infierno y te está convirtiendo en un bicho raro.

Le echo un vistazo a Nola. Se encuentra mirando fijo a Cori con los ojos entrecerrados y los labios apretados. Siento que está esperando que yo diga algo, pero estoy tan furiosa que tengo la mandíbula inmóvil. Me volteo de nuevo hacia Cori, con el rostro cada vez más encendido, los ojos ardiendo, consciente de que todo el mundo ha dejado de estudiar y nos observa.

—Te pusiste en ridículo y a todo el equipo al dejar que Nola jugara. Nos pones a nosotras en ridículo pasando el tiempo con ella. Antes de Nola jamás te pusiste en contra del grupo. Ahora arruinas vidas. Tai. Tricia. Si quieres intentarlo conmigo, hazlo, perra. Pero has perdido tu credibilidad. Todo el mundo cree que estás loca. Maddy cree que has perdido la cabeza.

Maddy se pone de pie.

—Cori, eso no está bien.

—Cállate, Notorious.

—Nunca dije eso, Kay. —Reúne sus libros y sale corriendo de la sala a través de una multitud atónita.

Cori da un paso hacia mí sin dejar de lanzarme sus espantosas acusaciones a un ritmo vertiginoso.

—Incluso Brie dice que eres una causa perdida. Así que hasta que recuperes la cordura, no estoy interesada en continuar esta conversación paranoica ni ninguna otra. —Se sienta y vuelve a abrir su libro.

Levanto su manual y lo dejo caer al suelo.

—¿Por qué finges siquiera? No necesitas estudiar si ya tienes el examen de antemano. Eres una tramposa. Y puedes ir corriendo a los brazos de Klein para que te proteja de las consecuencias, pero ahora lo sabe todo el mundo.

Por un instante, la sala entera hace silencio como si hubiera sido amortiguada por un manto de nieve. Luego Cori vuelve a hablar con calma letal.

—Hablemos de hacer trampa, Kay. A ti te encanta hacer el papel de víctima. Pobre Kay, tiene el corazón roto. Destrozada por la traición de Spencer. Salvo que no fue lo que sucedió, ¿verdad? Tú se lo hiciste primero. En su propia cama. ¿Y tu nueva mejor amiga? Estoy segura de que le encantaría saber algunas de las cosas que dijiste de ella cuando recién llegó. Y luego está Jessica Lane. Solo hay tres personas en el mundo que tenían un motivo para matarla. Su exnovio, el tipo con el que lo engañó y tú. Estás perdiendo la cordura, Kay.

No puedo escuchar una palabra más o soportar un par de ojos más puestos en mí. Me volteo y salgo corriendo.

Fue la primera fiesta del año que hacían en una casa. Pasé el verano en el campamento de fútbol y no había visto a Brie o a Spencer desde junio. Estábamos todos bebiendo, y Justine y Spencer fumaban afuera cuando Brie y yo decidimos que sería gracioso cambiar de ropa. Fuimos a la habitación de Spencer, y las estrechas escalinatas que conducían a su cuarto en el desván me marearon, así que me senté en la cama.

Ella se acostó a mi lado para quitarse el calzado deportivo.

El cielorraso tenía estrellas fosforescentes, y el rock clásico martillaba desde abajo (la canción «7», de Prince). Brie comenzó a cantar con voz entrecortada mientras luchaba con su zapato.

Habíamos dormido juntas tantas noches, pero solo fue en aquel momento particular, en aquella cama que era la peor cama posible en la que podíamos estar juntas, con las estrellas que giraban embriagadas y los zapatos que no terminaban de salir. Y la música y la urgencia de Spencer y Justine, fumando afuera. Antes de que tuviera tiempo de recuperar el aliento, sus labios estaban sobre los míos, y comenzamos a besarnos rápido y con necesidad porque sabíamos que estábamos jugando con fuego. Había un temporizador invisible que había iniciado la cuenta regresiva. Su camisa se desprendió y su sujetador se pegó y el reloj nos penalizó. Se detuvo para reírse de mi ropa interior anticuada al jalarme los jeans sobre las rodillas.

Y eso fue lo que el reloj no perdonó.

Porque aquel fue el momento en que entró Spencer.

Todo había estado moviéndose a hipervelocidad, y luego dio un salto y se detuvo. Spencer cerró la puerta tras él y se deslizó hacia el suelo apoyándose contra ella. Se quedó mirándome, sus ojos rosados y vidriosos. Tenía las mejillas encendidas y el cabello le caía sobre los ojos. Advertí que jamás iba a dejar que lo volviera a tocar o besar, y de pronto me quedé sin aire. Porque en ese momento comprendí por fin lo que significaban las muertes de Megan y Todd. Podía recordarlos como diablos quisiera, pero jamás serían tangibles. Jamás podría dar cuenta de ellos. Jamás podría volver a tocarlos.

Comencé a hiperventilar. Mi pulso y mi mente me corrían a una velocidad aterradora. Brie jaló mi mano entre la suya, y se la arranqué de un tirón. Me miró como si la hubiera abofeteado y me preguntó qué quería. Yo solo repetía que quería otra oportunidad. Finalmente se puso de pie y se marchó sin decir una palabra, y Spencer se sentó junto a mí y me preguntó si lo amaba.

Le dije la verdad, que sí, ¿cómo no amarlo?

Me preguntó si aún amaba a Brie.

Y le mentí, que no, que es imposible amar a dos personas.

Me retuvo entre sus brazos y me acarició el cabello hasta que recuperé el aliento. Y él también mintió y dijo que de alguna manera él y yo estaríamos bien.

13

Al día siguiente, no soporto la idea de tener que encontrarme con alguien. Huyo al Café Cat para estudiar sola en un rincón, provista de una cuenta abierta de café. Ahora resulta un poco incómodo estar exclusivamente rodeada de fotografías y estatuas de felinos; casi parece que estuvieran sonriéndome socarronamente, como grotescos gatos de Cheshire. Pero este es el lugar donde siempre vengo a relajarme, y la muerte desafortunada de Hunter no cambiará las cosas. No es como si yo lo hubiera matado. Lamento mucho que esté muerto, y lo lamento aún más por la doctora Klein, pero no voy a abandonar mi lugar de encuentro favorito por ello. Me obligo a concentrarme en mi tarea, y aguanto hasta el mediodía cuando la ingesta ininterrumpida de cafeína me obliga a tomarme un respiro para ir al baño.

Al regresar y mientras me limpio las manos en los jeans a causa de un deficiente secador de aire, oigo una voz poco grata aunque familiar por detrás.

—Vaya, pero si es Katie Donovan, la mujer fatal de Bates Academy.

Me volteo alarmada. Spencer está apoyado contra la puerta del baño de hombres. Lleva su sonrisa habitual y el cabello cuidadosamente peinado con gel, pero en realidad se lo ve cansado por primera vez. Mientras reprime un bostezo, advierto sombras bajo sus ojos. Sus mejillas lucen un poco hundidas. Tal vez, las últimas semanas también lo hayan agotado. Quizás no sea inquebrantable.

Me dirijo de nuevo a mi mesa, seguida por él.

—¿Qué haces de mi lado del pueblo? ¿Tienes otra cita?

—Probablemente.

Sacudo la cabeza.

—Eres terrible.

—Eso es debatible. —Levanta una de mis tazas vacías de café y la vuelca sobre su boca, atrapando un par de gotas frías.

—Vaya, esto ha sido divertido, pero en realidad tengo que estudiar, Spence.

Golpea su teléfono con fuerza sobre la mesa y apoya el mentón sobre las manos.

—Dijiste que querías hablar.

Pestañeo.

—Eso fue hace siglos. Y terminó cuando me arrojaste de tu coche.

—Y luego me enviaste un e-mail y, como siempre, vine corriendo como un imbécil.

Aprieto los labios. Me está provocando de nuevo, y después de anoche estoy harta de las personas que me dicen que estoy loca.

—Yo no te envié ningún e-mail.

Su sonrisa arrogante comienza a desvanecerse.

—¿No pediste que me reuniera contigo?

—No.

Desliza su teléfono fuera del bolsillo, se desplaza a través de él y me lo pasa. Hay un email de kadonovan@academiabates.com donde le pido que nos reunamos aquí, en el Café Cat, ahora. Es ligeramente insinuante, y me sonrojo antes de volver a introducirle el teléfono en las manos.

—Sabes que ese no es mi correo electrónico —digo—. Y tú eres el único que me llama Katie.

Su rostro empalidece.

—¿Por qué haría una cosa así?

—Para volverme loca. Ahora me odias. Ya caigo.

Me mira con dureza.

—No te odio.

—Todo el mundo me odia. Y tienen muchos menos motivos para hacerlo.

De pronto, tengo ganas de llorar. Se suponía que Bates Academy sería el lugar donde todo se volvería a arreglar. Y lo he destruido.

Spencer rodea la mesa y me envuelve en sus brazos.

—Nadie te odia.

—Mis amigas, sí. Mis compañeras de equipo. Gente que apenas conozco.

—¿Es posible que hayas hecho algo que los haya irritado? —Presiona los labios y pone cara de inocente.

Lo aparto de un empujón.

—Tú no lo comprenderías.

—Yo comprendo mejor que nadie.

Lo miro a los ojos.

—¿Te ha interrogado la policía?

En lugar de responder, me besa. Por un instante, quedo demasiado shockeada para moverme. Sus labios encajan a la perfección con los míos porque siempre ha sido así. Su olor me resulta reconfortante, menta fresca y Old Spice. No sabe a cigarrillo, y me pregunto si estaba esperando algo así, pero la idea se disuelve cuando me acerca aún más, un brazo alrededor de mi cintura y el otro acunando mi cabeza.

Siento una oleada de calor trepando por dentro, y el deseo de atraerlo aún más hace que me separe y eche un vistazo alrededor del café. No hay clientes, aunque alcanzo a oír el sonido de agua que corre y el tintineo de platos en el fondo.

—¿Aquí y ahora? —pregunta con una sonrisa malvada.

Sacudo la cabeza y me muerdo el labio. Quiero seguir besándolo, pero no aquí. No ahora. Siempre lo arruina todo. Claro, si antes no lo hago yo.

—Eso no resulta gracioso. Tú la trajiste aquí.

—Sí. —Hace una pausa—. Es cierto. —Respira hondo y exhala un suspiro tembloroso—. Debería contarte algo más.

—Primero, respóndeme.

Estudia mi rostro.

—No, la policía no me ha interrogado.

Una sensación helada se desliza en mi interior como escarcha.

—Estás mintiendo. Me doy cuenta.

—Entonces ¿por qué preguntas? —Me mira con una expresión extrañamente serena—. ¿Por qué me pones constantemente a prueba?

Me pongo de pie abruptamente.

—Porque mientes con tanto descaro que pareces un sociópata, Spencer. ¿Es cierto siquiera que Brie te arregló una cita con Jessica?

Por un instante, una chispa de esperanza se enciende en mi pecho.

Pero se desplaza a través del teléfono y me muestra una serie de textos de Brie describiendo a Jessica, preguntando si está interesado, animándolo a salir.

—¿Ahora me crees?

Maddy acaba de entrar cuando salgo hecha una furia. Queda paralizada en la puerta de entrada.

—¿Kay?

La hago a un lado para salir a la calle, ignorándola mientras me llama por mi nombre, cada vez más desesperada. No soporto un segundo más de dramas. Anoche excedió mi límite.

Abro la puerta de mi habitación a patadas y dejo caer mi mochila sobre el suelo. Necesito despejar la cabeza. Me bebo toda una botella de agua y me cepillo el cabello suelto, contando las cepilladas, luego intento completar mis lecturas de Literatura para el martes: seguimos con *Otelo*, algunos desvaríos sobre un pañuelo. No puedo concentrarme.

Silencio mi teléfono y me quedo estudiando durante la hora de la cena. Mi teléfono se enciende repetidas veces: cuento treinta y siete llamadas perdidas y mensajes de texto de Maddy, Spencer, Brie y Nola, un nuevo récord. Spencer gana con una seguidilla de quince llamados que van de las seis a las seis y media, en su mayoría preguntando dónde estoy; Maddy lo sigue de cerca con siete llamados y tres mensajes instando a que la llame YA. Para las siete cuarenta y cinco, siento como si mi estómago estuviera digiriéndose a sí mismo. Alguien golpea a mi puerta, y cuando la abro, Nola entra muy campante, como si lo de anoche jamás hubiera sucedido. Patea a un lado un montículo de ropa, apoya una caja de masas francesas sobre mi cama y abre su laptop.

—El temporizador no espera a nadie.

Me demoro en la puerta de entrada, sin saber qué decir. Anoche fue espantoso. No entiendo cómo puede siquiera mirarme luego de no haberla defendido. Encima de ello, mi habitación es un desorden total. Hace dos semanas que me salteo el día de lavado y he estado reciclando todo salvo la ropa interior. Incluso los calcetines.

Me mira de arriba abajo.

—Espabílate, Donovan. Es hora de jugar. —Se quita los zapatos a patadas, el abrigo y el sombrero, y comienza a desenredar los nudos de su cabello húmedo. Lleva un par de leggings y una camiseta que deja los hombros al descubierto y tiene un dibujo de un repugnante extraterrestre con un blazer, blandiendo un machete sobre la cabeza temerosa de una niña inocente. Impreso encima dice ¡ASTROZOMBIS! ¡EN COLORES DE LUJO!

—Qué bonita tu camiseta —digo tratando de sonar sincera. Tal vez no lo consigo.

Mira mi vestido, una prenda con cremallera de Gucci, con detalles de volantes y ribetes azul marino y rojo.

—Qué lindo vestido. ¿Lo cosiste uniendo viejos uniformes de colegio?

Me sonrojo. Tricia había rechazado el regalo de sus padres porque era demasiado parecido a nuestro uniforme. Yo no creo que sean parecidos en absoluto, y es un vestido increíble. Además, no tengo muchas oportunidades de tener prendas como esta, así que no las rechazo.

—Lo siento. —Suspira Nola—. Es que estoy de mal humor. Luces bien con él. Te pareces a mi hermana. Y ella es perfecta. —Sonríe con una falta de entusiasmo manifiesta.

—Yo también tuve uno así. —Levanto distraídamente una fotografía de mi familia de mi escritorio y la deslizo detrás de mi espalda.

—¿Una hermana perfecta?

—Un hermano. —Coloco la foto boca abajo, sin deseos de hablar del pasado—. Fue el bebé que dormía toda la noche sin despertarse y aprendió a ir al baño sin la ayuda de nadie cuando aún seguía gateando. Según mis padres, yo gritaba toda la noche, me hacía pis en la cama, necesité frenos y me metía en peleas en el patio de la escuela. Ya sabes. Él era el niño fácil.

Nola gime y patea una almohada.

—¿Por qué será que lo fácil equivale a lo bueno? Todo lo que vale la pena requiere trabajo. Por ejemplo, yo hice un esfuerzo tremendo en el campo de fútbol.

Frunzo los labios.

—Quizás eso no valga la pena.

Parpadea.

—Tenemos un acuerdo.

—Hay tanto más en juego. Eres bailarina, ¿verdad?

Enrosca las piernas bajo el cuerpo y mira hacia abajo.

—Bianca era bailarina. Yo hago teatro. Ni siquiera sé por qué lo intento.

—¿Bianca es tu hermana?

—Desafortunadamente. —Asiente.

Advierto el temblor de su labio inferior y me siento a su lado.

—Te concedo que jamás te he visto actuar en un escenario, pero sin duda eres una bailarina. No caminas a clase, vas bailando ballet. Haces pliés sin darte cuenta. Es obvio que pasas mucho tiempo practicando.

Se ríe, pero sacude la cabeza.

—No alcanza, mis padres necesitan que sea Bianca.

Aquello me toca de cerca. Desde que Todd murió, no he podido sacarme de encima la sensación de que la única manera de arreglar las cosas es llenar todos los vacíos que dejó su muerte, llevar a cabo todo lo que él habría hecho. Cumplir con todas las expectativas que mis padres tenían puestas en él. Básicamente, convertirme en él.

—Te aseguro que sé lo que se siente.

Aprieta mi mano con timidez, y por un momento hay un silencio incómodo. Luego suspira y acerca mi laptop, poniéndola entre su regazo y el mío.

—El temporizador no espera a nadie —repito.

Desbloquea la contraseña del blog de la venganza, y el horno se abre para presentar la receta del postre del Madd Tea Party[5]. Una sensación de náuseas y vértigo se apodera de mi estómago. Eso significa que el plato principal somos Brie o yo, y una de nosotras no está en la lista. Quienquiera que quede fuera será considerada una sospechosa principal. Algo mareada, paseo la mirada sobre el poema de Maddy.

Madd Tea Party
Chica en una taza, metida hasta los hombros
Vierte el agua, prepara una tisana
No hay nada malo con sentirse apenada
O volverse tan solo un poco desequilibrada
Así que toma una pastilla o veinte, quién sabe
Hay lugar en el infierno para ti, qué duda cabe.

Me vuelvo hacia Nola, aterrada.

—Esto es malo.

Frunce el ceño.

—¿Nos está diciendo que nos suicidemos?

Sacudo la cabeza.

—La pista se refiere a Maddy, no a nosotras. ¿Qué si es una amenaza? El asesino hizo que la muerte de Jessica también pareciera un suicidio. Píldoras, agua.

---

5. La fiesta loca del té. Madd hace referencia a «mad», «loco», y a Maddy, la amiga de Kay. (*N. de la T.*).

Nola se para temblando.

—Jessica era venas y agua. Pero esto significaría…

—Que no fue Jessica quien escribió el blog. Fue el asesino. —Tomo mi teléfono y mi abrigo, marcando mientras salgo por la puerta—. Tenemos que encontrar a Maddy.

La cabeza me da vueltas mientras corremos escaleras abajo. Hay otro temor que evité mencionarle a Nola. El temor de que pueda ser real. Mi última conversación con Maddy me viene a la mente como un fogonazo. Creí que intentaba acompañarme, pero ¿y si me estaba pidiendo que yo la acompañara a ella? Me pidió que la llamara. Me dijo que se sentía excluida, completamente sola incluso cuando estaba rodeada de gente. ¿Por qué no le tendí la mano después de esa conversación? Debí saberlo después de Megan. Después de mamá. Debería ser una experta. Pero cometí tantos errores en el período posterior a la muerte de Todd que adopté la política de quedarme callada. Cuando mamá tomó una sobredosis de sedantes que se suponía que debían ayudarla a sobrellevar lo peor del dolor, papá dijo que la salud mental es algo privado. Nadie debe saber nada del dolor ajeno.

Mamá pasó tres meses en un hospital de Nueva Jersey. Papá, la tía Tracy y yo viajábamos cuatro horas todos los fines de semana para visitarla, durante los cuales yo escuchaba música y fingía dormir, y papá y la tía Tracy hablaban sobre los planes de boda de ella. En el hospital, podíamos hablar con mamá sobre cualquier tipo de asunto estúpido que no le importara. Jamás levantaba la vista para mirarnos y jamás nos respondía. Hasta la mañana de Navidad, cuando apareció el novio de la tía Tracy ebrio y la llamó *puta*, y mamá se paró de pronto de su silla junto a la ventana y le rompió la nariz con un solo golpe.

Después de eso todo volvió súbitamente a la realidad. Los médicos se dieron cuenta de que mamá no representaba un peligro para sí misma ni para los demás. Solo para aquel imbécil si volvía a acercarse a la tía Tracy. Qué curioso que la violencia para proteger el honor de un ser querido esté tan profundamente arraigada en nuestra cultura, lo aceptada que está. También, irónico si uno se pone a pensar por qué mamá había ido a parar allí para empezar. De pronto, estaba ansiosa por oír hablar acerca de los partidos de fútbol que se había perdido. Y el colegio y todos los detalles estúpidos de mi vida que ni siquiera a mí me resultaban particularmente interesantes. Y luego mis padres tramaron la solución perfecta para todos nuestros problemas: enviarme a un internado.

Afuera, la temperatura ha descendido aún más. Copos ligeros como plumas caen mientras nos apresuramos por el sendero serpenteante para cruzar el campo de deporte hacia el lago. Las siete llamadas perdidas de Maddy que realizó esta tarde me provocan náuseas. Sigo intentando dar con ella mientras firmo la entrada de Henderson y subo las escaleras arrastrando los pies, raspando el húmedo hielo de mis zapatos sobre la alfombra mientras avanzo. La habitación de Maddy está en el tercer piso, y como es estudiante de tercer año, tiene una compañera de habitación, Harriet Nash.

Hago una pausa fuera de su habitación y golpeo los nudillos contra la puerta. No se oye nada adentro.

Nola lo intenta de nuevo mientras marco el número de Maddy y me llevo el teléfono al oído. Alcanzo a oír su ringtone, débilmente, como amortiguado por sábanas o pilas de ropa, desde el interior de la habitación. Una sensación extraña se apodera de mí. El ringtone de Maddy es inconfundible. Los rítmicos latidos y el bullicioso sintetizador suenan distorsionados y lejanos.

Golpeo la puerta, más fuerte.

—¡Maddy!

No responde, y la llamada va directo al buzón de voz. Vuelvo a marcar, y vuelve a empezar el tétrico sonido amortiguado. El vello de la nuca se me eriza.

Nola apoya la mano suavemente sobre la puerta mirando desconcertada.

—No está en su habitación, Kay. No significa nada. —No suena convencida.

Intento golpear una vez más y luego le doy un puñetazo de frustración.

—¿Disculpa?

Me volteo. Kelli Reyes, una estudiante de segundo año que casi entró en el equipo, asoma su cabeza desde su habitación. Tiene un retenedor que sobresale de su boca y una capa mate de crema facial color verde esparcida con cuidado sobre su rostro. Sus ojos parecen saltar de su máscara macabra, y el corazón me galopa en el pecho al verla.

—Cielos, Kelli.

—¿Estás buscando a Harriet o a Maddy? Harriet se fue a visitar a su familia el fin de semana. —Me mira de arriba abajo y me doy cuenta de que anoche estuvo en la biblioteca.

—A Maddy —digo—. Lamento haber golpeado tan fuerte.

—¡Oh, no! —dice, su voz rezuma sarcasmo—. Descuida. Solo estudiaba para mi examen de Latín de medio término. Golpea todo lo que quieras.

—Si la ves, ¿puedes pedirle que me llame de inmediato?

Kelli señala hacia el extremo del corredor.

—Está en el baño privado.

Sigo la mirada de Kelli. Todas las residencias tienen en cada piso un baño grupal con seis cabinas de ducha, además de un baño privado con una tina. Todos los fines de semana o los feriados en particular hay una lucha por el baño privado. Nos permiten tales lujos como cremas exfoliantes, sales, burbujas, aceites y cremas, siempre y cuando dejemos todo limpio. No es un mal arreglo. Con un par de velas a pila y la música adecuada, puedes prácticamente crear un mini spa. Le agradezco a Kelli y avanzo por el pasillo, preguntándome si disputó con Maddy el derecho al baño privado. Daba toda la impresión de que Kelli también estaba a punto de incursionar en un spa hogareño.

Cuando llego a la puerta, advierto una aureola de agua jabonosa filtrándose por debajo de la puerta. Adentro se oye la música suave que reproducen en los spas, el sonido relajante de un arpa con un trasfondo de agua que gotea. ¿O será un grifo abierto? Bajo la mirada a mi calzado deportivo que se hunde en la alfombra empapada y una chispa de temor se enciende en lo más profundo.

—Chica en una taza —susurra Nola.

Asiento. Una taza es horriblemente parecida a una tina de porcelana. Golpeo suavemente a la puerta.

—¿Maddy?

No hay respuesta.

Golpeo más fuerte.

—¿Maddy?

Mi corazón se estrella contra mi pecho. El pánico comienza a subir por dentro como un torrente. Intento visualizar mis muros de hielo, pero a medida que la habitación se llena de agua, se han fisurado en miles de grietas delgadas. Me lanzo corriendo por el pasillo, escaleras abajo, saltando las últimas cuatro de cada tramo, gritando socorro. El mundo comienza a girar cuando alcanzo el piso de abajo y llego al apartamento de la señora Bream, la supervisora. Le arranco la llave maestra de la mano y consigo llegar al último piso antes que ella, antes de que llame al 911, antes de que la consejera residente siquiera asome la cabeza fuera de su habitación.

Nola se para a un lado, impotente, mientras intento girar la llave en la cerradura tres veces sin lograrlo. Luego cierra su mano alrededor de la mía y la abrimos juntas. Cuando consigo finalmente abrir la puerta de un tirón, lanza un grito ahogado y tropieza hacia atrás.

Lo primero que veo es el espejo oval que cuelga encima del lavabo ligeramente empañado, y los aceites y lociones que Maddy dispuso delante de él. Sobre la superficie opaca hay un mensaje escrito con lápiz labial en grandes letras mayúsculas, bien marcadas, como si hubieran presionado el tubo con fuerza y varias veces sobre cada trazo. Dice:

NOTORIOUS

CHICA

PREMIO

CONSUELO

Arranco los ojos y los dirijo hacia el lugar de donde procede la inundación. El silencio me corta el acceso a todo sonido, palabra y movimiento. Mis orejas, mi lengua, mis dedos se encuentran entumecidos.

La tina está desbordando, derramando cascadas de agua encima del reluciente suelo de baldosas blancas. El cabello dorado de Maddy flota como una aureola encima de ella sobre la superficie de la tina. El resto de su cuerpo completamente vestido se encuentra plegado por debajo del agua.

14

Ahora el número de cadáveres en mi haber asciende a cuatro. ¿Habrá alguna regla cuando son tres? Porque cuando vi el cuerpo de Todd, hubo apenas un clic suave, el encendido del interruptor en la sección anteriormente oscura del complejo de Kay Donovan. La parte que conoce la intensidad de la desesperación de mi madre. La parte que me permite hacer las cosas que hago porque nadie puede detenerme, y en realidad y al final nada importa de verdad. Cuando vi el cadáver de Jessica, un chispazo de ansiedad urgente estalló en mi pecho, una sensación de que no podría recuperar el control de mi vida hasta que no se restableciera la rutina. Cuando vi el montoncito de huesos y pelo de Hunter, un temor visceral me atravesó por dentro, el terror de que me hicieran responsable de ello. No solo por su muerte, sino por todas las muertes, por el hecho de que la muerte y las secuelas de la muerte existieran. Por la postura abatida y los horribles conjuntos de camisa y pantalón de la doctora Klein, por la persistente dependencia de mamá a las pastillas, por el hecho de que jamás podré dejar de jugar al fútbol o mi familia se desintegraría en una pesadilla de clamores y locura retorcida.

Aquello fue cuando el número de cadáveres ascendía a tres.

Cuando veo la dulce cabeza de Maddy suspendida bajo el torrente de agua que desborda la tina, luciendo angelical con la música siniestra del arpa —Maddy, a la que jamás se le ocurrió un pensamiento mezquino, que solo nos seguía a mí, a Tai y a Tricia— me derrumbo sobre el charco poco profundo que cubre las baldosas y comienzo a sollozar.

Nola me levanta tomándome de los brazos y me arrastra al corredor, pasando el lugar donde la señora Bream intenta reanimar el cuerpo fláccido y pálido de Maddy. ¿Por qué los médicos de emergencia no le realizaron reanimación cardiopulmonar a Jessica? ¿Cómo estaban tan seguros? Los pensamientos surgen frenéticos e inconexos, demasiado veloces y fragmentados para que los pueda poner en palabras. Nola intenta meterme en la sala de estudiantes, pero consigo zafarme de sus brazos y bajar la escalera a los tumbos. Necesito a Brie, pero Brie se ha ido. Llego a la puerta de entrada cuando un par de paramédicos entran a toda velocidad, empujándome de nuevo al vestíbulo. Inmediatamente detrás entran dos agentes de policía, seguidos por la agente Morgan. Quiero empujarla para pasar, pero me sujeta el brazo.

—Veo que llevas mucha prisa —dice, guiándome hacia la sala de estudiantes del primer piso.

Me siento en una silla de madera frente a ella. Si me pidiera que confesara ahora mismo, quizá lo haría. No me quedan más fuerzas para pelear. Diría lo que fuera para irme a casa y meterme en la cama. Para simplemente desaparecer.

—¿Qué pasó? —Su voz es un poco más suave que lo habitual, y me toma con la guardia baja.

—Maddy está muerta.

—¿Maddy era una de tus amigas? Una de las chicas que encontró a Jessica.

Asiento.

—Está bien. —Lo apunta—. ¿Cómo lo sabes?

—La vi.

—No llamaste.

—No, corrí.

—Está bien. Cálmate.

No me di cuenta, pero las palabras me salen temblorosas. Respiro hondo un par de veces.

—La encontré en la tina con la cabeza bajo el agua y el suelo inundado. Hacía un rato largo que el grifo estaba abierto. Estaba definitivamente muerta.

—Está bien. —Sigue escribiendo—. ¿Hay algo más que me quieras decir?

Mi rostro se derrumba.

—Me dijo que la llamara y no lo hice. E ignoré sus llamadas. Y sigo dejando que la gente muera, y sigo dejando que la gente muera.

La agente queda boquiabierta.

—Kay, voy a llamar a tus padres y pedirles que vengan a la estación de policía.

—No. —Sacudo la cabeza—. No es lo que quise decir.

Me dirige una mirada severa.

—Entonces será mejor que expliques qué demonios quisiste decir.

Las lágrimas siguen cayendo.

—Me pidió que la llamara y no lo hice. —Aprieto los puños contra mi rostro y trago una bocanada de aire—. Antes de mudarme aquí, mi mejor amiga se suicidó. Porque yo la abandoné.

—Kay, nadie intenta culparte. Yo tengo un trabajo. Asesinaron a una chica. Tal vez a dos. Tienes que contarnos todo lo que sabes. Si no, no puedo ayudarte. Estás diciendo que dejas que la gente se muera y, de pronto, yo podría tener una causa probable. —Se acomoda en su asiento, acercándose aún más—. Ahora bien, no puedo interrogarte como sospechosa sin tus padres.

—No. No puede llamarlos.

Levanta las manos en el aire.

—No tendría que hacerlo si tuviera un sospechoso más firme. Quiero creer que hay uno. Así que estoy dándote otra oportunidad. ¿Qué puedes contarme?

El torrente de lágrimas que desciende por mi rostro hace que sea casi imposible ver. Un sospechoso más firme.

—Greg y Jessica tuvieron una pelea terrible la noche que murió —susurro al fin—. Sobre su ruptura.

—Ya sabemos eso. —Luce decepcionada—. Necesito algo nuevo.

Entonces un recuerdo de nuestra primera conversación me vuelve a toda prisa.

—Me dijo que les tenía miedo a las hojas de los cuchillos.

—Bien. —Lo apunta, bostezando.

—No. La noche después de que encontraron a Jessica. Antes de que fuera interrogado. Ninguno de los periódicos mencionó cómo murió, pero él me dijo que era imposible que se hubiera suicidado porque les tenía miedo a las cuchillas. ¿Cómo sabía que se había cortado las venas?

Me mira con una sonrisa retorcida.

—Eres una experta. He visto tu expediente. Sé por qué lo hiciste. Los chicos mienten. Incluso pensaste que hacías lo correcto. Espero que hayas aprendido que no protegiste a nadie. ¿Quién sabe? Si tu hermano hubiera estado en la cárcel, quizás no habría terminado muerto.

Las palabras se disuelven en mi lengua. No debería tener acceso a la causa de mi hermano.

—Lo sé. Soy una perra sin corazón. Hay cosas peores que podría ser. Sé exactamente quién eres, Katie. Te conozco. Mi socio trabajó en el caso de Todd. Pero yo seguiré investigando tu pista. Nos ayudamos; nos llevamos bien. —Hace una pausa en la puerta—. Aunque, ahora que lo pienso, ¿cómo podrías tú haber sabido que se cortó con una cuchilla?

Levanto la cabeza para mirarla.

—Estuve en la escena del crimen.

—Pero el arma no se veía. Hay un montón de armas que pueden infligir el tipo de heridas que viste. Chatarra de metal, el borde afilado de un trozo duro de plástico, una botella rota. —Me observa, pero no tengo energías para responder. No ahora. Sacude la cabeza abruptamente—. De cualquier manera, lamento tu pérdida. *Pérdidas.*

Siento secciones de mi cabello crujir casi al instante cuando salgo fuera, y la ropa como hielo puro contra la piel. Corro contra una muralla de frío hacia la residencia de Brie, evito el mostrador de recepción y arrojo todo mi cuerpo contra su puerta antes de recordar que sigue de viaje por el fin de semana largo. De todos modos, la golpeo con los puños, irracionalmente, antes de darle una patada con todas mis fuerzas. Luego saco mi teléfono del único bolsillo que no quedó empapado tras mi colapso sobre el suelo del baño, pero no puedo enviarle un mensaje. Las convulsiones de frío me siguen sacudiendo con fuerza, y mis dedos no dejan de temblar. Tomo el rotulador sujeto a la pizarra con una cinta sedosa verde, y con letra infantil garabateo un mensaje oscuro que late en el fondo de mi corazón: *Tú también deberías estar muerta, Brie. <3 K*

Entonces me dirijo al único otro lugar que se me ocurre: la habitación de Nola. En realidad, no sé si realmente quiero verla. El frío me ha congelado la ropa y me ha sacudido con tanto rigor que ya no puedo correr, así que cruzo el campus caminando con rigidez, como una criatura salida de una película de terror. No puedo firmar el registro en la recepción porque no solo me tiemblan los dedos, sino que ahora el frío los ha convertido en una pequeña garra roja y tiesa. Al dirigirme a la de seguridad, mi nombre sale como un graznido de mi boca, y los dientes no paran de castañear. Ella lo apunta, dirigiéndome una penetrante mirada de soslayo.

Siento que no me queda una pizca de energía para subir las escaleras, pero no puedo separar los dedos para oprimir el botón del elevador, así que consigo trepar los escalones presionando la espalda contra la pared y empujándome hacia arriba un peldaño por vez, con una mínima inclinación de las rodillas. Cuando llego a su puerta, me apoyo contra ella y me tomo un momento para recuperar el aliento. Luego la golpeo con la frente tres veces.

Nola abre la puerta, y dejo que mis músculos descansen, deslizándome al suelo.

—¿Kay? —suena alarmada.

La miro desde el suelo, y mi vista se enfoca, desenfoca y vuelve a enfocar. Lleva un camisón de noche de raso negro con una bata de terciopelo retro, y se ha quitado el maquillaje. Cierra la puerta rápidamente.

—Estaba tan preocupada. ¿Te llegaron mis mensajes? La policía me obligó a venir a mi residencia. ¿Quieres llamar al centro de salud?

Sacudo la cabeza.

—Congelada.

—Quítate la ropa —ordena. Revolotea alrededor de la habitación, y un instante después, el agua caliente hierve en una tetera eléctrica, me he quitado toda la ropa salvo el sujetador e interiores empapados, y tengo delante una diminuta camiseta negra de manga larga y un pantalón de pijama que hace juego. En el mejor de los casos, rozará la parte de arriba de mis tobillos. La camiseta tiene impresa las palabras OH, DIOS, PODRÍA ESTAR ENCERRADO EN UNA CÁSCARA DE NUEZ Y CONSIDERARME UN REY DEL ESPACIO INFINITO SI NO FUERA POR MIS PESADILLAS. Acerco la camiseta contra el cuerpo con un gesto de desazón.

—Esta es la ropa más grande que tengo —dice.

Comienzo a ponerme la camiseta con desgano, pero me interrumpe.

—No puedes dejarte el sujetador y los interiores empapados. Me voltearé si eres una mojigata.

—Por favor, hazlo, y no lo soy. —Me molestan los motes despectivos. Pero no me siento cómoda si me mira.

Pone los ojos en blanco y se da vuelta. Rápidamente me quito la ropa interior y me pongo el pijama. Son terriblemente ceñidos y los pantalones me llegan hasta la mitad de la pantorrilla. La camiseta deja a la vista un par de centímetros del abdomen y me queda estrecha de hombros. Pero está seca. Me arroja una manta polar negra, y me siento en su cama envuelta con ella, agradecida.

—¿Te encuentras bien? —Su tono se suaviza mientras vierte el agua humeante en dos tazas y deja caer una bolsita de manzanilla en cada una. No me gusta particularmente el té, pero agradezco tener algo caliente para beber y sujetar entre las manos.

—Gracias. —Tomo la taza y disfruto de la sensación de la cerámica hirviendo—. Sí. Supongo. No. Maddy está muerta. ¿Tú estás bien? —De pronto miro mi taza de té y siento náuseas. Lo aparto a un lado.

Nola suspira y presiona los labios contra la taza. Cuando los separa, tienen un intenso color rosado.

—No estoy genial, pero apenas la conocía.

—No fue un suicidio. Es demasiada casualidad. El blog describió su muerte. Eso significa que Jessica no lo escribió. O jamás escribió nada de lo que está allí, o alguien lo hackeó y añadió el poema de Maddy.

Nola se estremece.

—Esos versos están escritos todos con el mismo estilo. La misma voz.

—¿Por qué fingiría alguien ser Jessica, usarme para vengarse de sus enemigos y luego matar a Maddy?

—Porque tú estás en el centro de todo ello, Kay. Eres una de las sospechosas principales, eres la única que la falsa Jessica eligió para llevar a cabo su supuesta venganza y has decidido resolver su asesinato. Para la policía, probablemente luzcas como una asesina serial de manual que se mete en la investigación.

Vacilo. Un manual. ¿Por qué todo el mundo conoce estas cosas salvo yo?

—No sabemos si el blogger mató a Jessica. Solo a Maddy. Visto desde afuera, el blogger quiere vengar a Jessica. No tendría ningún sentido que la matara. Lo único que sabemos sobre la falsa Jessica es que escribió el blog y mató a Maddy o supo sobre su muerte apenas sucedió. Es como si supiera todo lo que sucede en Bates en el instante en que sucede. Los secretos de todos, cada paso que damos. —Incluso conocían el sobrenombre de Maddy. No Centro de Parálisis Cerebral. *Chica Premio Consuelo.* Y yo ni siquiera sabía que estaba saliendo con alguien.

Bebe un sorbo mientras reflexiona.

—Insistes en referirte a la persona como si fuera un hombre.

—¿En serio?

—¿Qué le dijiste a la policía?

—Que fue un suicidio. Y que probablemente Greg mató a Jessica.

Nola asiente, pero no está convencida. Parece estar aplacando a un niño. Mi corazón redobla su latido, y una sensación de intenso calor se apodera de mi rostro.

—Tuvieron una pelea terrible justo antes de que ella muriera. Tiene el mejor de los motivos.

Nola posa su taza y cruza la habitación para sacar la laptop de la mochila.

—Cuando ese era tu motivo, era el peor motivo, ¿no es cierto?

—¿Podemos no hablar de esto por una noche?

—Por supuesto. —Se acomoda junto a mí y apoya la cabeza sobre mi hombro—. Podemos observar cómo se descascaran las paredes. —Señala un rincón del cielorraso donde el empapelado que pegó con cinta adhesiva comienza a despegarse. Por algún motivo, esto me hace reír, y a ella también.

»O ver una película.

Se mete en su cuenta de Netflix y nos ponemos a ver una tonta comedia romántica. Generalmente me gusta la ciencia ficción y la acción, y todos los shows recientes de Nola son clásicos y cine negro, pero no soporto sufrir un mayor grado de suspenso que el que tiene una película en la que no se sabe si la adorable protagonista se enamorará del protagonista poco atractivo que la acecha antes o después de que le destruya el emprendimiento comercial.

Mi teléfono vibra en la mitad de la película. Bajo la mirada para advertir que es Brie. Activo el modo silencio. No se me ocurre qué decir, pero si alguien me pone un mínimo más de presión, estallaré por los aires. Nola me mira con curiosidad, y hago un gesto restándole importancia. Pero estoy casi segura de que sabe.

—Nola. —Me mira—. ¿Qué harías si te enteraras de que maté a Jessica?

Luce pasmada y ligeramente desconfiada, como si tratara de entender qué trampa le he tendido.

—Seguramente, decirte que eras una mentirosa.

—Sígueme el juego.

Observa mi rostro.

—Te preguntaría por qué.

Sacudo la cabeza.

—No puedes preguntar. Solo reaccionar.

Se ríe nerviosa.

—¿Qué tipo de juego retorcido es este?

—Ya no sé en quién confiar. Todo es estrategia. El colegio, el fútbol, las relaciones, la policía. Lo que dices, cómo lo dices, cuándo lo dices para obtener lo que quieres. Yo soy la peor. Greg confiaba en mí, y le dije a la policía que lo investigara. Brie era mi mejor amiga y me apuñaló por la espalda. Y creo que Spencer intentó volver conmigo hoy, y eso es justamente lo contrario de lo que debe suceder.

Nola levanta la cabeza con interés.

—¿Brie, la perfecta, una traidora?

Levanto una planta de amarilis y acaricio los suaves pétalos. Es la primera vez que digo esto en voz alta y no soporto ver la reacción de Nola.

—Arregló una cita entre Spencer y Jessica. No tengo ni idea de por qué lo hizo.

Nola desliza su mano en la mía.

—Lo lamento.

Trago el nudo que tengo en la garganta y por fin levanto la mirada. Su expresión es tierna y comprensiva.

—Hagamos un pacto. En nuestra amistad no se permiten estrategias. Nada de mentiras. Es lo que necesito ahora mismo.

—Los labios me tiemblan y los endurezco. Creí que tenía eso mismo con Brie. Me equivoqué.

Nola lleva la mano detrás de ella y toma un par de tijeras de cabello con las que realiza un pequeño corte en su dedo índice. Luego me las ofrece.

—Promesa de sangre —dice animada—. Es una tradición.

Miro con desagrado la punta enrojecida de la tijera.

—¿Tienes algo para desinfectarla?

—Solo usa la otra cuchilla —urge.

Vacilo.

—Disculpa, tengo un problema con los gérmenes.

Ella hace girar las tijeras alrededor del dedo, escéptica.

—El propósito de una promesa de sangre es justamente compartir la sangre.

—Desenterramos y enterramos juntas un gato —le recuerdo—. Eso es una promesa de huesos. Mucho más crudo.

Se limpia el dedo con un pañuelo descartable, aparentemente satisfecha.

—Me parece justo. Pero tenemos que sellarlo con algo.

—Conozco un apretón de manos genial —ofrezco.

Pero Nola se arrastra hacia mí, y antes de que pueda responder, presiona sus labios contra los míos. Son delicados, cerosos por la manteca de cacao, y su aliento es dulce como la miel y la manzanilla. El olor de su desodorante (como talco para bebés) se mezcla con su perfume cítrico al tiempo que se arrima más cerca y presiona su cuerpo contra el mío, suave y seductoramente. No como nos solemos tocar, ni siquiera como Brie y yo nos tocamos. Podría ser agradable, salvo por la inmensa culpa, el sentimiento sombrío que se descuelga como pánico desde mi pecho hasta mis entrañas y me inunda de recuerdos, los sonidos de Tai y Tricia riéndose a carcajadas, el sonido de *mi* risa, de los ojos vidriosos de Nola, de palabras,

palabras, palabras. *Necro*. Me toca el rostro con su mano fría, y me aparto de un salto, como si me faltara el aire.

—Sellado —murmura, rozando sus labios una vez más contra los míos.

—¿Nola?

Me mira con un destello de temor en su mirada.

—No volvamos a hacer eso.

Encoge los hombros.

—Como quieras.

Apaga la luz, y me acurruco en un rincón de la cama. Ella se voltea hacia el otro lado y nos quedamos de espaldas, en silencio. Noto que se quita la bata y la lanza al suelo y luego se hace un ovillo pequeño. El sentimiento de culpa me invade de nuevo. Es ahora o nunca.

Carraspeo.

—Siento que hayamos sido tan crueles contigo cuando recién llegaste a Bates.

Hace silencio un largo momento.

—¿A qué te refieres?

—Ya sabes. —Busco las palabras adecuadas—. Lo que dijo Cori. A veces las bromas son graciosas para la persona que las dice, no tanto para la persona a quien se las dicen.

—No eres tan graciosa, Kay. Ninguna de tus amigas lo era tampoco.

Hago una pausa.

—Estoy de acuerdo. Solo trato de pedir perdón.

—Lo aprecio.

Mi cuerpo entero se relaja. Pero es difícil quitarme aquellas imágenes de la cabeza ahora que las reviví. Y ahora se encuentran mezcladas con el aroma de Nola y la sensación de sus labios sobre los míos. Y esa espantosa imagen que me vuelve una y otra vez de Spencer y Jessica juntos. El deseo que siento de ver a Spencer mezclado con el dolor que sufro cada vez que lo hago. Mi último recuerdo de Megan, cerrándome la puerta en la cara, y de Todd, un ataúd cerrándose sobre la suya. Una docena de sobres, sellados y etiquetados con las palabras *Querido San Valentín*, que pondrían en movimiento esta pesadilla. Y Brie. Brie cuando estaba tan cerca que jamás hubiera imaginado que la perdería. El shock y el dolor de su traición. Pero lo agradezco todo. Porque me hace olvidar a Maddy. Por la mañana, tendré que enfrentar su muerte de nuevo.

15

uando despierto, Nola está sentada delante de su escritorio, mirando con seriedad la pantalla de la computadora.

Me siento en la cama, adormecida, y me trae una taza de té de manzanilla.

—No te pares —dice.

—¿Qué sucede? —Me froto los ojos, intentando orientarme. Al principio, me olvido de que me quedé dormida en la habitación de Nola. Entonces los sucesos de anoche comienzan a caerme encima como fragmentos de cristal rotos. Maddy, Spencer, Greg, aquella nota horrible que le dejé escrita a Brie, el beso, mi conversación con la agente Morgan, cada emoción terrible que sentí. La cabeza me retumba dolorosamente. Tengo la nariz congestionada y me pica. Estornudo bruscamente, y Nola me pasa una caja de pañuelos de papel. Me sueno la nariz y miro instintivamente el almanaque de Matisse que cuelga en su pared. Estoy enferma, la investigación del asesinato continúa, y solo hay algunos partidos más previstos antes de finalizar la temporada. No volverán a comenzar hasta que termine la investigación. Necesito seguir corriendo, mantener mi velocidad.

Nola me pasa su laptop, abierta en el sitio web de un noticiero local.

—En primer lugar, tenías razón acerca de Maddy. La policía lo está investigando como un homicidio. Probablemente, vinculado al de Jessica.

Estiro el cubrecama alrededor de mi cuerpo, temblando.

—¿La policía cree que es el mismo asesino?

—El mismo lugar, el mismo patrón. Maddy tuvo una sobredosis, pero murió ahogada. No hubo nota ni señal alguna de que haya querido morir. Jessica tampoco dejó una nota. Esa es la última novedad. Si la misma persona mató a Jessica y a Maddy, eso demuestra que el asesino escribió el sitio web de la venganza. La F. J. ha estado dirigiendo todo esto y manipulando cada paso que damos.

—¿Quién es la F. J.?

—La Falsa Jessica. La blogger. —Sombras oscuras rodean sus ojos, y me pregunto si siquiera durmió anoche. Ya no lleva el camisón de seda. En cambio, está vestida con una conservadora camisa negra de botones con cuello babero blanco y una falda de lana hasta la rodilla con calcetines también hasta la rodilla. Siento vergüenza por el beso frustrado de anoche, pero enseguida pasa a un segundo plano por la conmoción e incredulidad que siento por la muerte de Maddy y la culpa por el mensaje que le dejé a Brie.

—No podemos sencillamente suponer que la misma persona asesinó a Maddy y a Jessica. —Intento mantener la voz firme—. Son dos personas muy diferentes. No tenían nada en común. ¿Y Greg? No tiene conexión alguna con Maddy.

—Pues tal vez Greg no lo haya hecho —dice Nola en voz baja.

Tomo la laptop de Nola sin decir una palabra y abro el sitio web de la venganza. Desbloqueamos la contraseña y hacemos clic en el link del plato principal. La pantalla se oscurece y el horno se abre, revelando la última receta en verso.

Oh Kay Tarta de Carne Muerta
Córtenla, muélanla, tritúrenla
Llamen a la policía para beberla y comerla
Las recetas están escritas y publicadas
Espero que hayan disfrutado de la cena alistada.
Dos cosas quedan: arrestar y esposar
Katie debe sufrir hasta llorar.

De pronto, advierto que el temporizador de la cocina avanza a una velocidad de vértigo.

—¿Qué está pasando?

Nola hace clic sobre el dispositivo, pero sigue moviéndose.

—Espera. —Tipea algo en el casillero de la contraseña, pero no sucede nada—. Uf.

Quince segundos. Le arranco la laptop.

—¿Qué sucede cuando llega a cero? —chillo.

—¿Cómo se supone que lo sepa?

Observo impotente mientras el temporizador avanza hacia el cero. De pronto, el sitio web desaparece y emergen las palabras *No se encontró el servidor* en la pantalla.

—¿Qué acaba de pasar? —pregunto. El pánico asciende desde mi estómago.

Nola mira la computadora, incrédula.

—La página ha sido dada de baja. La deben haber programado para que expirara después de una determina cantidad de tiempo tras desbloquear la contraseña. Desapareció. Para siempre.

Me hundo hacia atrás contra la pared.

—Quieren incriminarme en estos delitos. Y esa era la única evidencia.

Nola respira hondo.

—Creo que tengo una idea de quién puede ser la F. J.

Cierro los ojos y me cubro el rostro con las manos.

—*No* es Spencer.

Me mira con ojos desorbitados.

—¿Cómo lo sabías?

—Es el único que me llama Katie. Conoce a todas las personas del blog de la venganza. Además de Jessica. Íntimamente. Incluso tiene motivos para querer perjudicarme.

—Supongo que te refieres al incidente que mencionó Cori.

—Claro. Pero si Spencer se quería vengar de mí, sencillamente podría haberme matado *a mí*. Y no tenía motivo alguno para hacerle daño a Maddy.

Nola pone los ojos en blanco.

—Cómo se nota que eres una principiante en asuntos de venganza. —Me arroja su teléfono—. Y Spencer tenía razones de sobra para hacerle daño a Maddy. Para callarla. Qué curioso que se haya muerto apenas horas después de que él intentara volver contigo.

Miro hacia abajo a una cuenta desconocida de Instagram donde muestra fotografías de Spencer y Maddy abrazándose y haciéndose mimos en una fiesta, con fecha algo posterior a nuestra ruptura. Y entonces todo cobra sentido. La amabilidad de Maddy, preguntando constantemente si había hablado con Spencer. La frialdad repentina de Brie, y el sobrenombre nuevo que Tai y el resto le pusieron: Notorious C. P. C. Chica Premio Consuelo. Maddy y Spencer. Pero esto no le da más motivos a Spencer para haberla matado. Al contrario. Soy yo la que ahora tiene aún más razones para haberlo hecho. Y el hecho de que Spencer y yo nos hayamos encontrado solos el día en que la hallaron muerta es absolutamente incriminatorio. Pero sé que yo no la maté, y la realidad es que Spencer podría haberlo hecho.

De pronto, me viene a la cabeza claramente un recuerdo de la noche que nos conocimos, el momento que cimentó nuestra amistad. Finalmente había accedido a su sugerencia de encontrar una habitación desocupada, y realmente nos quedamos allí toda la noche bebiendo y jugando *Yo Nunca*. Nada raro, al menos nada parecido a la exhibición pública que hicimos ante Brie. El juego comenzó de manera inofensiva y rápidamente se volvió más intenso hasta las últimas tres frases.

—Yo nunca le rompí el corazón a nadie. —Ninguno de los dos bebió un sorbo.

—Mentiroso —dije, observando el cielorraso que giraba en círculos mientras abrazaba contra el pecho un cojín de franela.

—Las apariencias engañan. Nadie ha derramado una lágrima por mí, Katie.

Ya me arrepentía de haberle dicho el sobrenombre con el que me llamaban en casa al comienzo del juego. *Yo nunca tuve un sobrenombre.*

La siguiente frase se deslizó de mi lengua antes de que mi mente errante tuviera tiempo de procesarla.

—Yo nunca cometí un delito. —Me arrastré hacia él sobre los codos y me eché un trago de su gin-tonic antes de que mi mejor parte, mi parte más inteligente, tuviera tiempo de taparme la boca, de gritar que me detuviera y me fuera a casa. Se quedó mirándome, tomó la bebida de mi mano y vació la mitad del vaso.

—Obstruí una investigación policial —dije, presa del vértigo, acurrucando mi cabeza en su regazo. Me sentí tan bien diciéndolo, y estaba tan segura de que jamás volvería a ver a este chico. Se trataba de la confesión perfecta. Era una persona cálida, divertida e irresistible, y era tan fácil hablar con él. Mañana regresaría a Brie, y ella habría olvidado a esa perra por la cual me estaba abandonando. Brie jamás elegiría a una chica del entorno teatral. Demasiado drama.

—Hice que imputaran a mi padre por un robo de auto.

Abrí los ojos y lo miré. Su rostro giraba lentamente con el resto de la habitación.

—Impresionante.

—Era un imbécil. Hizo que mi hermano acabara en el hospital y obligó a mamá a huir dos veces a un refugio. Así que robé un auto e hice que pareciera que lo había hecho él. Estamos todos mucho mejor. —Aspiró llenándose los pulmones de aire y lo soltó con una bocanada—. Qué bien se siente decirlo. Jamás lo dije en voz alta. ¿Quieres ir a comer crêpes?

—No creo que podamos conducir. Y ya que estamos, no robes más autos.

Sonrió.

—Cuando fue a prisión, yo me quedé con *su* auto. —Comenzó a reírse. Tenía una sonrisa perfecta, más perfecta aún cuando un trazo oscuro se colaba en su mirada—. En cierto sentido, es una mierda porque definitivamente me ama, y además yo era el único a quien no le pegaba, así que… que se vaya al carajo.

Me incorporé hasta quedar de rodillas. El mundo me daba vueltas, y me incliné contra su pecho.

—Todo lo que tiene que ver conmigo es una mentira, y estoy aterrada de que el mundo entero lo sepa.

—No ocurrirá —dijo simplemente, mirándome fijo a los ojos—. Si no les cuentas, no lo sabrán. Yo te cubriré las espaldas, Katie.

Y luego susurré el último desafío del juego.

—Yo nunca maté a nadie.

Ambos bebimos al mismo tiempo.

—Tú primero —dijo.

Cerré los ojos.

—Cuando era niña, era muy unida a mi hermano mayor. Pasaba el rato conmigo y mi mejor amiga todo el tiempo, leyendo cómics, jugando videojuegos, todas las actividades de nerd que a sus amigos no le gustaban. Luego, el verano después de séptimo año, ellos comenzaron a flirtear y se volvió raro y al final comenzaron a salir sin mí. Un día, cuando empezó el colegio, Megan me envió un mensaje diciendo que quería volver a pasar el rato conmigo. Cuando llegué a su casa, seguía dolida y enojada con ambos y estaba preparada para una pelea terrible, pero en cambio, me arrastró a su habitación y cerró la puerta con llave. Advertí que había estado llorando mucho tiempo. Y me dijo que le había enviado a Todd fotografías de ella desnuda. Una gran cantidad a lo largo del verano. Y, aparentemente, aquel día rompieron, y él se las envió a todo el colegio.

—Mierda —dijo Spencer.

Abrí los ojos y lo miré. Había llevado el vaso a los labios, pero estaba vacío. Se lo quité y lo presioné contra mi frente caliente.

—No supe qué decir. Me había ignorado todo el verano y prácticamente había dejado de hablar con Todd durante todo ese tiempo. Pero parecía tan improbable que *él* hubiera hecho algo así deliberadamente. Lo conocía tan bien… desde siempre. Y ella me miró como si lo que yo fuera a decir solucionaría todas las cosas o destruiría la vida de todos. Fue como *Romeo y Julieta*, o algo así. Me refiero a que ¿por qué me eligieron como la mensajera fatal? No había sido incluida en los primeros cuatro actos.

Comencé a reír. No pude evitarlo. Era eso o llorar, y me había esforzado mucho hasta ese momento por no dejar que ganaran las lágrimas. El vaso se deslizó sobre la cama, y Spencer lo levantó y lo apoyó sobre la mesada.

—*Game over*. —Spencer me ayudó a sentarme—. No mataste a nadie.

—Lo hice. Ambos están muertos. Le dije a Megan que me parecía que probablemente fuera un error, y ella me dijo a los gritos que me largara y no me volvió a hablar nunca más. Luego cuando le pregunté a Todd qué sucedió, me dijo que alguien le robó el teléfono aquel día y debió enviar las fotografías. Le creí. Pero no había nadie con él en ese momento, así que le mentí a la policía y le dije que yo había estado con él. En aquel momento, parecía lógico. Pero seguían posteando aquellas fotografías en sitios web, y la gente comentaba y decía lo peor de Megan. Yo la quería llamar, pero tenía miedo. Y luego un día cancelaron las clases, y nos enteramos de que se había suicidado.

—Cielos, Katie. No necesitas contarme todo esto.

—Quiero hacerlo. Y no puedes volver a mencionarlo jamás. Ni a mí ni a nadie.

—Está bien. —Dobló las manos delante de las rodillas cruzadas, casi como si estuviera rezando.

—Así que nunca maté a nadie. —Tomé el vaso vacío de la mesa y bebí un sorbo de aire.

—¿Crees...? —comenzó vacilante—. ¿Aún crees que tu hermano estaba diciendo la verdad?

Encojo los hombros.

—Ahora es demasiado tarde para preguntarle. El hermano de Megan lo mató después de que ella se suicidó.

—Pero ¿qué crees *tú*?

Lo miro a los ojos.

—Creo que no me estaría culpando a mí misma si estuviera cien por ciento segura de que fuera inocente. ¿Y tú?

—No es tu culpa —dice, tomando mi mano—. Tú le creíste en ese momento. No puedes volver y cambiar las cosas sabiendo lo que sabes ahora.

—¿Ah, sí? ¿Y tú a quién mataste?

—No maté a nadie. Solo estaba terminando mi bebida.

Echo una mirada alrededor de la habitación de Nola en busca de la ropa que llevaba anoche, y advierto con desazón que sigue empapada en el suelo, exactamente donde me la quité. Me miro. No puedo cruzar el campus a mi residencia llevando este ridículo atuendo. No con este clima. Afuera, el viento cortante sopla implacable, y realmente me preocupa que, si no me cuido, podría contraer neumonía. Me siento impotente. Y es lo que menos me gusta sentir en el mundo.

Oigo mi ringtone entre la pila húmeda de harapos y me sumerjo para buscarlo. Nola me observa, masticando la uña del pulgar, con algo así como celos en la mirada. O tal vez esté delirando. Es Brie.

—¿Hola? —la voz me sale ronca.

—Oh, cielos, ¿estás bien?

Al instante, toda mi furia se desvanece, y quiero que regrese. Estoy enferma, destruida, y solo quiero estar cerca de ella.

—Estoy enferma.

—Me refiero a si te enteraste.

—Fui yo quien la encontró.

Sobreviene un silencio estupefacto, y su voz se tensa.

—Siento no estar ahí, cariño.

Un gélido escalofrío me recorre la espalda. Eso significa que no ha visto la horrible, atroz y malvada nota que dejé en su puerta.

—No lo estés —digo, sintiendo que me descompongo. Me paro, pero la habitación comienza a girar, y tengo que tomarme del poste de la cama para evitar irme de narices sobre el suelo.

—Regresaré a casa inmediatamente después del desayuno.

—No lo hagas. —Brie y Justine habían estado planeando el viaje a Nueva York durante meses. Incluso tenían boletos para ver *Hamilton*. No era poca cosa. Yo era una narcisista absoluta por reprocharle que quisiera pasar su aniversario con su novia.

—Maddy está muerta.

Las palabras caen despeñadas desde el teléfono como los ladrillos de un edificio que se derrumba. No sé cómo responder. Maddy está muerta. Parece una novedad cada vez que pienso en ello o lo escucho. Suena como las campanas de un funeral. Ya no hay manera de impedir que el mundo siga su marcha. Yo no puedo hacerlo. Brie tiene que enterarse, así como se enteró mamá, como lo hará la familia de Jessica, y la doctora Klein, como todo el mundo, que la muerte es apenas un sobresalto en la trama de la vida. Después de que murieron Megan y Todd, me convencí durante un tiempo breve de que tenía un defecto cardíaco y de que me estaba muriendo. En la sala de emergencias me aseguraron que estaba muy sana y me encontraba experimentando algo llamado contracción ventricular prematura, provocada por la ansiedad, una situación traumática y un pico de estrés. La sensación es que el corazón se ha detenido, que está saltando, pero en realidad es que el ritmo está completamente alterado, y casi siempre recupera su frecuencia habitual inmediatamente después. Por más convencido que estés de que todo se acaba, en realidad está funcionando exactamente como debería. Fui a ver brevemente a una psicóloga conductual por mi trastorno de ansiedad, y me lo explicó de la siguiente manera: «Te vas a dormir a la noche y te despiertas por la mañana, y durante todo ese tiempo cedes el control de tu cuerpo *a* tu cuerpo, y este hace todo lo que tiene que hacer».

Salí de su oficina y pisé un pájaro muerto. No hacía mucho que estaba allí y aún no había atraído a carroñeros ni parecía realmente muerto. Entonces pensé: la muerte es como la contracción ventricular prematura. Parece el fin de todo lo realizado y conocido. Me parecía que la calle debía estar en silencio sin el pájaro, pero había un montón de aves que seguían cantando y ardillas que parloteaban entre sí. Por alguna razón, creí que el colegio clausuraría el vestuario luego de que Megan muriera allí, pero tan solo vaciaron su locker. Entonces comencé a cambiarme en el baño al final del corredor. Sentía que el equipo de fútbol debería haber dejado de jugar tras la muerte de Todd, pero… eran las eliminatorias. Mamá quedó internada en el hospital, pero papá siguió yendo a trabajar. Yo fui al colegio, y al principio pude arreglármelas sin estudiar, pero luego fallé un examen. Mi mejor amiga había desaparecido, y mi hermano había desaparecido. Una chica escribió en mi locker: «Odio a las pervertidas». Otra chica lo tachó y escribió, «Odio a las pervertidas muertas». Me coloqué y me lie con Trevor McGrew detrás del colegio y comencé a tener contracciones ventriculares prematuras. Y las cosas simplemente siguieron, siguieron y siguieron.

—¿Sigues ahí? —Brie parece muy lejana. Tengo la mente confusa y me está costando concentrarme.

—Sí, estoy en la habitación de Nola. Me quedé a dormir.

Hay una pausa.

—¿Por qué?

—Porque estaba sola y estaba muerta de miedo, Brie.

Nola enarca las cejas y articula en silencio: *¿Quieres que me vaya?*

Sacudo la cabeza.

—Llámame cuando regreses, ¿sí?

—Está bien. —Arrastra las palabras, como si en realidad quisiera decirme otra cosa—. ¿Quieres que compre algo camino al campus?

—Nyquil. Y jugo de naranja.

—Lamento no haber estado allí —repite suavizando la voz.

—No sabías nada. Ninguna de nosotras sabía nada.

—No te mueras, Kay.

Sonrío y le soplo un beso por el teléfono. Nola no sonríe cuando levanto la mirada.

—¿Podemos enfocarnos, por favor?

Tengo la nariz tapada, me duele la cabeza y cada vez que hablo siento como si me estuvieran raspando la garganta con cuchillas. Lo único que quiero es descansar.

Me recuesto sobre la cama y cierro los ojos.

—¿En qué?

—En Spencer.

—El notoriamente infiel.

—El notoriamente homicida. —Me muestra de nuevo las fotos de Spencer y Maddy.

Le arrojo el teléfono de nuevo. Los ojos me arden.

—Maddy está muerta. Tengo algún tipo de peste y siento la cabeza como si estuviera llena de explosivos. No puedo seguir hablando de esto.

Se muerde el labio.

—Como quieras. Pero alguien mató a Maddy y a Jessica. Lo mejor que puedes hacer es grabar una confesión. —Extrae un pequeño aparato para grabar de su escritorio, lo mete en una bolsita hermética y lo coloca en el bolsillo de mi chaqueta—. Lo uso cuando ensayo para las obras. Es viejo, pero funciona. Vamos a necesitar uno mejor para grabar una conversación en un espacio público con ruido de fondo, pero esto es mejor que nada.

—No grabaré a Spencer.

—Piénsalo. Ahora que hay dos cadáveres y tienes motivos para haber matado a dos personas, el reloj ha iniciado su cuenta regresiva. —Nola me aparta el cabello de la frente hacia atrás—. Estás ardiendo, Kay. —Hurga en las gavetas de su escritorio hasta encontrar una botella de aspirina—. Tómate una.

—Lo pensaré —le digo.

16

Despierto empapada de sudor y temblando de frío. Debo haberme quedado dormida cuando seguía recostada en la cama de Nola con su pijama puesto. Me siento y me soplo la nariz mientras mis ojos se ajustan a la luz. Mi teléfono brilla en el suelo a mi lado, y cuando lo levanto advierto que son las primeras horas de la tarde y tengo tres llamadas perdidas de Brie y un mensaje que consiste en una fotografía de la nota terrible que dejé sobre su puerta. Me froto la frente con la palma de la mano. Una migraña comienza a latirme en las sienes. También hay una llamada perdida de Spencer pero sin mensaje de voz. Toco su nombre, pero apenas suena el teléfono finalizo la llamada y marco el número de Brie.

—¿Dónde estás? —pregunta a modo de saludo.

—Sigo en la habitación de Nola. —A causa de las cuerdas vocales destruidas y la nariz tapada junto con la congestión de mis oídos, mi voz suena como la de un trol exaltado. Es tal el susto que casi dejo caer el teléfono.

—Ahora mismo voy. —Cuelga el teléfono, y me quedo sentada incómodamente, como una pequeña que espera en la oficina del director a que lleguen sus padres para que comience el castigo. Es aún peor estando vestida como el personaje de una película fantástica en la que el deseo de una niña de crecer de pronto se hace realidad con consecuencias hilarantes. Tomo las vestimentas que llevaba anoche. Continúan amontonadas en una pila en el suelo, pero para mi desagrado siguen húmedas y frías. Aprieto los dientes fastidiada y le envío un mensaje a Brie:

Por favor, tráeme ropa.

Echo un vistazo a la habitación de Nola. Es extraño estar en el dormitorio de otra persona sin ella. La primera vez que me quedé sola en la habitación de Spencer, no dejé rincón sin explorar. Buscaba evidencia de drogas recetadas, exnovias, fotografías bochornosas de la infancia, un retenedor, cualquier cosa que no conociera ya acerca de él. No apareció nada particularmente escandaloso. Había un par de bocetos moderadamente pornográficos en las últimas páginas de su cuaderno de matemática, el suéter peludo color rosado de alguna chica, metido en el fondo del armario, y una lata de mentas dentro de la gaveta de su ropa interior con un puñado de pastillas variadas. Identifiqué tres Adderall, cuatro Klonopin, cuatro Oxycodone y diecisiete mentas de verdad.

Sentía un poco de curiosidad respecto del suéter, un cárdigan de cachemira que parecía nuevo, pero estaba tan oculto entre las camisetas de fútbol y los abrigos de invierno que no me preocupó particularmente. Y la pequeña provisión de pastillas era como caramelos comparada con la mierda que tomaban los amigos de Spencer. En definitiva, fue una expedición decepcionante, y jamás le comenté mis hallazgos. Pero ahora pienso en el suéter. Aquello fue meses antes del incidente por el que rompimos, pero evidentemente pertenecía a alguien, y es posible que Spencer la haya tenido en su habitación antes de vernos a Brie y a mí.

Me pongo de pie. Con la cabeza confusa y las piernas flojas, me abro paso hacia el escritorio de Nola. Está meticulosamente organizado, con pilas de libros a un lado, dispositivos electrónicos del otro e hileras de chucherías alineadas en el borde. Tiene una caja de madera que parece tallada de un madero a la deriva, un tintero antiguo y una selección de instrumentos para escribir, incluidas varias estilográficas antiguas y una pluma con un penacho largo y polvoriento. Hay una réplica de un cráneo humano fijado a un soporte de caoba con una placa de bronce en la que han grabado las palabras AY, POBRE YORICK. Hasta yo reconozco la cita de *Hamlet*. Tiene pilas de diarios y guiones encuadernados en gamuza y cuero, algunos de Shakespeare y otros de dramaturgos de los que apenas he escuchado hablar: Nicky Silver, Wendy MacLeod, John Guare.

Tomo uno de los diarios y lo hojeo. Está lleno de entradas bellamente caligrafiadas a mano en tinta violeta. La primera que veo tiene fecha de hace tres años y describe un desayuno en insoportable y tedioso detalle: hablamos de gachas con leche y miel, una taza de té y un vaso de jugo de naranja. La entrada describe la consistencia de las gachas, la acidez y la cantidad de pulpa del jugo, las grietas en el cielorraso. Debe haber sido un ejercicio de escritura o algo. Sigo dando vueltas las hojas del diario, pero un golpe repentino a la puerta me provoca un arrebato de culpa. Vuelvo a colocar el libro en su lugar y abro la puerta. En la entrada está Brie, con el rostro serio y una pila de ropa entre los brazos. Resulta aún más difícil saber qué siente tras su par de gafas de aviador y una capucha que le cubre parcialmente el rostro. Su piel luce cenicienta y sus labios habitualmente brillantes están secos y agrietados.

—Hola —digo, sorbiéndome la nariz.

Me mete con fuerza la ropa entre los brazos y se desliza dentro de la habitación, cerrando la puerta tras ella.

—Vístete —ordena—. Nos vamos.

Obedezco sumisamente mientras se quita las gafas de sol y mira la habitación con desagrado. Levanta mi ropa y la mete en su mochila.

—¿Así que ahora qué eres, la puta de Nola?

Me quito con dificultad la diminuta camiseta de Nola y miro a Brie furiosa.

—¿Qué quieres decir con eso?

Brie levanta la camiseta del suelo con un dedo, como si estuviera contaminada de chinches.

—Primero, estás vestida como un pequeño clon. Y para que lo sepas, luces ridícula.

—Lo sé. —Me jalo el polar abrigado que me trajo Brie por encima de la cabeza y al instante el olor y la textura familiares me reconfortan. Huele a Brie, a *nuestro* champú con olor a granada y arándano y a *nuestro* desodorante de menta y albahaca. Por primera vez en muchos días, vuelvo a ser yo misma.

—Y ese mensaje de mierda que dejaste en mi puerta. —Sus ojos se llenan de lágrimas. Es como si me clavaran un cuchillo en el pecho y lo estuvieran retorciendo—. Esa no eres tú.

—Fui yo. —Ahora soy yo a quien le arden y pican los ojos—. No es culpa de ella. Ni siquiera estaba allí.

—Entonces ¿qué diablos te pasa?

Me deslizo los ceñidos pantalones del pijama hacia abajo y me enfundo los pantalones deportivos que me trajo Brie. Sacudo la cabeza, sin poder ofrecer una respuesta, y extiendo la mano para tomar mi abrigo, pero sigue húmedo. Ella se quita su abrigo y me lo pasa, y aquello es lo que me termina quebrando. Me siento en la cama de Nola y hundo el rostro en las manos.

—No lo sé —digo atragantada.

Me paso un puñado de pañuelos descartables por el rostro, pero cuando lloro soy terrible. Una vez que comienzo, tardo una eternidad en detenerme, y a veces recrudece hasta que pierdo control de todo mi cuerpo, sacudida por convulsiones de un dolor palpitante que irrumpe sin freno, un dolor que me recorre como ondas sísmicas. Es la sensación más horrible del mundo. Por eso decidí no hacerlo nunca más; ese es el motivo por el cual diseñé la habitación de gruesos muros de hielo. Para impedir la pérdida de mí misma dentro de mí misma.

—No hablemos aquí de eso —dice Brie—. Te conseguí Nyquil y jugo de naranja. ¿Puedes llegar a mi habitación?

Asiento. De cualquier manera, no quiero que Nola me vea llorar de nuevo, y aún me siento rara por lo de anoche. Regreso a la habitación de Brie con la cabeza inclinada de manera que el cabello me cubre el rostro por completo. Sé que no hace falta. La gente espera verme llorando, y a Brie también. Ha muerto una de las nuestras. Quisiera poder llamar a Tai y Tricia. Incluso a Cori. En este momento deberíamos poder estar juntas. Pero no puedo ser la que haga el llamado. Tengo que ser la que lo responda. Espero realmente poder hacerlo.

Cuando llegamos a su habitación, toma su abrigo de nuevo y lo cuelga con cuidado. Pone mi ropa húmeda sobre el radiador para que se seque. Luego me sirve un vaso de jugo de naranja y una dosis de Nyquil.

—¿Te quedarás a dormir? —pregunta.

—¿Me abandonarás mientras estoy durmiendo?

Me dirige una horrible mirada de decepción.

—¿En serio?

—Lo siento. Tengo el cerebro revuelto. Si quieres, me voy.

—Para ser honesta, prefiero tenerte vigilada.

Eso me duele más que cualquier otra cosa. Tomo el Nyquil y enjuago el desagradable sabor con el jugo.

—Lamento la nota y todo lo demás. No he sido yo misma.

—Eso es una excusa —me reprende. Se sienta junto a mí y me mira a los ojos—. ¿Te estás acostando con Nola?

Por algún motivo me siento culpable, lo cual es completamente irracional.

—¿Por qué es tan importante?

—Porque me daría mucha rabia si no soy la primera en enterarme. Y porque no me gusta.

—Pues no. Pero sí me besó.

Sus ojos se agrandan.

—Pésima idea, Kay.

—Lo olvidé. Yo soy la chica fútbol. Tú eres la chica gay.

Parece dolida.

—No me refería a eso, y lo sabes. Desde que te dije lo que pienso de ella, me has ignorado por completo.

Me pongo de pie.

—¿Realmente crees que he estado ignorándote por Nola?

—¿Por qué si no?

—Porque me enteré de lo que hiciste —digo bruscamente.

—¿Qué hice?

—Se la arrojaste encima.

Brie queda helada, el cuerpo como una estatua. Está tan quieta que el sonido de mi propia respiración comienza a resultarme incómodo.

—Kay, no tengo ni idea de lo que estás hablando.

—El notoriamente infiel —digo—. Él eligió engañarme, eso es culpa suya. Pero tú quisiste que sucediera. Tú lo ayudaste.

Brie recupera el movimiento, y su rostro se vuelve rojo.

—Kay, me estás volviendo loca. No tiene sentido lo que dices.

—Increíble. —Tomo rápidamente mis prendas del radiador, y ella se para delante de la puerta, los brazos cruzados, el rostro desmoronándose.

—No puedes sencillamente jugar con los sentimientos de las personas, Kay.

Siento como si el mundo estuviera girando en la dirección equivocada. Ya no sé nada de nadie. Fue Brie la que me rechazó. Era la primera vez que advertía sentir algo por una chica, y quedé arrastrada en un remolino de emociones. Era una chica fabulosa, la mejor amiga que tenía la suerte de tener, increíblemente preciosa. Todo en ella era tibio, y tenía un deseo tan febril de estar junto a ella: cuando me sentaba a su lado, una corriente eléctrica me atravesaba la piel y me encendía por dentro. Me encantaba estar cerca de Spencer, pero Brie era otro nivel. No hay más que comparar un imán con una supernova colapsada. Era extraordinario y aterrador y solo lo soportaba porque estaba segura de que era mutuo. Coqueteábamos y nos provocábamos constantemente. No fui lo suficientemente humilde como para dudar de que todo acabaría con un beso.

Pero luego sucedió el episodio de Elizabeth Stone. Elizabeth quería estar en el equipo de tenis y durante varias semanas comenzó a seguir a Tai por todos lados; era triste y patético. Cuando le eché en cara a Tai que dejara que a Elizabeth se le fueran los ojos por ella, dijo que yo era peor, colgada encima de Brie como una cachorra lesbiana abandonada que había sido rescatada. Le dije que si había alguna lesbiana en esta historia era Stone, porque tenía el corte de pelo, las manos masculinas y el olor de un equipo de vóley.

Eso que dije fue algo horrible, y por lo menos una vez al día me viene a la cabeza en algún momento solo para recordarme las pocas posibilidades que tengo de redimirme.

Pero todo el mundo se rio. Es decir, casi todos. Brie me miró como si fuera una extraña a quien no quería conocer. No lo pensé antes de hablar. Ella aún no lo había hecho público, pero yo sabía lo que yo sentía. De todos modos, cuando por fin reuní el coraje para pasarle una nota (tan patética, tan patética) preguntándole si quería ir al Baile del Esqueleto de aquel año conmigo, me respondió que no. Simplemente, *no*. Y jamás volvimos a hablar del tema. Elizabeth Stone. Se vistieron como Roxie Hart y Velma Kelly y lucieron increíbles y sexies. Yo tomé prestado el disfraz de Campanilla, de Tai, del año anterior con maquillaje de zombi, y fui como muerta en vida.

Jamás volví a hacer una broma como esa. Y aquella noche, después de nuestro ritual del lago, lloré amargamente.

Y ahora, mientras Brie me observa a través de sus ojos húmedos, no sé realmente qué debo pensar. Aquellos sentimientos no han desaparecido por completo, pero no son los mismos, no con la misma urgencia. Si me permitiera abrir esa puerta de nuevo de par en par, sufriría demasiado estando con ella. No podría mirarla a los ojos, y no soporto excluirla de mi vida. Sé que ama a Justine. Sé que se arrepiente de haberme besado. Pero siempre estamos tan unidas. No puedo no sentirlo. Me quema por dentro.

Cierro los ojos y los vuelvo a abrir. Tengo las pestañas húmedas.

—Jamás te rompí el corazón.

—En el segundo que conociste a Spencer en aquella fiesta, me soltaste como si fuera un estúpido juguete del cual te habías aburrido.

—Eso no fue lo que sucedió. Me abandonaste por Justine. Y eso después de que te pasaste un año rechazándome. El Baile del Esqueleto, el Día de San Valentín, la Gala de Primavera.

—Estaba *conversando* con ella. En menos de cinco minutos estabas prácticamente encima de él.

No es exactamente lo que yo recuerdo.

—Si tú y Justine estaban simplemente conversando, ¿por qué te fuiste a casa con ella? ¿Por qué sigues con ella?

Brie se hunde hacia atrás contra la pared y me mira exhausta.

—Tuviste otra oportunidad para elegirme a mí, Kay. En la habitación de Spencer. Cuando entramos, te tomé la mano y me apartaste de un empujón.

—¿Qué pretendías que hiciera? ¿Después de dos años de atraerme y rechazarme una y otra vez hasta no tener idea de lo que querías?

—No confío en ti, Kay. —Los labios le tiemblan—. No confío en que no me harás daño.

—Brie, si pudiera borrar todo lo hecho… —Hago una pausa—. Ni siquiera sé dónde comenzaría. Hay demasiado por desandar.

—Estuviste con Jessica y Maddy segundos antes de que murieran.

—Tú también estuviste con Jessica.

—¿Qué hiciste?

La voz me tiembla.

—He hecho muchas cosas. No soy una persona muy buena, ¿sí?

—Entonces simplemente sé sincera conmigo, Kay.

—Estoy siendo sincera contigo. —No soporto cómo me mira. No después de lo que dijo Cori. Una causa perdida—. Está bien. ¿Quieres saber lo que te perdiste? —Abro el e-mail de Jessica en mi teléfono y se lo muestro—. Correspondencia enviada por un cadáver. ¿El proyecto final? Un sitio web en el que me chantajea para que lleve a cabo le venganza de una chica muerta contra mis mejores amigas. Todo es culpa mía. Tai, Tricia, Cori, Maddy, Jessica. Estoy jodida. Y tú estás enojada porque no te hice participar. Tendrías que estar agradeciéndole a Nola por expulsarte del asiento del pasajero. ¿Qué más te gustaría saber, Brie?

—¿Qué sitio web?

—Ya no existe.

Se muerde el labio inferior. Tiene los ojos llenos de lágrimas y la voz espesa cuando vuelve a hablar.

—¿Se esfumó sin dejar rastro?

Al advertir lo que está pensando, me invade un frío glacial.

—Crees de verdad que estoy loca.

Su mirada titubea.

—Esta es una mala idea. Es estúpido.

—¿Qué?

—Ya está.

Me pongo de pie, alarmada.

—Brie, basta. No me abandones. Esto es solo una pelea. Eres mi mejor amiga.

Me mira fijamente a los ojos.

—¿Mataste a Jessica?

—¡No!

—¿A Hunter?

—¿Qué? ¡No!

—¿A Maddy?

Es como una bofetada tras otra, pero me las merezco así que me quedo allí parada y las recibo.

—No. ¿Es todo?

Se quita rápidamente el abrigo y se arranca la camisa hacia arriba para revelar un grabador.

—Ya está. Acabé contigo.

17

Apenas salgo fuera llamo a Nola, pero la llamada se dirige al correo de voz una y otra vez. Luego lo intento con Spencer.

—Me contaste sobre Jessica. ¿Por qué me ocultaste a Maddy? —digo apenas responde.

—Lo intenté. Intenté decírtelo cuando nos encontramos en el Café Cat. Antes de eso no andábamos precisamente en buenos términos. Luego te iba contar cuando cenáramos, pero nunca viniste. —Él también parece haber estado llorando.

—No teníamos planes de hacerlo.

—Cielos. —Hace una pausa—. Tengo un mensaje tuyo en el que me dices que nos encontremos.

—Claro. Alguien se apropió de mi número así como se apropió de mi e-mail. ¿Es posible siquiera?

—Sí, pero es bastante enrevesado. Podría decirse simplemente que me dejaste plantado.

—Pero no lo hice, Spencer. Además inundaste mi inbox con mensajes. Tienes que mantener la calma.

—¿En serio? ¿Así debo comportarme? ¿Cuántas mentiras le contaste a la policía esta semana?

—¿Cuántas mentiras me contaste tú a mí? ¿Acaso no puedes perdonarme lo de Brie? ¿Qué tengo que hacer? ¿Tendrás que acostarte con todas las alumnas del colegio antes de sentir que te has desquitado? ¿Tal vez hasta con algunas profesoras?

—No se trata de desquitarme.

Siento deseos de correr y de no detenerme más, pero soy débil y la necesidad de toser hace que sea difícil controlar mi respiración. Me dirijo al lago y rodeo enérgicamente el sendero que lleva a Old Road, nuestro punto de encuentro. No sé cuál es mi plan. Pedirle que se reúna conmigo, seguir hasta el pueblo y no volver a mirar atrás, realizar un circuito interminable o arrojarme al agua y ponerme a dar alaridos en la helada penumbra.

—Nunca jamás intenté hacerte daño.

—¿Ni siquiera cuando te acostaste con Brie en mi cama?

—Fue un error, no tenía nada que ver contigo, y me arrepiento de ello. Lo tuyo es completamente diferente.

—Yo sí me arrepentí. En el instante en que desperté, caí en la realidad con un golpe y quería que desaparecieran.

Las palabras me quitan el aliento. De pronto, levanto la mirada, y me detengo en seco. Su auto está estacionado en la curva del sendero.

—¿Dónde estás?

—Conduciendo en círculos.

Me volteo lentamente, pero estoy completamente sola. Ya avancé lo suficiente por el sendero como para que ahora los cercos de espinos y el espeso borde de árboles me separen de los edificios del campus. Aquel es indudablemente su auto, el Volvo antiguo y maltrecho con el capó abollado y el faro de la izquierda destrozado.

—¿Dónde?

—Cerca del campus. ¿Quieres que vaya a buscarte?

—¿Por qué estás aquí?

—Porque…

—¿Por qué siempre estás aquí…?

Oigo pasos por detrás. Al voltearme lo veo caminando por el sendero. Entonces comienzo a correr. Siento que me sigue por detrás, y me precipito hacia su auto. No hay otra opción. Los espinos son demasiado densos y me atraparán, y el lago también me impedirá avanzar. Me grita que me detenga; le respondo a los gritos que lo haré si lo hace él. Finalmente, reduzco la marcha cuando alcanzo su auto y lo oigo detenerse atrás. Me giro y lo veo por lo menos a diez metros de donde estoy. Estamos en las afueras del pueblo, y como es mediodía la gente deambula de una tienda a otra. Le hago una seña con cautela para que se acerque a mí.

—¿Qué hice, Katie?

—*No* me llames Katie. Y menos ahora.

Avanza los últimos pasos para reducir la distancia que nos separa y me mira. Sus ojos han perdido su chispa vivaz, su rostro está arruinado. Huele a cigarrillos y café, y lleva una barba de varios días.

—Ya no sé lo que quieres de mí.

—Quiero saber cuánto daño eres capaz de infligirme.

Cierra los ojos y un vaho de aliento espectral escapa de sus labios.

—No me acosté con Maddy para hacerte daño. Simplemente, sucedió.

—¿Y con Jessica?

—Quizá. —Abre los ojos. Tienen el mismo color azul pálido del que casi me enamoré, pero aquella mezcla ambivalente de elementos angelicales y demoníacos ha desaparecido. Lucen sin expresión, quebrados y vacíos—. ¿Funcionó?

—¿Mataste a Maddy para hacerme daño? —Las palabras me provocan un escozor en la boca, pero tengo que pronunciarlas. Si no lo hago, sufriré aún más. No soporto más la incertidumbre, ni el más mínimo rastro.

Me toma las manos entre las suyas y las voltea, examinando mis palmas. Luego traza una línea y me mira al tiempo que una sonrisa torcida enciende en sus ojos una última chispa.

—¿Ves esta línea? Todo el mundo se enfoca en la línea de la vida y la línea del amor. Esta es la línea asesina. Tú eres una asesina, Kay. Pareces tan inocente, pero destruyes todo lo que tocas. —Hace una pausa y luego presiona mi mano contra sus labios.

—Eso no es justo —susurro.

Sus ojos se llenan de lágrimas, y los cierra.

—No, en realidad, no todo. Solo a las personas que te aman.

Suelta mi mano y regresa a su auto, dejándome de pie, paralizada y muda.

Luego algo se endurece en mi interior.

—Pues toda las personas que tú te coges están muertas, Spence.

Una calma inquietante desciende entre ambos, y por un momento el resto del mundo permanece en silencio. Una vez más la imagen de él y Jessica, muerta, cruza mi cabeza como un relámpago.

—Es una maldita casualidad.

Se recuesta suavemente contra el capó de su auto cubriéndose la boca con las manos.

—¿Acaso *tú* crees que maté a Maddy?

—No sé quién lo hizo. —Echo un vistazo al pueblo. No hay nadie cerca en este momento. Solo Spencer y su auto delante, una barrera de espinos a un lado, y al otro, el lago donde asesinaron a Jessica.

Spencer baja del auto, y retrocedo un paso, a la defensiva, pero me da la espalda y abre la puerta de un tirón.

—Adiós, Katie.

Y luego desaparece.

Intento comunicarme de nuevo con Nola, y finalmente marco el número de Greg, aunque no tiene por qué volver a hablar conmigo luego de lo que le hice.

Responde al primer llamado.

—Señorita Kay Donovan —dice con tono amable. Es evidente que no sabe lo que hice. Lo bueno es que no parece haber causado demasiado daño.

—¿Estás ocupado?

Su voz se vuelve seria.

—¿Estás llorando?

—Solo necesito hablar con alguien.

—No estoy ocupado. ¿Estás bien?

—Todo lo contrario.

—¿Quieres que vaya a buscarte?

—¿Puedes reunirte conmigo en el Café Cat?

—Claro. ¿Necesitas algo?

—Solo que estés allí. —Cuelgo. Tengo los nervios demasiado a flor de piel para responder con ingenio o gracia.

Al mirar mi reflejo en la puerta de cristal del café, apenas me reconozco. El frío y el llanto me han hinchado el rostro al doble de su tamaño; tengo los ojos congestionados y amoratados, los labios, pálidos y resecos. Hace más de un día que no me baño, y mechones rebeldes escapan de la coleta que sujeta la maraña de mi cabello apelmazado. Pido un té descafeinado, lo lleno de rodajas de limón y azúcar, y me sueno la nariz con un fajo de servilletas. Luego me acomodo en una mesa esquinera, lejos del lugar en donde el gélido aire se cuela a través de la puerta de entrada.

Una ráfaga helada de viento entra junto con Greg. Sortea una mesa y se sienta delante de mí.

—¿Qué sucedió?

—Mi mejor amiga intentó grabarme en secreto confesando que había asesinado a Jessica, a un gato y a otra de mis mejores amigas.

Desliza la mano del otro lado de la mesa y toma la mía. Es suave y áspera a la vez.

—La buena noticia es que ya no te considero un sospechoso —digo.

—Qué gracioso. —Se quita el gorro de lana y sacude el cabello para levantarlo—. Porque después de que murió Madison Farrell, se dieron otra vuelta. No creo que sea la última vez que sepa de ellos.

—¿Siempre les cuentas la verdad, toda la verdad y nada más que la verdad?

—La verdad no siempre es suficiente —admite.

—Brindo por eso. —Levanto mi vaso y golpea su puño contra él.

Suspira.

—No conocía a Madison. ¿Por qué me interrogan acerca de ella?

No se me ocurre un motivo. Salvo que tengan muchas ganas de trazar una conexión, y yo haya estado subestimando cuánto se focalizó la policía en Greg todo este tiempo. Cielos, ¿habré tenido algo que ver con ello?

—Me gustaría tener una respuesta para darte. —Hago una pausa—. Me preguntaron acerca de ti.

—Ah. Así que allí se originó el comentario de la cuchilla.

Mi rostro se vuelve rojo intenso. No parece perturbado en absoluto.

—Tú mencionaste las cuchillas. La policía no divulgó esa información.

—Oh, cielos, Kay, entonces debo haber matado a mi novia —dice con tono burlón.

Aguardo un instante.

—Sé que si estuvieras confesando estarías llorando o algo. Porque la amabas.

—Justine me contó cómo fue que encontraron tú y Brie a Jessica. Ambos lloramos. ¿Estás satisfecha?

Me siento estúpida.

—Lo siento.

—Esta mierda es realmente digna de *Juego de tronos*. Quiero decir, claramente, eres Cersei.

—¿Qué? No. La salvaje con el cabello rojo.

Una sonrisa se dibuja en su rostro.

—Ygritte. Tiene un nombre. Y muere.

—¿Acaso no mueren todos?

—Algunos logran vengarse antes. Me gusta considerarme a mí mismo...

—Jon Snow. Tu cabello te delata. Pero ni lo pienses.

Greg se inclina hacia atrás en su asiento.

—Me gusta que podamos ser adversarios estratégicos y aun así hablar como amigos. ¿Será así vivir en una revista de historietas?

Sacudo la cabeza. Greg me pone de buen humor. Me recuerda tanto a Todd antes de que Todd se arruinara. Duele y me hace sentir bien al mismo tiempo.

—¿Por qué no sospechas de mí? —le pregunto—. Hasta mis mejores amigas creen que soy capaz de matar.

Se mete una goma de mascar en la boca y mastica reflexivamente. Luego me mira directo a los ojos.

—Porque no tienes el rostro de una asesina.

—Esa es la estupidez más grande que haya escuchado.

—¿Ah, sí? ¿Por qué estás tan segura de que yo no lo hice?

—Pues, es verdad que le conté a la policía el asunto de las cuchillas. —Lo admito—. Pero es cierto. No pareces alguien que podría haber lastimado a Jessica.

—¿Qué dicen siempre los vecinos en las entrevistas? Un tipo tranquilo, reservado. Jamás pensé que fuera capaz de hacer algo así.

—Mis vecinos definitivamente piensan que soy capaz de hacerlo.

—Pues mis compañeros de clase hablan por lo bajo. —Golpetea las puntas de los dedos de modo veloz contra la mesa, como si estuviera tocando un concierto silencioso de piano—. No nos lamentemos. Estamos vivos.

Intento sonreír, pero algo falla.

—¿Crees que aún sentiremos lo mismo luego de veinte años de prisión?

—¿Sabes lo que realmente creí cuando te vi por primera vez? —pregunta. Sus ojos están claros como un estanque en calma.

—Sal de la fila de café, perra presuntuosa.

Sonríe y se aparta el cabello ondulado del rostro.

—¿Quién es esta chica que arruinó mi obra?

Encojo los hombros, sin comprender.

—El año pasado dirigí la función amateur de estudiantes del otoño. Tenía la costumbre narcisista de mirar al público porque para la noche de estreno había hecho todo lo que podía con los actores, y solo quería ver cómo reaccionaba la gente a nuestro trabajo. Y en la cuarta fila, a seis asientos del pasillo izquierdo, había una chica que se había pasado la mitad del show enviando mensajes de texto y cuchicheando. Como lo hizo la mitad del público. Los únicos que realmente no apartaban la vista del escenario eran los padres de los actores. —Pone los ojos en blanco y sonríe contra la palma de su mano—. Pero hacia el final, la gente dejó de mirar el celular. Porque casi todo el mundo comienza a prestar atención al final de *Nuestro pueblo*.

Me llevo la mano a la boca mientras recuerdo. Aquella fue la obra que Brie y yo fuimos a ver la noche que conocimos a Spencer y Justine.

—Y durante el discurso de despedida de Justine, la chica que había estado enviando mensajes y cuchicheando y haciendo muecas todo el rato adquirió una mirada sublime, silenciosa y atormentada. Y por el lugar exacto donde estaba sentada en relación con el escenario, un pálido haz de luz le cayó encima como un proyector. Lágrimas silenciosas comenzaron a deslizarse por su rostro justo en el momento que había estado rogándole a Justine con desesperación que comenzara a llorar.

Recuerdo aquel discurso. El personaje de Justine había muerto y resucitó para despedirse por última vez de todo lo que extrañaría. Cada una de las palabras me había apuñalado como un alfiler en una sección separada y diferente del corazón.

—Y pensé, chica del público, estás arruinando mi obra porque *tú* eres el fantasma. Sentí que se me erizaban los pelos de la nuca porque había soñado contigo sin saber quién eras. Sentí que de algún modo había elegido esta obra inconscientemente solo para conocerte. Entonces de pronto te paraste y saliste corriendo del teatro. Y más tarde, en la fiesta del elenco, antes de que reuniera el coraje para hablar contigo, vi a Spencer Morrow besuqueándote, y luego insultaste mi obra con bastante dureza y me llamaste un Gollum de dos metros, y la primera impresión que tuve de ti quedó suplantada por la segunda.

Siento como si estuviera reteniendo el aire hace mil años y que si no lo soltara, estallaría.

—¿Qué estás tratando de decir, Greg? —consigo decir.

—Confié en ti antes de conocerte. Tengo una corazonada de que eres una buena persona. Sé que no hace mucho que nos conocemos, pero si alguna vez necesitas hablar, puedes hacerlo conmigo. De sospechoso a sospechoso. —Se remanga revelando sus antebrazos con intricados tatuajes—. Así que ¿finalmente vamos a confiar el uno en el otro?

Envuelvo los dedos alrededor de mi taza y considero mis opciones de nuevo. Brie y Spencer han desaparecido. Tengo a Nola, pero ahora las cosas están raras. El tiempo se acaba. Que yo sepa, el hecho de que la policía haya hecho que Brie me grabara podría significar que están preparándose para arrestarme, aunque parece que las cosas tampoco están yendo tan bien para Greg. Por lo menos, podrían estar considerando llamar a mis padres para que vengan y puedan interrogarme formalmente. Tengo que evitar eso a toda costa.

—*Confiar* es una palabra fuerte.

—Muy bien. Mantengamos las cosas informales con una dosis de paranoia. Hablemos de sospechosos alternativos. Me agradas, pero me doy cuenta de por qué quizás tus vecinos te consideren potencialmente perniciosa. Ese comentario del Gollum de dos metros no me generó precisamente sentimientos de calidez y amistad.

—No fue algo personal —digo rápidamente—. Ni siquiera recuerdo haberlo dicho. Digo cosas estúpidas como esas todo el tiempo. O al menos solía hacerlo. Estoy… repensando algunas decisiones de mis personajes.

Me mira con desconfianza.

—¿No eres actriz? Hablas como si lo fueras.

—Nola. Todo es baile y teatro. Me está contagiando.

—Entonces ¿crees que tus decisiones anteriores podrían haberte granjeado algunos enemigos?

—Diría que definitivamente *sí*.

—Todos los motivos que existen en el mundo pueden resumirse en el orgullo. Insultas a alguien, posiblemente te haces un enemigo de por vida. Tal vez uno mortal. —Saca una libreta y un lápiz de su bolsillo—. Así que hagamos un perfil de nuestro asesino. Quizá sea una estudiante de Bates después de todo. Alguien con acceso a Jess, al lago y a la fiesta.

—¿Has eliminado a Spencer?

—No tiene conexión alguna con Madison.

—Entiendo. —Dejo que continúe.

—Podría ser una estudiante que le guarde rencor a Jess, o a ti si están tendiéndote una trampa. Una amiga que bien podría ser enemiga. Una rival. O una víctima de bullying. No es que quiera demonizar a las víctimas, pero la venganza es una gran motivación.

—Así que básicamente todas las estudiantes del colegio.

Me dirige una mirada de reproche.

—¿Todas?

—Estás insinuando que jamás me hicieron bullying, ¿verdad?

—No dije…

—Nadie sale ileso, Greg. La gente como tú cree que es tan moralmente superior. Hay alguien que está en un lugar inferior de la escala social, de la cual te reíste o te burlaste o a la cual no invitaste o que elegiste en último lugar.

—Yo no me creo superior en absoluto —dice—. Solo porque sea amable contigo no significa que no tenga, digamos, miles de cosas que lamento.

—*Lamento* es una palabra demasiado amable.

—¿Para qué?

Me siento tan cansada. Acuno los brazos sobre la mesa y apoyo la cabeza encima. Se acerca un poco más.

—Tai y yo… mi examiga, supongo… solíamos decir la peor mierda, pero la gente creía que éramos muy graciosas, así que salíamos impunes.

—Entiendo.

—Si tienes suerte, puedes salir impune de un asesinato. Ni siquiera tienes que ser inteligente. Solo tener una ventaja social o política sobre el resto. La gente mira para otro lado si quiere hacerlo. Todo el mundo lo sabe.

—A veces eso es cierto.

—Ya no quiero salir impune.

Hace silencio durante un largo rato, y luego su voz sale como un susurro áspero.

—¿Eso fue una confesión, Kate?

—No. Olvídalo. —Aprieto los ojos con fuerza para minimizar la posibilidad de llorar. De todo lo que me ha pasado en las últimas semanas, lo peor ha sido el alejamiento de Brie, y no sucedió de un momento a otro. Para cuando accedió a tenderme la trampa, yo ya la había perdido. ¿Habré comenzado a perderla años atrás cuando hice aquella broma imperdonable? ¿Por tener tanto miedo de pedir disculpas? ¿Porque habría significado haber hecho algo terrible?

»¿Cómo pides perdón por algo que no puede deshacerse?

—Si estás arrepentida, pedir perdón no es lo que importa aquí, ¿verdad? —pregunta—. No se trata de sentirse mejor, sino de hacer las cosas mejor. —Sonríe—. Completamente plagiado de la pastora Heather. —Hace una pausa—. Pero me hace sentir mejor. Tener algo para *hacer*.

—No soy la misma persona que era —digo—. No lo soy.

Me aprieta la mano.

—Te creo. Jamás pensé que fueras malvada. Pero, Kay, no estoy aquí solo por los abrazos de grupo. Estamos bajo sospecha de asesinato. Tenemos cosas que resolver. ¿Ya te convencí de que el asesino fue una estudiante?

Suspiro.

—¿Tienes alguna en mente?

—En realidad, sí. Hay alguien allá afuera que tuvo los mismos medios y la misma oportunidad que tú.

—¿Y un motivo?

—Un rencor de larga data.

—¿En serio? —Intento mirar su libreta, pero la sostiene fuera de mi alcance—. ¿Lo sabe la policía?

—Le ha estado mintiendo a la policía. Tú has estado ayudándola a mentir.

—¿Qué?

—La única pieza que falta es un encuentro la noche del asesinato. Si Jess peleó con alguien aquella noche, creo que es suficiente evidencia para realizar el arresto.

—De hecho, peleó con alguien. Contigo.

—O tal vez con Brie.

18

Estoy tan sorprendida que suelto una carcajada.

—Brie no mató a Jessica. No es capaz siquiera de gritar.

—Entonces lo habrá hecho en silencio.

—No puedo creer que estés hablando en serio.

—Más serio imposible. —Me muestra su celular, y veo una fotografía de Jessica y Brie con camisetas de la orientación de Bates Academy, los brazos enlazados y sonriéndole a la cámara.

Me cubro la mano con la boca.

—Brie apenas conocía a Jessica.

Greg sacude la cabeza.

—Fueron mejores amigas el primer mes de colegio, y luego tuvieron una pelea terrible.

—Tú no la conocías aún. —Pero tampoco yo conocía a Brie en aquel momento.

—Así de tremendo fue el asunto. Arruinó para siempre la experiencia de Bates para Jess. Por eso no estuvo jamás. Me envió esta fotografía cuando comenzamos a salir y me dijo, «Esta es Brie Mathews. Viene a las fiestas del elenco. No hables jamás con ella».

—¿Qué sucedió?

Sacude la cabeza.

—Se hicieron amigas muy rápido. Se contaron sus secretos más íntimos y secretos, juraron ser mejores amigas de por vida.

Creo que Jess pudo sentir algo por Brie, pero me da la impresión de que no era recíproco.

Asiento, intentando ignorar el extraño ardor que me trepa por la nuca.

—No es algo que esté fuera de la esfera de lo imposible.

—Luego Brie comenzó a pasar el rato con otras chicas, y supongo que Jess no era lo bastante cool para ellas. Parece que al año siguiente, Brie hizo algo terriblemente cruel acerca de lo cual Jess no quiso entrar en detalle.

—No puedo creerlo.

—Las personas nunca creen que alguien a quien aman pueda hacer algo cruel.

Me alegro de no haberle contado a Greg sobre Todd. Pero por cómo me mira, es casi como si lo supiera.

—Jess estaba realmente enojada, así que fue a la habitación de Brie, encontró la puerta sin llave y la computadora sin contraseña, y reenvió un montón de e-mails de Brie a sus padres. No sé a quién estaban dirigidos o lo que decían. Pero basta decir que a partir de ese episodio se instaló un sentimiento de rencor entre ambas.

—Es imposible —digo simplemente—. Pondría mi vida en manos de Brie. Incluso si ella decidiera nunca más hablar conmigo, asumiría la culpa por ella.

—Lo harías, ¿verdad?

—Porque sé con toda certeza que es inocente.

Sonríe con tristeza.

—Son reacciones como esa, Kay, las que hacen que sea difícil creer que eres una asesina.

Me pongo de pie.

—Lamento no suscribir a tu teoría.

—Le hizo la vida imposible a mi novia, y ahora Jess está muerta. Yo no creo que haya nadie más que pudo haberlo hecho.

—Quizás tu novia mintió.

Me dirige una mirada de advertencia.

—Lo siento. —Miro fijo dentro de mi taza, temiendo mirarlo a los ojos—. Sea lo que fuera que hizo Brie para herir los sentimientos de Jessica, lo que hice yo fue peor.

Me mira sin comprender.

—¿Tú qué hiciste?

Le cuento la verdad sobre Querido San Valentín, el episodio que nos conecta a mí y a todas las que estamos en el blog de la venganza con Jessica.

Querido San Valentín debía ser un evento para recaudar fondos, en el que las estudiantes podían comprar una flor para que fuera entregada a otra estudiante durante los horarios de clases. El dinero recaudado iba a la Gala de Primavera. Pero generalmente servía como una especie de concurso de popularidad. Tai, Tricia, Brie y yo siempre terminábamos con enormes ramos de rosas en tanto la mayoría de las estudiantes recibía dos o tres flores de sus mejores amigas.

Dos años atrás recibí una planta bella y costosa de orquídeas blancas, enviada por un remitente anónimo con una nota que decía «Sé mía». Habían pasado meses desde el incidente de Elizabeth Stone, y Brie había vuelto a coquetear y ser simpática conmigo, así que por supuesto supuse que venía de ella y me puse en ridículo agradeciéndole con un poema en verso muy mal escrito. Pero juró y perjuró frente a todo el comedor que no había sido ella. Tampoco fue ninguna del resto de nuestras amigas. Había estado tan segura de que era Brie, y de que ese sería finalmente el gran momento estelar de nuestra historia de amor, que empecé a odiar aquellas flores. Se hallaban sobre mi escritorio, dentro del aburrido jarrón de cristal que provenía de la florería del pueblo, provocándome con su presencia todas las noches mientras intentaba dormir. Y seguían allí por la mañana, obstinadamente vivas, blancas, perfectas e imperecederas.

Dado que habían llegado de forma anónima, era imposible saber quién las había enviado, pero también odiaba a quien lo hubiera hecho. ¿Qué tan cruel hay que ser para enviar flores con una nota sin firmar que dice «Sé mía» a una persona que está tan evidentemente enamorada de otra? Por supuesto, había supuesto que eran de Brie. Y lógicamente quedé demolida cuando supe que no lo eran. Se me ocurrió que quien las había enviado estaba burlándose de mí por alguna guarrada que yo le había dicho o hecho. Seamos francos. Había demasiadas personas para acotar las posibilidades.

Estaba segura de que las había enviado alguien que observaba cómo se rompía mi propio corazón con Brie de forma reiterada y quería torturarme. Así que decidí torturarla a ella.

Con el respaldo financiero de Tricia, soborné a las estudiantes a cargo del Querido San Valentín para que enviaran una serie de obsequios a la remitente. Se negaron a revelar su identidad, pero no tenían problema con acordar una serie de entregas. Una por cada flor de la orquídea que me había enviado. Tai lo llamó los doce días de San Valentín. Ella y Tricia me ayudaron a pensar en ideas, y fue Tricia la que lidió con la mensajera. El primer día era una simple nota «Soy tuya» con una de las flores de orquídea adjunta.

El segundo, un mechón de mi cabello, de nuevo, con una de las flores.

El tercero, una mancha de sangre sobre una tarjeta índice. Con cada nota enviábamos otra flor de orquídea.

El cuarto día enviamos una costilla cuidadosamente cepillada del comedor con la nota «Todo mi ser».

Aquella noche, Tricia dijo que la mensajera se presentó ante su puerta, nerviosa. Dijo que la remitente estaba bastante alterada y nos pedía que por favor dejáramos de enviar las notas. Pero para entonces teníamos tantas ideas que Tricia financió alegremente el resto del proyecto, y la mensajera accedió a tomar el dinero sin hacer preguntas. Supongo que ahora sé que esa no es toda la verdad. Nola era la mensajera, y Tricia no le pagó con dinero. Le pagó con promesas y mentiras. Fue tan cruel como la broma en sí.

Nos habíamos divertido tanto con el proyecto de Querido San Valentín, buscando «partes del cuerpo humano» online, en tiendas del pueblo, incluso en el bosque. Solo Brie se negaba a ser parte de ello. Desapareció por completo durante todo aquel período. El día que irrumpí en su habitación con un cerebro de aspecto extrañamente verosímil hecho con golosinas que habíamos pedido por Internet, me miró y se limitó a señalar la puerta sin decir una palabra.

Aquello solo hizo que me involucrara en el proyecto aún más fervorosamente. Si Brie no lo entendía, Tai y Tricia sí. Se trataba de una broma.

Al final, solo quedaban dos tallos raquíticos de la planta de orquídea, unidos con alambres a dos ramas de plástico, y me sentí un poco mejor. Arrojé a la basura los tallos, lavé bien el jarrón y lo llené con besos de chocolate que Brie *sí* me había regalado, sin tarjeta ni beso real. Se lo tenía bien merecido la chica de San Valentín. Ella se burló de mí con su obsequio y, si tenía algo para decirme, podía decírmelo en la cara.

Creí que ahí había acabado todo.

Pero cuando le envié un mensaje a Brie invitándola a la Gala de Primavera, me volvió a rechazar, sin explicación alguna. Le respondí con el corazón palpitante: «¿Hay alguien más?». Y escribió: «La chica de Querido San Valentín». Ni siquiera se presentó en el baile.

Jamás volvimos a hablar del tema.

Aquella fue mi primera y última broma estudiantil. Rituales de iniciación y novatadas, sí. Pero nada como el Querido San Valentín.

Por fin levanto la mirada hacia Greg.

—Yo le hice eso a Jessica. También mis amigas. Probablemente creyó que Brie estaba involucrada, pero Brie se opuso. Probablemente sea ese el acto terriblemente cruel al que se refirió Jessica.

—Cielos, Kay, ¿ni siquiera se te ocurrió que era posible que realmente le gustaras?

—Y me lo dices a mí. Pasaba todo el tiempo con Brie. *Todo* el tiempo. No eran crueles, solo las acepté así.

Suspira pesadamente.

—Jamás me lo contó, así que no hay manera de saberlo. De todos modos se vengó de Brie, así que Brie tenía motivos para vengarse de ella.

—No lo hizo. Ni siquiera quiso enviar una maldita nota de San Valentín.

—Todo depende de lo que sucedió después —dice Greg—. ¿Se encontraron o no la noche del asesinato? ¿Pudo haber sucedido?

Me remonto a la noche del crimen. Me había acabado la mitad de la botella de prosecco cuando los faros barrieron la superficie del agua oscura. Los pormenores de mis procesos mentales se encontraban difusos, como garabatos en una hoja de papel rasgado, pero las ideas eran enérgicas, urgentes y fuertes. Cuando Spencer salió de su auto cerrándolo de un portazo, no me paré porque sabía que podía tambalear y caerme, y necesitaba que comprendiera lo serio que era esto.

Me miró desde arriba, en estado de shock.

—¿Katie?

—¿Quién mierda es Jess?

Echó un vistazo a su teléfono.

—Oh, mierda. Lo siento tanto. Recibí dos llamadas seguidas. Lo di por hecho.

—Dijiste que todo estaría bien.

—Quería que fuera así. Aún es lo que quiero.

—¿Después de lo que hiciste?

—Ya no sé qué hacer. —Bebió un sorbo de mi botella e hizo una mueca de desagrado—. Cielos, Katie.

—Haz que esté bien. —Lo atraje hacia mí y lo besé. Seguía sudorosa por el baile y estaba helada por el fresco nocturno. La combinación me hizo temblar contra su cálida piel.

—Ya no sé cómo hacerlo —susurró las palabras dentro de mi boca.

—Ponle fin. Quienquiera que sea, deshazte de ella. No quiero volver a escuchar su nombre. No quiero ver su rostro jamás. —Retrocedo de nuevo entre las sombras, jalándolo de la mano.

—¿Volveré a escuchar el nombre de Brie?

—Se fue. —Lo vuelvo a besar, más lento, moviendo mi cuerpo contra el suyo, guiando su mano alrededor de mi cintura, la otra sobre mi hombro, sus dedos enlazados en el tirante de mi vestido—. Deshazte de esta chica.

Ahora Greg me mira expectante.

—¿Es posible que Brie haya peleado con Jessica aquella noche?

Sacudo la cabeza.

—Lo dudo.

19

Cuando regreso a mi habitación, encuentro un trozo de cinta de enmascarar sobre la placa con mi nombre. La palabra ASESINA está impresa encima en gruesas letras rojas. La puerta está completamente cubierta con mensajes garabateados con rotuladores negros y rojos, junto con algunos recortes de periódico de asesinatos recientes. Alguien ha dibujado la viñeta de un ahorcado con el cuerpo de un gato que cuelga del patíbulo y las letras K-A-Y en los guiones. La frase *Tú también deberías estar muerta* se repite varias veces en una variedad de colores y letras. Hay referencias sutiles a por lo menos una docena de chicas a las que he atormentado durante los últimos tres años y medio, canalizadas en una hostilidad general y resumidas en la viñeta del gato ahorcado, el cadáver con el que entré en contacto pero con cuya muerte no tuve nada que ver.

Oigo una carcajada ahogada por detrás y me giro tan rápidamente que casi pierdo el equilibrio. La congestión del resfrío me provoca vértigo, y los movimientos bruscos hacen que apenas sienta el suelo bajo mis pies. Pero al otro lado del pasillo una puerta se cierra de un portazo antes de que tenga tiempo de ver quién está detrás, y estoy tan desorientada que no me doy cuenta de cuál era. ¿La que está justo en frente, o dos puertas más abajo, o incluso es un eco desde el otro extremo? Quizás es bueno que siga estando bajo sospecha de asesinato. Por lo menos tienen demasiado miedo de decirme todo esto a la cara.

Huyo a mi habitación y me meto aún vestida debajo de las mantas, temblando de fiebre y de frío y completamente sola. No quiero llamar a Nola. No puedo evitar sentir que esto es en parte culpa suya, aunque yo misma le pedí que fuera parte. La soborné para desbloquear la primera contraseña.

Me volteo en la cama, me quito los zapatos de una patada y luego me soplo la nariz hasta que la piel alrededor de los orificios nasales está en carne viva. Mi primer instinto, como siempre, es llamar a Brie, pero no hay nada que decir. No puedo pedirle disculpas y no puedo exigirle que me pida disculpas. Lo que hizo es imperdonable y también es una advertencia de que no me ha perdonado. Al revisar mi correo encuentro un montón de recordatorios de último momento acerca de los exámenes previos a Acción de Gracias esta semana. Un punto a favor de Bates es que dividen los exámenes de medio término del primer semestre y toman la primera mitad antes de las vacaciones de Acción de Gracias y la otra mitad justo antes de las vacaciones de invierno, de modo que no hay que pasarse toda la semana ignorando a la familia para estudiar.

Por supuesto, yo no paso Acción de Gracias con mi familia. El año que murió Todd, lo pasamos en el hospital de mamá, lo cual fue triste y desagradable. Gracias a un pavo viscoso con gelatina de arándanos terminé intoxicándome con algún agente patógeno. El resto del fin de semana, me quedé con la tía Tracy mientras mamá y papá se internaron en una terapia intensiva de pareja para superar el duelo. Miramos *Los días de nuestras vidas* bebiendo café especiado de calabaza y tomando helado dietético de vainilla en cantidades suficientes como para neutralizar el bajo contenido calórico.

Desde que me matriculé en Bates, he pasado todas las fiestas de Acción de Gracias con la familia de Brie en su mansión de Cape Cod, fingiendo ser una segunda hija igual de perfecta y amada. Tienen actividades como partidos de fútbol anuales de toda la familia que se juegan en el enorme jardín que da al océano mientras el sol se funde en el cielo del ocaso; historias de terror junto a un hogar que ocupa una enorme pared, y noches de cine en familia con palomitas dulces reventadas en el horno y chocolate caliente recién preparado. Para la cena, la cocinera dispone enormes langostas recién atrapadas con mucha mantequilla, castañas asadas, calabaza con una delgada capa de azúcar quemada a la manera de la crème brûlée, espárragos espolvoreados con almendras y patatas aplastadas con ajo. Todos los años es lo mismo, y es delicioso.

Estar allí me hace sentir mejor de lo que soy. Más importante, más digna. Son una familia *de verdad*. Cuando me siento en el sofá entre Brie y su madre bajo el enorme techo abovedado, mirando comedias clásicas, siento que no soy hija de mis padres. En casa, incluso si mis padres estuvieran allí, estaríamos sentados en una sala, en penumbras, delante de un partido de fútbol que no le importa a nadie, comiendo seguramente sándwiches de pavo frío. Yo estaría enviando mensajes o fingiendo hacerlo para que no resultara demasiado incómodo no hablar con ellos. Papá estaría durmiendo o fingiendo dormir por el mismo motivo, y mamá estaría rebuscando en su bolso para encontrar un sedante. ¿Y el partido de la televisión que a nadie le importa? Sería el equipo favorito de Todd. Y probablemente estaría perdiendo.

Este será el primer año que no me invitarán a casa de Brie. No quiero saber lo que les dirá. Por algún motivo, siento vergüenza, como si hubiera decepcionado a la familia. Como si me hubieran dado una oportunidad, acogiendo al cachorro abandonado, la raza peligrosa que todo el mundo sabía que podía atacar a bebés y ancianas inofensivas, y les devolví el favor mordiendo a su hija.

Decido directamente no contarles a mis padres. Es demasiado tarde para comunicarle al colegio que no tengo adonde ir, pero ya se me va a ocurrir algo. Me desplazo pasando los anuncios de exámenes y veo que tengo un e-mail de Justine. Lo abro a desgano.

Aléjate de mi novia, perra.

Hermoso.

Se lo reenvío a Brie, con el siguiente mensaje:

Dile a tu novia que no tengo intención de volver a hablarle a su novia nunca más en mi vida.

Cliqueo enviar.

Luego no puedo evitar agregar un anexo.

Gracias por la decoración.

Apago la luz, me deslizo bajo las mantas y abro mi página de Facebook. Tengo cuarenta y tres notificaciones. Han atiborrado mi muro de Facebook con notas, y tengo el inbox lleno de mensajes similares a los que garabatearon sobre mi puerta. Por lo menos, estos no son anónimos. Los ojos se me llenan de lágrimas, y parpadeo con fuerza mientras leo cada palabra, analizo cada nombre y rostro, y los agrego mentalmente a la lista cada vez más larga de personas que tal vez hayan querido joderme. Esto era mucho más sencillo cuando era cuestión de saber quién podría haber querido perjudicar a Jessica. Aquí hay tantos nombres. Tai. Tricia. Cori. Justine. Holly. Elizabeth. El nombre de Brie no está. Gracias a Dios por ello. Veo que la mayoría de los comentarios tienen varios likes con sus propios comentarios. Preparándome para lo peor, hago clic en uno de ellos para revelar los hilos. Mi garganta se contrae.

Justine escribió: «Cuídate las espaldas, idiota».

Debajo, Nola respondió: «Lo estoy haciendo yo. ¿Quién cuida las tuyas?».

Hago clic en los demás. Nola ha respondido prácticamente a todos los comentarios, saltando en mi defensa.

Echo un vistazo a mi teléfono. No me ha enviado un mensaje ni me ha llamado. Directamente, se ha ocupado en silencio de cada uno de estos comentarios a medida que los posteaban. Mientras reviso la página, aparece abajo uno nuevo de Kelli, y Nola le responde al instante. Apago el teléfono con una exhalación. Voy a tener que tomarme un respiro de la gente —online, en persona e incluso en la cabeza— si quiero aprobar mis exámenes.

La siguiente semana y media me sumerjo en botellas de Nyquil, cajas de pañuelos de papel y pilas de libros. Antes de las vacaciones de Acción de Gracias, tengo un examen en todos los cursos salvo en Francés, y con el cerebro congestionado y dopado (justificadamente), que se mueve a paso de tortuga, ponerme al día con mis lecturas y prepararme para los exámenes me lleva cada instante libre que tengo. Los mensajes no dejan de entrar, vía e-mail, Facebook, mi puerta -tan cubierta de grafiti que apenas se ve la madera- y ahora, por teléfono. Intento pedir una cita con la supervisora de la residencia para hablar sobre el tema, pero se mostró muy distante y dijo que tenía todo reservado hasta después de las vacaciones. Incluso llamé a la buenaza de la agente Jenny Biggs en la comisaría del campus, pero me evitó por completo.

—Están acosándome —le dije—. ¿Puedo hacer una denuncia?

Hizo una pausa muy larga.

—Para ser sincera, Kay, ha habido tantos reportes contra ti a lo largo de los años que no sé si quiero hacer algo al respecto.

Y luego me colgó.

Nola y yo hacemos resúmenes y fichas de estudio y nos turnamos haciéndonos preguntas mutuamente y empleando técnicas pavlovianas *para meter* toda la información que podemos en el cerebro. Cuando ella obtiene la respuesta correcta, recibe un Skittle. Cuando soy yo la que acierto, obtengo una pastilla para la tos. Descuelgo mi teléfono del campus y activo el modo silencio de mi celular. De todos modos, nadie me llama, salvo con amenazas vagas. Mis llamadas semanales a casa se han vuelto más angustiantes de lo habitual. Comienzan con la pregunta acerca de si han reanudado los partidos y terminan con declamaciones (papá) sobre la injusticia por parte de la administración de quitarles el deporte a chicas en proceso de duelo y la preocupación (mamá) por lo distante y fría que me he vuelto. Termino gritando que no puedo hacer nada sobre la administración, papá grita que podría comenzar una petición o escribir una editorial en el periódico, y mamá dice que me desconoce y pregunta en qué momento me convertí en una chica tan enojada y agresiva. Luego cuelgo e intento poner el teléfono en silencio antes de recibir una llamada amenazante de algún habitante circunstancial del pueblo que promete patearme el trasero (sí, ahora también me ataca la gente del pueblo). No pasaré el día de Acción de Gracias con mi familia, vaya o no vaya a lo de Brie.

Así que cuando Nola inesperadamente me pregunta si me interesa ir a la casa de su familia en Maine, la respuesta es un sí automático.

Luce sorprendida cuando acepto.

—Oh. ¿En serio?

—Mi familia no festeja el día de Acción de Gracias. Planeaba esconderme bajo la cama y comer pretzels y salsa de manzana.

Hace una pausa.

—Pues lo nuestro no es nada elaborado, pero es un poco mejor que pretzels y salsa de manzana.

—Genial.

Nola no solo ha sido la única persona que se ha mantenido firme a mi lado para afrontar toda esta situación, también ha sido ferozmente protectora conmigo. Yo no habría tenido el coraje para defenderme. Es posible que si no mereciera al menos parte del odio que me dirigen, podría hacerlo. Pero sé que la gente está aprovechando el asesinato como una excusa para descargar la rabia contenida por cosas que les hice o dije tal vez años atrás. Pequeñas actitudes que no parecían importar en su momento. Es imposible no separarlo. Y eso hace tan difícil defenderse. No sé qué haría sin Nola. Me porté horrible con ella y me perdonó; eso prueba que no soy un caso completamente perdido. Una parte de mí sigue esperando que la gente se dé cuenta y piense «¡Oh, mira! Kay fue una perra total con Nola y ahora son mejores amigas. Debo seguir su ejemplo y también perdonar a Kay. ¡Qué maravilla el camino del bien! ¡Regresa a nosotros, Kay, ahora que estás arrepentida! ¡Todo está perdonado!».

Supongo que la redención no funciona así.

20

Partimos a casa de Nola el domingo por la tarde. El tren a su casa cruza el mismo paisaje por el que Brie y yo solíamos viajar a la costa y luego se adentra hacia el norte, por el litoral escarpado, en donde nos trepábamos a un ómnibus que nos llevaba al sur, hacia el Cabo. Siempre me encantó la costa de Nueva Inglaterra. Todos los años, mis padres nos llevaban a mí y a Todd a la playa de Nueva Jersey. La playa de Nueva Jersey se encuentra *abajo,* en la orilla. La arena es un ardiente manto dorado y el agua tiene un color verde cálido y turbio. Me encantaban nuestros veranos en la costa, escarbando en busca de cangrejos de arena entre las espumantes rompientes, corriendo por la calzada caliente tras el camión del helado y pasando horas cociéndonos en el agua, olvidando volver a aplicar el protector solar y emergiendo al final de cada día con la piel lacerada, al rojo vivo.

Pero después de que murió, era impensable regresar.

Las playas de Nueva Inglaterra no tienen absolutamente nada que ver con aquello. No se desciende a la orilla, sino que se sube la costa. La arena es gruesa, áspera, granulosa y se pega incómodamente a la planta de los pies. Y el agua fría y traslúcida se arremolina sobre los guijarros. Si uno se queda demasiado tiempo dentro, comienza a perder la sensibilidad. Los colores son gris marfil y una mezcla apagada de cristal de mar; el único tono dorado que se ve en el Cabo son los purasangres que trotan en los parques para perros o en las playas donde se les permite brincar entre el oleaje. Por lo menos, ese es el Cabo de Brie. Siempre hay partes que no se conocen cuando se ve un lugar a través de la lente exclusiva de una persona. Pero cuando subimos por la costa o descendemos en ómnibus al Cabo, es todo lo que vemos. Aquella paleta de tonos pasteles hueso y cristal de mar, el gris de las conchas y el blanco espectral.

Es lo que veo también mayormente camino a la casa de Nola, solo que la costa es aún más rocosa, y el mar parece más furioso, reventando con estrépito contra los acantilados. El sol se hunde demasiado rápido en el horizonte acuoso como para lucirse demasiado, salvo por un par de cenefas resplandecientes color naranja, y luego no queda más que un rayo de luz de luna y cada tanto un faro que pasea una y otra vez su delgado haz sobre el agua.

Nola se encuentra acurrucada, el rostro cubierto por un antifaz de raso ribeteado de encaje, el abrigo acomodado encima como una manta, unos audífonos que bloquean los sonidos del tren y a nuestros compañeros de viaje. Intento cerrar los ojos, pero la lámpara de techo es demasiado fuerte, y el sonido de una mujer que está llorando atrás en el teléfono me resulta insoportable.

Volteo para ver a Nola y me pregunto a qué distancia estamos de su parada. No puede faltar mucho más. El viaje entero apenas duró algunas horas. Apoyo la frente contra la ventana, intentando ver más allá de mi propio reflejo. Estamos bajando la velocidad, a punto de entrar en una estación. Pateo los pies de Nola. Gruñe y se quita el antifaz, mirándome con un ojo abierto.

—¿Llegamos?

Echa un vistazo a través de la ventana, con el ojo aún cerrado. Tiene aspecto de pirata, especialmente con el antifaz aún puesto y el cabello sujeto en una trenza suelta y desordenada.

—Desgraciadamente, sí. —Bosteza, llevándose el bolso al hombro al tiempo que el tren se detiene con un chirrido y el conductor anuncia el nombre de la estación—. Prepárate.

La sigo al estacionamiento oscuro, un poco nerviosa de conocer a los extraños seres humanos que engendraron a Nola Kent, pero al caminar bajo las fuertes luces del estacionamiento, sus zapatos con correa taconeando sobre el húmedo pavimento, un hombre vivaz de cabello gris se precipita hacia ella e intenta levantarla con un fuerte abrazo.

—¡La chica volvió! —dice con una amplia sonrisa.

Ella se escabulle de entre sus manos y me señala con amabilidad.

—Te presento a Katherine Donovan. Katherine, te presento a mi papá.

Parece sorprendido pero muy contento.

—Vaya, qué maravilla. —Me extiende la mano abriendo el brazo, de modo que no estoy segura de si quiere estrecharme la mano o abrazarme.

Decido estrecharle la mano.

—Me dicen Kay. Lo siento, señor Kent, creí que me esperaba. —Le lanzo una mirada incierta a Nola.

Ella sacude la cabeza vigorosamente.

—Está bien.

—Está más que bien. Y llámame Bernie —dice el señor Kent con voz resonante. Nos acomoda en el asiento trasero de un Jaguar reluciente y se mete rápidamente en el asiento delantero—. Próxima parada, Tranquilidad.

—Papá —dice Nola a través de dientes apretados.

La miro sin entender.

Ella tan solo sacude la cabeza.

Cuando llegamos a la casa, lo comprendo.

Su casa no es una casa. Es una mansión. Al lado de ella, la familia de Brie vive en una choza. Y al lado de eso, yo vivo en una caja de zapatos. La casa de Nola hace que la mía parezca una maqueta. Es una de esas casas de playa señoriales color pastel, con docenas de habitaciones que no puede hacerse otra cosa que decorar y contratar a alguien para que limpie constantemente a la espera de invitados, posiblemente invitados que jamás vienen. En el caso de Nola, sospecho que yo podría ser la primera, aunque puede que les encante recibir gente. Por lo pronto, son grandes conversadores. El nombre de la casa es Tranquilidad. Está colocado sobre un precioso letrero blanco, ribeteado con una cuerda roja y blanca, sobre el buzón, y también dentro del recibidor, que tiene el tamaño de mi sala y mi comedor juntos. Allí, un letrero enmarcado escrito en caligrafía que dice BIENVENIDOS A NUESTRO HOGAR cuelga sobre un libro de visitas encuadernado en cuero, con una pluma y un tintero al lado. Deslizo los dedos sobre las hileras de nombres en la página abierta del libro de visitas, preguntándome si Nola realizó el letrero. La letra es mucho más cuidadosa que la escritura habitual que recuerdo de su libro de notas y los versos sobre las paredes de su habitación. La tinta de esta página está fresca, y hay muchos nombres, todos agrupados de a dos. Son todas parejas, ningún individuo ni familia.

Nola cierra el libro sobre mi dedo, y doy un paso hacia atrás con sentimiento de culpa, como si me hubieran pillado hurgando en la gaveta de ropa interior de alguien.

—No es para nosotros; es para ellos —dice con desdén. Me hace una seña para que siga por el pasillo.

El suelo es de parqué pulido, y las paredes están pintadas de un verde limón. Enormes ventanales junto a la puerta de entrada dejan al descubierto un jardín delantero rodeado por una verja de seguridad de hierro forjado y bordeado por abetos balsámicos. A través de arcadas abiertas a ambos lados del recibidor hay corredores curvos que conducen, de un lado, a una biblioteca cavernosa, donde estanterías de nogal se extienden de suelo a techo. Al final del otro corredor hay un solárium de cristal lleno de una variedad de plantas exóticas.

Una mujer aún más baja que Nola, con los mismos ojos soñadores y rasgos de duende, desciende etérea por una escalinata en espiral con una bata de seda. Su cabello está teñido de un rojo brillante y sujeto en un rodete apretado encima de la cabeza, y o bien le han realizado una cirugía experta en el rostro, o goza del don de la eterna juventud.

—Cariño —dice con un acento sureño entrecortado—. Estás demasiado delgada.

—Tengo exactamente el mismo peso que el primero de septiembre —dice Nola, que permanece educadamente quieta mientras su madre besa ligeramente el aire al lado de cada una de sus mejillas.

Voltea sus ojos brillantes hacia mí.

—¿Quién es ella?

—Katherine.

Una vez más siento un escozor en los dientes al escuchar mi nombre completo. Nadie me llama Katherine. Nola sabe que no me llaman Katherine. Comienza a molestarme.

—Kay —digo, apretando los labios en una sonrisa.

—¿Te quedarás con nosotros el fin de semana?

Miro a Nola.

—Madre, el fin de semana terminó. Se quedará con nosotros toda la semana.

La señora Kent parpadea.

—Vaya, ¡eso es simplemente perfecto! Hay lugar para todos. Quiero que me lo cuentes todo acerca de tus clases, cariño, pero si en este momento no tomo mis pastillas para la migraña y no me recuesto con un paño sobre los ojos, estaré de malas toda la noche. —Vuelve a besar el aire—. Hay sobras en la cocina. Marla preparó quiche y papas al gratín, y tenemos los snacks habituales si quieren picar algo. —Asiente con la cabeza en mi dirección—. Me alegra conocerte, Katherine.

Bernie me guiña el ojo.

—La quiche de cangrejo es imperdible —dice. Luego besa a Nola en la mejilla y sigue a su esposa escaleras arriba. Del otro lado de la escalinata está la cocina, en cuya parte trasera hay un par de puertas de cristal que conducen a una franja estrecha de arena y un borde de rocas, y más allá, a una caída brusca al mar.

Espero hasta que se hayan ido y luego me volteo hacia Nola con curiosidad.

—¿Lugar para todos? —Quiero indagar acerca de la extraña pregunta realizada por su madre respecto del fin de semana, pero quizás la respuesta sea simplemente «el alcohol».

Encoge los hombros.

—No se llamaría Tranquilidad si no estuviera atestada de infames obsecuentes y conocidos fortuitos que viven a costa tuya, ¿verdad?

Sigo a Nola a la cocina. Me da vergüenza caminar sobre el impecable suelo de baldosas blancas y me quito las botas, colgando las agujetas entre los dedos.

Me mira casi con desprecio.

—Solo es un suelo. Es habitual que todo el mundo lo pisotee.

—No puedo evitarlo. Está más limpio que los platos del salón comedor.

—Porque el personal de cocina de Bates es ocioso.

En realidad, quedo un poco horrorizada ante este franco despliegue de esnobismo. Nola no dice cosas como estas en el colegio. Supongo que todo el mundo se comporta de un modo diferente en su casa. Soy tan culpable de ello como cualquier otro. Pero ni siquiera hay nadie para verlo. Llena un plato con ensalada de frutos de mar y patatas frías y toma una Coca Light. Luego me deja sola con el enorme refrigerador. Es difícil saber qué hacer con él. Mide medio metro más que yo, es casi tan ancho como la medida de la distancia de mis brazos abiertos, y está lleno a rebosar, probablemente anticipando el feriado que está a punto de empezar. No sé lo que está vedado así que sigo la sugerencia de Bernie y me preparo un plato de quiche y patatas. Cuando me volteo, veo a Nola sirviendo con calma dos medidas generosas de ron en copas antiguas pequeñas y curiosas con forma de recipientes.

Instintivamente, miro hacia las escaleras.

—¿Crees que sea buena idea?

—No les importa. —Apila las bebidas y los platos sobre una bandeja y lanza el bolso sobre los hombros. La sigo escaleras arriba, por un largo corredor, y subimos una segunda escalera, más pequeña y en espiral, que conduce a su habitación.

El dormitorio de Nola es una torre pequeña encaramada en la parte superior de la casa. Da al océano de un lado y al pueblo del otro, y la vista es imponente incluso con apenas el leve resplandor de luz de luna. Nos sentamos en la cama a oscuras, observando el agua quieta que se estruja y estalla contra las rocas afuera, y me sobreviene una desconocida sensación de calma. Decido que me quedaré aquí. Viviré en los espacios entre las tuberías o en las dependencias de servicio si hace falta. Seré lavadora de copas. No perezosa como el personal de cocina de Bates. Algo de verdad. A primera hora de la mañana, me aliaré con Marla y alegaré mi caso ante ella. No me convence la señora Kent, pero Bernie parece un tipo decente. Buen plan. O podría simplemente declararme una huésped indefinida y convertirme en uno de esos parásitos de Tranquilidad de los que habló Nola con tanto desdén. Me vuelvo hacia ella para hacer una broma, y encuentro su rostro cerniéndose sobre el mío. Es tal el susto que me llevo que casi me caigo de la cama.

—¿Qué diablos?

—Bebí mi ron con Coca demasiado rápido y ahora tengo que hacer pis.

Miro sus ojos encendidos en la oscuridad.

—Entonces ve a hacer pis.

—Está bien. —Se para tambaleando—. No bebiste el tuyo —señala.

—Porque no me gusta el refresco de dieta ni el ron. Juntos saben a dulce de caramelo líquido endulzado artificialmente.

—Está bien. —Se lleva mi copa y sale de la habitación, supuestamente para ir al baño. Rebusco en mi bolso de viaje y me pongo un pantalón deportivo y una camiseta de manga larga de Bates. Luego me cepillo el cabello suelto y lo entrelazo para hacerme una trenza. Me alivia que haya dos camas individuales en este dormitorio, cada una con un cubrecama color rosado fuerte, un volante y un dosel color crema. Parece haber sido ambientado cuando Nola tenía cinco años y que no lo han redecorado jamás. Meto mis cosas bajo una de las camas y estoy a punto de apartar las mantas cuando ella emerge del baño con una copa vacía en la mano, caminando con paso vacilante, sin otra cosa que un traje de baño y calcetines rayados hasta las rodillas.

—Tienes que estar bromeando —digo.

—Baño nocturno —responde—. Es una tradición.

21

Aún estoy reponiéndome de un resfrío colosal, y la temperatura apenas supera los cero grados —le recuerdo.

—¿Y? La gente nada en el Ártico en pleno invierno. No hace falta quedarse adentro mucho tiempo. Se trata de un ritual, no de un momento de diversión —dice, jalándome del brazo.

—No saldré afuera sin un abrigo y un sombrero —digo con firmeza.

Encoje los hombros.

—Como quieras. Ten mi toalla.

Bajo las escaleras de puntillas tras ella sintiéndome atrapada. Si nos pillan, seré considerada una mala influencia, la chica que embriagó a la preciosa hija de los Kent y la arrojó al mar helado. Pero si intento detenerla, soy la fracasada a quien no le gusta el ron ni se mete en aguas heladas y turbulentas a fin de noviembre. ¿Cuándo me convertí en esto?

Oh, claro. En Halloween, justo después de la medianoche.

Nola me conduce por un sendero estrecho y sinuoso que desciende por una fuerte pendiente al borde del acantilado que está detrás de la casa hasta terminar abruptamente unos seis metros encima del agua. Se voltea hacia mí, tiritando. Hace un frío horrible, incluso metida en el abrigo de Todd, con el sombrero bien calado sobre las orejas. Me sujeto al borde del acantilado para no perder el equilibrio y me inclino hacia delante, observando hacia abajo. Se trata de una caída amplia y empinada, pero el mar golpea el costado con fuerza. Por desgracia, mis guantes son de cachemira y se me han empapado los dedos. Presiono la espalda contra el muro de piedra y hundo las manos en los bolsillos.

—No me digas que vas a saltar.

Sus dientes castañetean.

—Es la tradición, Kay. No conoces este lugar. Yo he vivido aquí toda mi vida. Hay suficiente espacio.

—¿Y la corriente? Te romperás los huesos en mil pedazos. Además no saltaré después de ti.

Parece dolida.

—¡Dos cuerpos hechos pedazos no son mejor que uno, Nola! ¿A quién se le ocurrió esta ilustre tradición? ¿Dónde está ahora?

—A mi abuelo. Está muerto. Ha saltado este acantilado para dar comienzo a la semana de Acción de Gracias desde que tenía nuestra edad.

Oh.

—Está bien… ¿Y fue el único que siguió esta tradición?

Sacude la cabeza. El cuerpo le tiembla con tanta intensidad que la voz le sale como pequeñas exhalaciones confusas.

—Pero cuando murió y nos mudamos a esta casa, mi familia prácticamente dejó de hablarse, así que mis primos dejaron de venir. Ahora solo quedo yo. Bueno, y mi hermana. Pero este año Bianca no vendrá. Es más importante conocer a la familia de su prometido.

Me quito el abrigo y lo pongo alrededor de sus hombros, pero me lo devuelve furiosa. Intento tomarlo, pero una ráfaga de viento me lo arranca de la mano y lo arroja sobre el borde. Observo con gesto impotente su recorrido descendente, aleteando como un enorme pájaro destinado a la muerte, hasta alcanzar el mar abajo y aterrizar sin vida contra las rocas antes de ser arrastrado bajo las olas.

—¿Qué diablos te sucede? —estallo.

Nola hace un gesto de desazón, pero en realidad no se encuentra verdaderamente consternada o arrepentida. Es como si dijera «Oh, lo lamento, pero no es tan grave, ¿verdad?».

—Adelante, Nola, salta. ¿Acaso no es la tradición? Ve abajo y trae mi abrigo de vuelta. Recupéralo o jamás te perdonaré.

Me mira con aire vacilante, pero tan solo señalo el mar que se agita con furia. Me digo a mí misma que no estoy haciendo nada malo. Ella es plenamente responsable, y esta fue su idea. Ha estado insistiendo, presionando, y no me corresponde intentar disuadirla. Y ahora perdió mi abrigo, el abrigo de Todd, un trozo de él que nadie puede quitarme. Me lo arrebató y lo lanzó al océano.

—En realidad, nunca salté sola —dice por fin.

—Entonces lo haré yo. —Me quito la camiseta y la empujo hacia ella.

—No puedes hacerlo. —Un tono de pánico se ha colado en su voz.

—Por supuesto que sí. Debo hacerlo. Es la tradición. —La pared del escarpado acantilado se hunde en mi espalda al tiempo que me inclino hacia atrás para encontrar apoyo, quitándome el calzado deportivo, uno por vez.

—Kay, no sabes cómo hacerlo. Esta noche el agua está demasiado turbulenta. Regresaremos y veremos mañana.

Me quito los pantalones deportivos y se los paso. Luego camino lentamente hacia el borde mismo del risco, vacilando sobre mis pies lacerados.

—Te morirás, Kay —dice por fin con voz temblorosa.

Miro hacia abajo al agua oscura. Podría tener razón. E incluso si no muriera, de todos modos es posible que no fuera capaz de hallar el abrigo de Todd. Me parece ver un trozo enganchado en una roca, pero no estoy segura.

—Olvídalo.

Levanto mis prendas y comienzo a caminar de regreso, en silencio, hacia la casa. La oigo sollozando detrás, pero no hay nada que pueda decirle. Fue un accidente, pero sigue siendo responsable. Ella jamás tuvo intención alguna de saltar, no de verdad. Entonces ¿por qué me arrastró hasta allí? Seguramente, debería resultarme indiferente tras toda la mierda que me han arrojado encima este semestre, estos últimos años; pero en cambio, lo siento como una nueva espina clavada en el corazón. Quiero recuperar mi abrigo. Quiero el cuello gastado y los botones sueltos y el olor imaginario de Todd, las mangas demasiado largas y el bolsillo interior que jamás abro, el que ha permanecido cerrado, porque si miro la fotografía que está dentro, terminaré de quebrarme. La fotografía de ambos el día que murió, justo antes del partido. Él, abrazándome y haciendo el gesto cursi del pulgar hacia arriba mientras mamá intenta golpear el balón en el fondo y yo miro furiosa a la cámara. Necesito esa fotografía. Quiero recuperar el abrigo y todo lo que conlleva. Quiero acurrucarme con él esta noche y llorar por todas las cosas maravillosas y terribles de mi vida que he perdido.

Cuando despierto por la mañana, docenas de abrigos invernales se amontonan sobre el suelo. Nola está sentada en su cama con una camiseta polo de rayas azules y blancas y un par de pantalones caqui. No lleva maquillaje y tiene el cabello sujeto hacia atrás en una coleta. Parece recién salida de las páginas de un anuncio de J. Crew. La Nola Kent hogareña es tan diferente de la Nola Kent colegial que me produce escalofríos.

—Me levanté al amanecer y busqué en el agua, pero ha desaparecido —dice simplemente, como si fuera algo completamente natural—. Estos son todos los abrigos que todos los huéspedes han dejado alguna vez en esta casa. Los conservamos para que las personas puedan reclamarlos cuando regresen. Pero casi nadie lo hace. Llévate el que quieras. Algunos son bastante chic.

—Por supuesto que desapareció —grazno con voz matinal—. El océano lo arrastró toda la noche. —Cruzo vadeando la montaña de abrigos—. No quiero tus malditos abrigos de segunda mano.

—¿Estás segura? Algunas de estas prendas olvidadas fueron una vez propiedad de la realeza británica. —Levanta un chaquetón raído color camel con botones de carey que parece recogido de un parador para indigentes—. ¿Tal vez te guste este?

Sacudo la cabeza y escarbo dentro de mi bolso en busca de mi cepillo de dientes.

—No, gracias.

—No puedo dejar de señalar que su majestad tiene gustos extraños. ¿Puedo sugerir este abrigo de lana azul, de Burberry, en perfectas condiciones? No es tan diferente del que tenías, apenas cambia un poco la forma. Y tiene mucha mejor calidad, para serte franca.

La miro furiosa.

—No puedes reemplazar mi abrigo. Pertenecía a mi hermano. Está muerto. No habrá otro.

Hace una pausa y luego arroja el abrigo Burberry sobre mi cama.

—Lo siento de veras, Kay. Fue un accidente. De todos modos, necesitas un abrigo. Aquella otra prenda con la que vas y vienes por el campus apenas es más abrigada que un suéter. —Se sienta junta a mí—. Jamás mencionaste que tu hermano estaba muerto. Hablas de él como si siguiera vivo.

—Tú nunca mencionaste que tu abuelo estaba muerto.

Pone los ojos en blanco.

—Todo el mundo tiene abuelos muertos.

—Yo tengo los cuatro. Ninguno comenzó una guerra civil familiar.

Hace una mueca sombría.

—Oh, aquello. Pues cuando hay un botín de por medio siempre hay una guerra.

Me siento y pongo el abrigo sobre mi regazo. Es un gesto de paz. Debería intentar ser amable respecto del asunto.

—¿Eras muy amiga de tus primos?

—Básicamente, eran mis únicos amigos. Antes de vivir aquí, nos trasladamos tres o cuatro años por el trabajo de mi padre. Y mi hermana vive en su propia galaxia perfecta. Así que mis primos eran mis únicos amigos permanentes. Pero cuando estalló la pelea, las cosas se pusieron feas muy rápido. De hecho, aquello empezó incluso antes de que muriera mi abuelo, porque apenas le diagnosticaron Alzheimer, el tío Walt acusó a papá de convencer a mi abuelo de cambiar su testamento. Y luego el abogado del tío Edward dijo que ninguno de los primos debía hablarse hasta que se resolviera la disputa, así que aquel lado de la familia no podía tener ningún contacto con el resto de nosotros. La hija de Edward, Julianne, había sido mi mejor amiga. Y cuando la llamé para decirle lo estúpido que era todo, me acusó de intentar sabotear el reclamo legal de su familia y dijo que era egoísta y codiciosa, al igual que mi madre judía. Así que aquello fue el fin de aquella amistad. Ahora no hablamos con ninguno de ellos.

—Guau. Fue directo a por la esvástica.

—Sí. Resulta que mi familia no son personas amables. —Hace una pausa—. Aunque no es como si tú y tus amigas hayan sido tanto más amables, ¿verdad?

Bofetada que me merezco.

—Espero que estés bromeando.

—Totalmente. —Pero su rostro carece de expresión y su voz canturrea suavemente. Tengo la impresión de que podría estar burlándose de mí. Es la primera vez que aparece la Nola colegial desde que llegamos a Tranquilidad. Luego sonríe de modo alentador—. No te des tanto crédito, Kay. Todo tu operativo es irrelevante.

De pronto me siento un poco afortunada de tener a mi madre desconsolada y a mi padre avasallador completamente distanciados, por irreparable que parezca. Hasta la tía Tracy. Cuando la necesitamos, nos acompañó, incluso si su idea de consuelo y sustento son las telenovelas y los helados. Aquello resulta un consuelo y sustento para algunas personas. Quizás un poco de sufrimiento sea sano. Es más sano que el antisemitismo y la alienación.

—¿Y tu hermano? —Nola se prueba un lujoso abrigo de piel y se acomoda a mis pies.

—Lo asesinaron.

Se quita el abrigo.

—Vaya, ahora mi drama familiar parece trivial. Lo siento tanto. No puedo creer que jamás lo hayas mencionado.

Pateo la pila de abrigos.

—No es mi recuerdo favorito.

—¿Puedo preguntar?

—¿Qué sucedió? —Trazo una línea sobre mi palma distraídamente—. Estaba saliendo con mi mejor amiga. Exmejor amiga. De alguna manera me abandonaron para reemplazarme el uno por el otro. Luego rompieron, y todas las fotos desnudas que ella le mandó se enviaron misteriosamente a todos sus amigos.

—Y cuando dices «misteriosamente» te refieres a que él las envió.

Suspiro.

—Dijo que alguien robó su teléfono.

Nola se muerde el labio.

—No es que quiera criticar a los difuntos obviamente amados, pero ¿lo robaron, *además* de desbloquear la contraseña, *además* de saber exactamente a quién enviarles las fotografías?

—Lo sé. —Hago una pausa—. Pero no fue lo que pensé en su momento. Así que le dije a la policía que estaba con él en ese momento y que no lo había hecho.

Nola asiente.

—Megan, mi amiga, jamás volvió a dirigirme la palabra. Poco después se suicidó.

—Oh, no. —Nola me rodea con el brazo.

—Parecía que no iban a castigar a Todd, y el hermano de Megan decidió que ello era inadmisible. Así que lo asesinó.

Me aprieta con fuerza.

—Es una venganza a la altura de *Romeo y Julieta*.

—Salvo que Romeo jamás rompió con Julieta ni le mostró a Benvolio y Mercucio bocetos desnudos de ella.

Me mira con un gesto de extrañeza.

—Vaya, algo de Shakespeare sabes.

—Solo esa obra. Tocó una fibra sensible en mí. —No la historia de amor. Las muertes por venganza. Las familias que no pueden perdonar. La parte en la que Romeo intenta hacer las paces y termina provocando la muerte de su mejor amigo.

—Te estás perdiendo algo genial.

No lo creo. Ya hay demasiado drama en mi vida. Amor, pérdida, venganza.

Y errores fatales.

Quisiera saber qué pensar alguna vez sobre el hermano al que tanto amé, que me defendía cuando cualquiera me decía algún comentario hiriente. Que hizo una única maldad. Un único acto indecible.

Si alguien comete un acto de maldad, aunque sea un acto realmente malvado, ¿merece que le sucedan cosas malas o que lo acusen de asesinato?

No consigo entender si aún puedo recordar a Todd como quiero, como el hermano que adoré, o si la sombra de lo que hizo tiene que oscurecer y alterar aquello para siempre. Creo que aquella sombra podría estar oscureciendo y alterándome también a mí. Porque no puedo dejar de amarlo y extrañarlo. Quizás mi cerebro esté quebrado o mi corazón, podrido. Quiero ser una persona buena que solo dice y hace cosas buenas y ama a las personas buenas, pero no lo soy y no lo hago. Quisiera poder llamar a Brie en este momento. Siento que estoy desapareciendo.

22

Pasamos la mañana en el salón de juegos, una sala luminosa, alumbrada por el sol, en el rincón noreste de la casa que da al mar. En el centro tiene una gran mesa de billar, y las paredes están alineadas con reliquias de parques de atracciones: juegos de Skee-ball, máquinas de pinball y una de esas adivinas escalofriantes con ojos relucientes en los que, por un penique, puede hacerse una pregunta y escupe la respuesta por la boca sobre un trozo de papel. Me gustaría permanecer indefinidamente ante la máquina de pinball, coronada por un payaso que luce engreído y me mira con una sonrisa demoníaca. Pero tras una hora, Nola parece aburrirse de ganar todas las partidas de Skee-ball. Echa un vistazo fuera.

—¿Quieres golpear algunas bolas de golf en el océano?

—¿Qué? —No levanto la mirada del payaso maligno—. ¿Quién crees que soy? ¿Cori?

—No es la dueña del golf —masculla Nola. Se instala sobre el caballo de un carrusel y saca una libreta de notas y un lápiz del bolsillo—. Como quieras. ¿Quién te gusta más, Spencer o Greg? —pregunta.

Me volteo de la máquina de pinball de mala gana, con una mano aún puesta sobre el flipper.

—¿Hablas en serio? Después de todo lo que pasó, probablemente voy a abstenerme de salir con hombres por un tiempo.

Se ríe.

—Me refiero a quién te gusta más como sospechoso. —Muerde el extremo del lápiz—. Spencer tiene una obsesión extraña y aterradora. Mata a Jessica y dispone las cosas para que parezca que seas tú quien la mataste vengándose del daño que le hiciste. Luego mata a Maddy cuando se interpone para poder recuperarte. Pero Greg tiene solo el móvil de los celos. Es más claro. Aunque no tiene ninguna conexión con Maddy.

Vacilo.

—No me imagino a ninguno de ellos matando a Maddy.

—¿Imaginas a alguno de ellos matando a Jessica?

—No más que tú o yo o la doctora Klein. —Me deslizo hacia el suelo—. ¿Qué es lo peor que hiciste en tu vida?

Mastica el extremo del lápiz un largo momento.

—Hice que Bianca rompiera con su novio. Somos casi como mellizas, y cuando éramos chicas, solíamos cambiar de ropa, amigos, novios, solo para ver cuándo nos atrapaban.

—Así que en una época eran amigas.

—Dejó de ser divertido cuando me di cuenta de cuánto más yo le agradaba a la gente cuando estaba con ella. Así que rompí con su primer novio mientras la convencía a ella de que no valía la pena. Le dije que olía a hámster muerto. Claro que me perdonó. Solo tenía ocho años.

—Pues no creo que vayas al infierno por eso —digo suspirando.

—Si le crees a mi padre, todo puede ser perdonado —comenta.

—Suena a mi padre. —Mi padre antes de que muriera Todd. Dejó de ser católico después del funeral, porque era perversamente inaceptable que una persona pudiera matar, pedir perdón y ser absuelto. No, el hermano de Megan ardería en el infierno. Esa era la nueva religión de papá. La religión de arder merecidamente en el infierno. De no buscar ninguna venganza terrena, porque sencillamente no se puede. Es algo que sencillamente no se hace. Pero el cabrón ardería. Esa es la fe que mantendría a la familia Donovan de pie.

—No hay duda de que manipuló a mi abuelo —dice con una sonrisa tenue, inclinando la cabeza contra la crin del caballo pintada color rosado—. Mi padre.

—¿Con el objeto de quedarse con la casa?

—¿Acaso no lo harías tú?

Miro alrededor. Es hermosa, pero ahora que sé que solía estar abarrotada de miembros de la familia, la ausencia de personas resulta inquietante. Ya no me sorprende que tengan tantas visitas. De lo contrario, sería posible perderse en ella.

—Podría haberla compartido, ¿verdad?

Parece decepcionada por mi respuesta.

—No como una residencia permanente. No lo entenderías. Seguramente, has vivido en el mismo lugar toda tu vida. Eres tan normal, Kay. Resulta encantador. —Sonríe y me da una palmada en la cabeza, pero me inclino para esquivarla.

—¿Y si Spencer es culpable? —Me siento en el suelo y apoyo la cabeza en las manos.

Se desliza hacia abajo junto a mí.

—Entonces exhalas con alivio porque termina el asunto y la vida continua. Si lo hizo Greg, la vida continua. Esta pesadilla acaba de una manera u otra. —Voltea mi cabeza con suavidad hacia la suya—. Tienes una resiliencia infernal, Donovan.

Intento sonreír, pero mi rostro es una máscara de yeso. *Resiliencia* es una palabra equivocada para una persona que atrae la tragedia como un imán pero sobrevive para ver cómo mueren las personas que ama.

Más tarde, tras un baño tibio en una enorme tina con patas de garra, perfumada con sales marinas que huelen a rosas, me siento mucho más serena. Nola y yo nos sentamos juntas en la biblioteca sobre un sofá de cuero, observando las llamas hipnóticas de una estufa de gas, que saltan y dan giros.

Miro los anillos de fuego, el azul fundiéndose en amarillos y dorados.

—No sabemos todos los detalles.

Nola me echa una mirada sin decir una palabra.

—Nuestra lista de sospechosos está matizada por lo que sabemos de las personas —digo—. Lo que creemos de ellas. Y en *última instancia*, lo que queremos que les suceda. No tenemos ninguna evidencia física. La policía tiene una ventaja tan abrumadora. Esa es la manera en que uno puede equivocarse tanto acerca de alguien que cree que conoce.

—Pero también tenemos información de la que ellos carecen. Como el blog de la venganza.

—Es cierto. Pero mi punto es que debemos profundizar. Brie intentó grabar una confesión porque creyó que podía arrancármela. No porque *tuviera* alguna prueba concreta. Porque creyó que si decía las cosas correctas, me llevaría a hacerlo.

—¿Y crees que puedes hacer algo así?

Asiento lentamente.

—Creo que tengo una oportunidad. Con Spencer, seguro. Con Greg, quizás. Tiende a abrirse bastante.

—Entonces, hazlo.

Una imagen de Spencer empujando a Maddy bajo el agua me viene a la cabeza, y me vacía los pulmones de aire. Cruzo los brazos sobre el estómago y me inclino hacia delante, intentando disimular mi incapacidad de respirar. Inhalar profundamente, exhalar lentamente.

—Salvo que Maddy y Jessica hayan sido asesinadas por personas diferentes.

Nola sacude la cabeza.

—No lo fueron. El blog de la venganza lo confirma.

—Cualquiera pudo haber escrito el blog. Siete personas cualesquiera podrían haberlo escrito. —Estoy hablando demasiado rápido, pero no parece advertirlo. Sigo contando mis inhalaciones y exhalaciones.

—Cielos, Kay, ¿a quién intentas proteger?

Me quedo helada un instante, y luego me doy cuenta de que se trata de una pregunta retórica.

—A nadie. Solo creo que hay que mantener una mente abierta.

Suspira y apoya la cabeza sobre mi hombro.

—Spencer tiene un móvil más fuerte. Pero depende de ti a quién interrogas primero.

Golpeteo los dedos sobre las rodillas.

—Greg cree que es una estudiante, y que todo depende de si Jessica se peleó con alguien la noche del crimen. —No menciono quién es la estudiante.

—Eso le resultaría conveniente. Pero todos los indicios apuntan a él o a Spencer. —Aprieta mi mano—. Puedes hacerlo.

No estoy tan segura.

—Hay un problema. Es posible que no obtenga una confesión de ninguno de los dos.

Nola se aclara la garganta.

—Te tendieron una trampa.

—¿Y?

Me mira directo a los ojos.

—Así que la suerte está echada. Si estás completamente segura de que sabes quién está tendiéndote la trampa, yo digo que les tiendas la trampa a ellos. No tiene nada turbio intentar incriminar a alguien por algo que de hecho hicieron. Solo es plantar evidencia para asegurarse de que los atrapen por ello, para dirigir a la policía hacia ellos y alejarlos de ti.

—Lo dices en serio.

—Le mentiste a la policía por Todd. ¿Por qué no para salvarte? Jugar limpio no está funcionando, Kay. Esta vez no pueden ganar los malos.

Nos quedamos mirándonos por un momento, y el silencio es denso y doloroso. Luego, el aire entre ambas desaparece, y los labios de Nola están sobre los míos. Esta vez yo también la beso, y aunque no siento el magnetismo que sentí con Brie y Spencer, me siento animada y feliz, y sonrío dentro de su boca. Me acaricia la nuca y se desliza aún más cerca, rodeando mi espalda con el brazo y envolviéndome con una pierna.

Echo una mirada alrededor, pero me aprieta el hombro para tranquilizarme.

—No te preocupes, mis padres se fueron a jugar al tenis, o a tomar el té o a hacer algo que implique salir de la casa. La casa tan tan vacía que tanto se esforzaron por conseguir.

La vuelvo a besar, intentando apartar nuestra conversación de mi mente.

Me muerde el labio inferior y se desliza al suelo, jalándome sobre ella. Me acaricia los costados de arriba abajo, y por un instante todos los sentimientos negativos de los últimos meses se alejan a la deriva. Me besa el cuello y los hombros y luego estira el tirante de mi sujetador a un lado.

Suspiro y me volteo de espalda, y ella roza sus labios contra los míos. Otro beso, y la cabeza me da vueltas. Me jala los brazos sobre la cabeza y me besa profundamente. Me siento a salvo. A salvo y dulce y deliciosa. Pero con cada segundo que pasa, una ansiedad creciente se apodera de la boca de mi estómago, como la primera vez que nos besamos. No siento lo mismo que aquellos momentos breves y cruciales cuando Brie y yo giramos juntas en la habitación de Spencer, o las miles de veces que él y yo nos lanzamos el uno sobre el otro.

—¿Estás contenta? —murmura, y saborea mis labios.

Levanto la cabeza para mirarla, sin saber qué decir, y luego me incorporo ligeramente sobre los codos.

—¿Quisieras que fuera Brie?

De pronto siento como si me acabaran de verter agua helada encima del cuerpo. Nola se pone tensa y se aleja rodando. Levanto la mirada. La señora Kent está parada en la entrada con una raqueta de tenis en la mano mirándonos con extrañeza.

—Hay sándwiches y limonada en el solárium —dice, y luego desaparece escaleras arriba.

Nola se endereza la camisa y los pantalones y se arregla el cabello.

—Tienes que elegir —dice con remilgo, como si el beso jamás hubiera sucedido—. Spencer o Greg.

23

Al día siguiente, Nola intenta convencerme de acompañarla al pueblo a comprar un micrófono de mejor calidad para grabar las confesiones, pero simulo estar acalambrada y me quedo en casa durmiendo una siesta. Realmente necesito tomarme un descanso de la investigación. Creí que eso es lo que haría esta semana. También necesito tiempo para aclarar la cabeza tras el beso de ayer y la extraña pregunta que Nola planteó acerca de Brie. Observo desde su ventana mientras se mete en el auto de su madre, retrocede en la entrada, pasa por la verja de seguridad y desaparece por el largo camino sinuoso que bordea el flanco del acantilado. Ambos padres han vuelto a marcharse, y Marla tiene el día libre, así que la casa está vacía y silenciosa.

Me dirijo abajo, tomo un refresco con sabor a pomelo y camino tranquila a la sala de juegos, pero me detengo cuando el sol me atrapa en línea recta a través de los muros de cristal, y me devuelve el reflejo de mi imagen. He perdido peso y tono muscular el último mes. No salgo a correr desde la noche en que murió Maddy y enfermé. Tengo una palidez fantasmal —algo esperable en esta época del año—, pero las ojeras grises bajo los ojos hacen que me vea demacrada. Parezco enferma, no solo por el resfrío y la gripe, sino por tener el mismo aspecto que mi madre el año que quedó incapacitada para hacer otra cosa que no fuera sobrevivir y no rendirse. En mi caso, luzco completamente agotada.

Camino lentamente hacia la ventana, pero al acercarme el sol me enceguece, y desaparezco. Es pavoroso, como el momento en la historia de fantasmas cuando el fantasma se da cuenta de que ha estado muerto desde el comienzo. Pero yo no lo estoy. Solo me encuentro irreconocible, con el cabello transformado en una maraña descuidada, como una madeja de lana desordenada; el cutis descuidado y un cuerpo sin ejercitar. Retrocedo algunos pasos hasta que mi reflejo se vuelve a enfocar y me suelto el cabello; lo sacudo. Eso es algo que puedo cambiar en este mismo instante y olvidarme del problema por un largo tiempo. Camino resueltamente a la cocina y rebusco en las gavetas hasta encontrar un par de tijeras. Luego subo al baño de Nola.

Me humedezco el cabello y lo desenredo con el peine hasta que cae en ondas sobre mi rostro y mis hombros. Luego jalo con fuerza hacia abajo un puñado entre los dedos índice y medio y doy un tijeretazo satisfactorio. Al principio, solo recorto quince centímetros en círculo, excitada con la repentina ligereza de mi cráneo. Pero luego una sensación vertiginosa de nervios me golpea con fuerza cuando advierto lo difícil que es cortar parejo toda la vuelta. Tengo que volver a humedecerlo varias veces y emplear diversos espejos de mano, además de que las tijeras de la cocina no son demasiado fáciles de usar.

Hay algunos instrumentos útiles en la estantería del baño de Nola, incluidos varios juegos de tijeras de peluquería y cigarrillos de marihuana, con los cuales experimento. Termino jalando la capa superior de cabello encima de la cabeza, recogiéndola en un moño y afeitando un centímetro de la capa inferior, algo que vi una vez en una jugadora de fútbol profesional que admiro: luego recorto la capa superior más corta por detrás y más larga adelante. Luce un poco diferente en mi cabello por tenerlo tan ondulado, pero de todos modos es bastante cool. Creo que en realidad mis ondas disimulan el hecho de que no haya logrado cortarlo perfectamente recto. Justo cuando estoy terminando los últimos retoques, en el piso de abajo la puerta de adelante se abre y se cierra de un portazo. Recojo a toda velocidad la evidencia, la meto en el bote de basura y enjuago las tijeras y los peines. Luego me seco el cabello con una toalla y me pongo una camisa que no esté cubierta de restos de cabello húmedo.

Me arrojo sobre la cama y tomo rápidamente uno de los libros de Nola, adoptando una expresión impasible. Quiero una reacción espontánea.

Nola abre la puerta de golpe y enciende la luz.

—Se me ocurrió una idea genial. Cuando llames a Spencer... —Se para en seco—. ¿Qué te hiciste?

Me paro de un salto.

—¡Ta-tán!

—Pareces un fenómeno de circo.

Me cruzo los brazos delante del pecho, sintiéndome menos segura pero también fastidiada.

—En absoluto. Parezco Mara Kacoyanis. Cómo explicarte... es mi heroína personal.

Nola se acerca, con un gesto de espanto, y me voltea en círculo.

—¿Por qué no me preguntaste antes?

—¿Para pedirte permiso? —La miro horrorizada.

—Para pedir mi opinión. —Pone los ojos en blanco—. No es por presumir, pero sé algo de moda.

—Aquí, no.

Hace una pausa.

—¿Tienes problema con el modo en que me visto cuando estoy con mis padres?

—¿Tienes problema con el modo en que me peino con ellos? ¿O con mi nombre, para el caso? Nadie me llama Katherine.

Se sienta y suspira cubriéndose la boca.

—A mi abuela le decían Kay, y en esta familia la veneran como si fuera una especie de fantasma amado al que nunca mencionan.

Cambio el peso de uno a otro lado.

—¿Existe alguna razón freudiana por la cual hayas entablado amistad conmigo?

—No, es solo una de esas cosas de familia. Kay es sagrado. Ya tiene dueño. No puedes ser Kay. Ya está reservado.

—¿Y mi cabello?

—Simplemente, está horrible. —Suaviza su expresión—. Lo siento. No está horrible. Solo es algo que no hubiera elegido yo. —Hace una pausa—. Déjame arreglártelo.

Retrocedo un paso, ofendida por su cambio de conducta repentino desde ayer.

—No, a mí me gusta.

Se muerde el labio inferior y parece estar haciendo un esfuerzo por contener unas palabras.

—Como quieras.

—¿Por qué te importa?

—Me gustaba cómo estabas antes —suelta sin más.

Llevo los dedos a las suaves puntas recién cortadas de mis rizos definidos.

—Estoy como antes.

Camina a uno y otro lado y se muerde las uñas.

—Es solo que me gustan las cosas de cierta manera. Olvídalo. Lo que importa es lo que le guste a Spencer.

—Oh, cielos. —La aparto de un empujón y me siento sobre la cama—. A él no le importa cómo luzco.

Nola reacciona al escuchar esto.

—Vaya, qué ser iluminado. —Me arroja una bolsa de plástico a los pies. La abro y encuentro un micrófono de cuerpo y un grabador muy pequeño y moderno, de aspecto muy costoso. El recibo cae a mis pies, y cuando me inclino para recogerlo, alcanzo a ver el total. Doy un grito de asombro.

—No puedo aceptar esto de ningún modo, Nola.

Ella empuja la bolsa hacia mi mano.

—Debes hacerlo. No dejaré que lo rechaces. —Toma mi mano en la suya y me mira a los ojos—. Kay, no dejaré que vayas a prisión por delitos ajenos. Esto ha sido una pesadilla. Un último empujón. Luego, la vida empieza de nuevo, y todo vuelve a la normalidad.

Las palabras se agitan en mi mente. Nada volverá a la normalidad. Pero si tengo dos caminos por delante, y uno conduce a la cárcel mientras el otro aún ofrece la posibilidad de becas y universidades, no tengo opción. Tomo la bolsa de plástico y la meto en mi bolso de viaje.

—Gracias —digo, tragando con fuerza. El fracaso no es una opción.

A la hora de la cena, tanto la señora Kent como Bernie me hacen un cumplido por mi nuevo corte de cabello. Bernie lo llama «irresistible», y la señora Kent dice que parezco una joven Dolores Mason. No estoy segura de quién es y no quiero parecer ignorante, así que no pregunto. Como Marla tiene el día libre, la cena es delivery de comida china. Me retrotrae a los meses tras la muerte de Todd, cuando mamá estaba ausente. Papá y yo teníamos un menú semanal planeado estrictamente. Los fines de semana visitábamos a mamá, pero todas las demás noches tenían un horario fijo. Los lunes me tocaba cocinar a mí: macarrones con queso de caja. Los martes era la noche de papá: espagueti y salsa de bote. Los miércoles por la noche pedíamos pizza. Reconozco que en la primera mitad de la semana primaban los carbohidratos. El jueves tocaba comida china.

—Esta es la mejor comida china al oeste del Barrio chino —bromea Bernie, y la señora Kent se ríe. Pero Nola pone los ojos en blanco y mueve la boca en mi dirección. *Cada vez.*

—Estoy segura de que es mejor que la que suelo comer. Prácticamente la comía a diario en casa.

Bebo un sorbo del pinot noir que Bernie me puso delante. Es mucho más seco que cualquier vino que haya probado, y tiene un extraño dejo a cartón. Me pregunto si la gente se refiere a esto cuando dice que tiene sabor a roble.

Tanto Bernie como la señora Kent me dirigen una mirada de compasión.

Miro mi camarón lo mein. He evitado la comida china desde aquel período oscuro. Por un lado, por haberme saturado de ella, pero también porque me retrotrae a esa sensación de aislamiento, de sentarme en la sala en silencio, comiendo delante de *Disculpa por interrumpir* y preguntándome cuánto tiempo más debía quedarme sentada allí antes de que pudiera escapar y salir a correr sin sentir que estaba abandonando a papá. O si, por ejemplo, se suicidaría si lo dejaba solo demasiado tiempo o si me atropellaba un auto o si me sucedía algo terrible. De todos modos, este lo mein no es muy bueno. El lugar de mi casa era mejor. Estos tallarines son grasosos, y la salsa tiene demasiado ajo. Mordisqueo un trozo de camarón, que al menos es grueso y estoy segura de que es muy fresco.

De pronto, la señora Kent se vuelve hacia mí con una sonrisa remilgada.

—Así que dime, señorita Katherine, ¿puedes contarnos algo sobre el misterioso caballero que Bianca acaba de conocer?

Desplazo la mirada rápidamente hacia Nola, que frunce los labios y me dirige una mirada que probablemente tiene intención de comunicarme algo y de transmitir un mensaje. Pero no tengo idea de lo que quiere que diga.

—Siento la misma curiosidad que ustedes —digo, intentando devolver la mirada remilgada.

La señora Kent luce insatisfecha.

—Pues espero que valga la pena mentir acerca de ello.

Me lleva un momento absorber sus palabras hirientes. Soy una persona que miente bastante abiertamente y sin complejos. Todo el mundo lo hace, aunque quizás no tanto como yo. Pero jamás me lo ha hecho notar un adulto de una manera tan casual. Hace que me sienta ridícula, como si me advirtiera que no tengo idea de cómo hacerlo.

—Nadie está mintiendo, madre. Simplemente, no entiendo por qué debemos hablar de él hasta no estar seguros de que la cosa va en serio.

Me pregunto si hay algo más serio que un compromiso, pero es cierto que Nola tiene una mala relación con Bianca, así que tal vez haya un poco de celos de por medio.

—Como el último, ¿verdad? —pregunta Bernie, sombrío.

Nola lo mira furiosa.

—Qué pena que Bianca no pudo —digo. Nola me patea debajo de la mesa.

La señora Kent levanta el dedo mientras tose sobre su servilleta.

—¿Qué pena que Bianca no pudo qué?

Retuerzo mi servilleta formando nudos bajo la mesa. La familia de Nola es espantosa.

—¿Supongo que venir a cenar?

La señora Kent apoya el tenedor y examina a Nola con severidad.

—Vaya.

Decido que el rumbo que ha tomado la conversación es mayormente culpa mía y me toca a mí cambiarlo.

—A quién le importa una cena cuando hay un casamiento por delante, ¿verdad?

Todo el mundo me mira irritado, incluso Nola.

—Por Bianca. —Bebo un sorbo de vino deseando poder desaparecer.

Bernie dobla sus manos sobre la mesa, habiéndose evaporado todo rastro de su personalidad afable y despreocupada.

—*Nola.*

—Por todos los cielos. —La señora Kent exhala dentro de su copa de vino, empañando los lados.

—*Bernie.* —Nola termina el resto de su copa y la apoya ligeramente más fuerte de lo necesario.

—¿Por qué estás hablando de nuestra familia con desconocidos? —Bernie golpetea su dedo meñique contra su plato, y por algún motivo el sonido hace que quiera gritar.

—Katherine no es una desconocida —insiste. Me echa una mirada desesperada, pero no hay absolutamente nada que yo pueda hacer por salvar la situación.

—Ya lo he notado —dice la señora Kent con ironía.

—No me contó nada —intento responder tímidamente. Y yo que creía que mis amigas eran reservadas. ¿Quién le prohíbe a sus hijas hablar de sí mismas fuera de la familia?—. Vi una fotografía de Bianca con un tipo y le pregunté quién era. Nola dijo que estaban por casarse. —Ese es el momento cuando realmente comienzo a regañarme a mí misma. Porque la clave de una buena mentira es que sea imprecisa.

—¿Y qué fotografía era? —pregunta la señora Kent con frialdad.

—Katherine, por favor, retírate —dice Bernie con una voz peligrosamente calma.

—No tienes que irte —replica Nola, levantando el volumen y el tono de su voz.

—Esta es mi casa —brama Bernie.

Nola se pone de pie, golpeando los puños sobre la mesa.

—No lo es. No debería serlo. Mentiste para obtener la casa. Eres un hipócrita.

Hay un largo momento de silencio, y luego Bernie se vuelve hacia mí con calma.

—Katherine, será un placer que vuelvas, pero temo que esta semana no podrá ser. Si empacas tus cosas, pagaré tu boleto con mucho gusto y te llevaré a la estación de tren de inmediato.

Huyo escaleras arriba mientras Nola les grita a sus padres y ellos le responden a los gritos. Hay todo tipo de acusaciones desagradables que van y vienen, mayormente con el rótulo «mi» y «mío». «Mi invitada» y «mi casa». «Mi hermana» y «mi amiga». Y de la señora Kent, «prometiste» y «última oportunidad», aunque no sé si están dirigidas a Nola o a su padre.

Espero afuera en el frío cortante hasta que Bernie viene a llevarme a la estación de tren. Nola no sale a despedirse, aunque veo que se enciende la luz de su habitación en el piso superior y la observo arrojarse sobre la cama. Me pregunto qué pasa con el prometido de Bianca, y si los padres de Nola son tan cabrones como sus primos. Su madre no parecía en absoluto contenta cuando nos sorprendió. Tal vez ese fuera el acuerdo también con Bianca. Nola jamás llegó a decir que el prometido era un tipo, pero yo sí, en la mesa de comedor. Ahora que los conozco más, no sé si tengo tantas ganas de caerle bien a la familia de Nola.

Me siento en silencio en el asiento trasero mientras Bernie me conduce a la estación.

Carraspea.

—Siento mucho lo que pasó —se disculpa con torpeza—. Realmente nos alegraría recibirte en otro momento. —Sí, claro, estaré en el siguiente tren—. Es un tema complicado. Mi coach existencial insiste en que me ocupe de los conflictos familiares rápida y directamente, y en verdad no creo que podamos hacerlo cuando hay invitados presentes.

Me pregunto por el coach existencial (otra manera de llamar al psicólogo, tal vez), pero también me pregunto cuánto se puede avanzar cuando solo ves a tu hija un par de veces por año.

—Claro —digo.

Cuando llegamos a la estación, camina alrededor del auto y me abre la puerta.

—Gracias por ser comprensiva —dice—. Y por ser amiga de Nola. Y por no mencionar este lamentable incidente a cualquiera de las demás chicas del colegio —añade con una mirada elocuente. Luego presiona con fuerza un sobre en mi mano—. Felices vacaciones, Katherine. Cómprate un boleto para ir a visitar a tu familia. —Estoy demasiado anonadada para reaccionar en tanto me abraza y luego desaparece dentro de su auto, saludando con la mano mientras se aleja. Me quedo sentada en la banca esperando el siguiente tren, una figura solitaria en una estación vacía, y miro el sobre. Está repleto de billetes de cincuenta dólares.

Mi primer impulso es llamar a Brie, pero aunque no hubiera jurado no hacerlo, creo que no respondería. Así que sigo el consejo de Bernie. Voy a casa. Es bien pasada la medianoche cuando llego, y tomo un taxi a la casa oscura.

Es la última sobre una calle sin salida con arbustos raquíticos, árboles sin hojas y jardines llenos de bicicletas herrumbradas, piscinas infantiles congeladas y autos averiados en estado permanente de arreglo. La nuestra es la más pequeña, una casa de dos dormitorios, con una combinación de cocina y lavandería, una sala que apenas tiene lugar para nuestra vieja TV y un sofá maltrecho y un desván que mi padre convirtió en mi habitación cuando tenía diez años.

La última vez que hablé con mis padres, discutimos, y ni siquiera estoy segura de que ahora se encuentren aquí. No hemos pasado Acción de Gracias en casa desde antes de que muriera Todd. No me molesto en golpear la puerta; entro sin llamar, subo las escaleras con sigilo y luego busco evidencia de que estén aquí. El bolso de mamá está sobre la mesa de la cocina. El tarjetero de papá, sobre la mesada. Caminando en puntillas por la cocina, quedo agradablemente sorprendida por lo bien que luce todo. El recinto está ordenado, no hay platos o cuentas apiladas. Echo un vistazo al refrigerador, y de hecho se me llenan los ojos de lágrimas al ver indicios de una cena de Acción de Gracias a medio preparar. Hay patatas peladas dentro de un enorme bol cubierto con papel film, envases de sidra y ponche de huevo, naranjas y arándanos, incluso un pavo pequeño y medio congelado. Parpadeo, y las lágrimas descienden por mis mejillas. Antes de efectivamente llegar, no lo hubiera imaginado ni en un millón de años, pero estoy contenta de haber venido a casa. Aunque me arrepienta mañana, aunque mamá sea una perra histérica y papá no deje de hablar de volver a poner en marcha el equipo de fútbol, solo por el asombroso espectáculo de ver que están preparando comida para la cena de Acción de Gracias, agradezco infinitamente haber sido expulsada de Tranquilidad y enviada a casa en desgracia. Aleluya.

24

Lo primero que hace mamá cuando me ve por la mañana es gritar como si hubiera visto un fantasma. Luego me abraza y llora. Papá me abraza y luego me pregunta por el fútbol. Dice que luzco igual a Mara Kacoyanis. Me doy cuenta de que ambos están sumamente contentos de verme, y ninguno pregunta por Brie.

Asumo sin preguntar la tarea de cortar patatas en cubos. En mi casa no se prepara puré para el día de Acción de Gracias, sino ensalada de patatas. Es una vieja tradición de la familia Donovan. Papá corta los arándanos, y mamá intenta hervir el pavo con el propósito de terminar de descongelarlo.

Al ver que la observo, me dispara una mirada defensiva.

—No tiene que estar comestible hasta mañana, Katie.

—¿Es la primera vez que intentas cocinar uno? —pregunto mientras lo revuelve con dificultad en una olla enorme.

—Desde que murió la abuela —responde, evitando precisar la fecha. Papá no levanta la mirada de su tabla de picar, pero carraspea ruidosamente como para advertirme que me mantenga alejada de este tipo de preguntas. Parece haber subido de peso desde el verano, y mamá tiene las mejillas más sonrosadas. Su cabello color castaño, veteado con mechones plateados, está recogido en un moño suelto en la nuca, y lleva un vestido de denim que tiene desde que nací. Estoy convencida de que es la prenda más suave del mundo, aunque a lo largo de los últimos diecisiete años le he rogado cientos de veces que lo queme.

Me pregunto qué han estado haciendo. Cuando me llaman solo hablamos de mí, e incluso entonces solo son preguntas acerca del colegio y el fútbol. Cada tanto, en qué anda Brie, o cómo está Spencer. Caigo en la cuenta de que ni siquiera saben que rompimos.

—¿Qué prepararon los últimos años para el día de Acción de Gracias? —pregunto, y papá vuelve a carraspear, esta vez con una mirada de advertencia.

Mamá tan solo voltea el dial de la estufa de gas, y la llama brota por debajo.

—Comida china —dice—. Cocinar da tanto trabajo…

—¿Y este año qué celebran?

—Pues… —comienza a decir, posando la cuchara de madera sobre la mesada—. Este año tenemos algo que celebrar.

Papá deja de cortar.

—Karen, tal vez no sea el momento.

Mamá se sienta a mi lado ante la mesa y me toma la mano en la suya.

—Katie, tenemos que hablar contigo acerca de algo.

—Estás embarazada —se me escapa. No, no tiene sentido. Son demasiado viejos. La tía Tracy está embarazada.

—Pues, sí, lo estoy —admite mamá. Sus ojos brillan, y sus mejillas están enrojecidas—. Pero es demasiado pronto, y a mi edad hay muchas cosas que pueden salir mal, así que no le contamos a nadie, ni siquiera a la tía Tracy. Tampoco íbamos a contarte hasta Navidad, pero… bueno, estás aquí.

La observo. ¿Será un bebé sustituto? Luego caigo en la cuenta de que hay ciertas reacciones esperables en este tipo de situaciones y la abrazo con fuerza.

—¡Qué noticia increíble! —digo.

—No tienes que simular que no estás shockeada —suelta papá, y juro que es la primera sonrisa que ilumina su rostro desde que murió Todd—. Sabemos que crees que somos un par de viejos.

—Yo no diría viejos —protesto. Bueno, al menos, no directamente a la cara.

—La casa está vacía sin ti, Katie. Simplemente, sentíamos que estábamos preparados. —Mamá me aprieta el hombro, y me obligo a sonreír. Consigo que la sonrisa se me congele en el rostro formando un rictus idiota hasta terminar de cortar el resto de las patatas. Luego camino lo más naturalmente que puedo hacia las escaleras y subo a mi desván antes de derrumbarme sobre mi colchón y sollozar en mi almohada. Me hicieron ir a Bates. Era la solución a todos sus problemas. Aquellas fueron sus palabras exactas. Ese es el motivo por el que la maldita casa está vacía. La muerte de Todd y mi exilio.

Mamá me llama tras un rato para preguntar si me encuentro bien, y apelo a la excusa que suelo emplear en casos de emergencia: calambres. Luego me dirijo en puntillas a la habitación de Todd para buscar un nuevo objeto de consuelo y reemplazar el abrigo que Nola arrojó al mar, algo nuevo para llorar encima, pero para mi estupor, la habitación que había sido preservada como una muestra de museo durante cuatro años está vacía. Ni muebles, ni trofeos, ni pósteres, ni fotografías en las paredes, ni siquiera hay cajas de cartón que contengan sus cosas. El armario está vacío, y han limpiado completamente los muros y los han pintado de un color blanco crema. Cubrieron el parqué con una gruesa alfombra peluda, y las cortinas metálicas han desaparecido, reemplazadas por cortinas traslúcidas color amarillo. Cierro la puerta y regreso abajo.

—¿Qué sucedió con la habitación de Todd?

Papá me dirige otra mirada de advertencia.

—Será la habitación del bebé.

—¿Y sus cosas?

—Tuvimos que deshacernos de ellas —dice mamá con un tono calmo, controlado, como repitiendo algo que le dijeron, algo que tuvieron que decirle una y otra vez hasta que finalmente pudo entenderlo.

—¿Por qué no me lo contaron?

—Porque no era algo que debías decidir tú —dice papá, metiendo el contenido de su tabla de picar dentro de un bol.

—¿Y por qué no? Yo también soy parte de la familia.

—No la parte que toma decisiones —dice, pasándole el bol a mamá y regresando a la sala, donde suena a todo volumen un partido de fútbol.

Mamá sostiene el bol con una expresión de impotencia.

—Brad —lo llama—. Katie, ¿qué hubieras querido que te contáramos? Ya tienes suficientes preocupaciones con tus calificaciones y tu fútbol.

Me río. Casi le cuento ahí mismo los motivos por los que realmente tengo que preocuparme. Pero la reacción simplemente no valdría la pena.

—¿Y si quería conservar algo para recordar a Todd?

Mamá comienza a llorar.

Papá se lanza de nuevo hacia la cocina.

—Por eso no puedes estar aquí, Katie. Porque no sueltas el pasado. ¿Acaso no ha sufrido demasiado tu madre?

—No es culpa suya, Brad.

—¿Qué hice exactamente? —No puedo evitar que me tiemble la voz, pero me planto firme—. Aparte de no salvar a Todd, ¿qué hice para que me echaran de casa?

Mamá tiende la mano hacia mí, pero arranco el brazo para ponerme fuera de su alcance.

—Jamás te echamos de casa.

—Sí, me echaron, y ahora están produciendo una nueva persona para vivir en ella. ¿Qué hice?

—Katie, nadie te echa la culpa. —Mamá me toma la mano, vacilante, y la acaricia—. Bates jamás fue un castigo. Estar aquí era doloroso para todos nosotros. Tú estabas triste. Esos chicos se comportaron de modo horrible contigo. Todo lo que escribieron en tu locker, las cosas que te decían. Las chicas que te seguían y te hacían la vida imposible. Después de que sucedió todo ello, queríamos que te alejaras porque merecías algo mejor. —Su voz se quiebra, y eso me hace comenzar a llorar—. Estamos haciendo un esfuerzo tan grande, Katie. No dejaremos que todo lo que nos sucedió nos quiebre. Estamos buscando comenzar de nuevo. Tienes atrás cuatro años de un colegio de primer nivel, y cuatro años de educación universitaria por delante.

Miro a papá.

—¿Papá?

—Nadie te echa la culpa por nada. —Su voz es un eco perfecto de la de mi madre.

No le creo. No puedo. He estado exigiéndome demasiado duro, demasiado tiempo, más allá de los límites de lo que puedo lograr razonablemente, para compensar la pérdida de Todd y que me puedan perdonar por dejarlo morir.

Pero mamá se niega a ver esto y continúa.

—Tienes tu fútbol, tus amigos, Brie y Spencer. Estamos tan orgullosos de ti. Es solo que no queremos que te alejes de nosotros. —Intenta abrazarme de nuevo, y la dejo—. Te amamos, Katie.

Envuelvo mis brazos alrededor de ella con fuerza. Quisiera que hubiera un modo de rebobinar, de regresar al lugar donde podía elegir si huía o no. Extraño a mi madre. Extraño a toda mi familia. Pero no hay manera de explicarlo todo. Es simplemente demasiado.

—¿Qué harían si me sucediera algo malo? —pregunto.

Me aprieta aún más fuerte.

—Por favor, habla con nosotros. Lo que sea.

—Me expresé mal. Es solo que tengo miedo de decepcionarlos. —Me enderezo y miro a ambos—. Tal vez no esté hecha para ser una estrella de fútbol. Tal vez no obtenga una beca. Tal vez me vaya mal en el colegio y en la vida y en todo. Spencer y yo rompimos. Brie y yo ni siquiera nos hablamos.

Ambos esperan, como si estuviera a punto de revelar algo importante. Podría hacerlo. Podría contarles ahora mismo.

En cambio, solo digo:

—No quiero empeorar las cosas.

Mamá sacude la cabeza.

—No nos excluyas, y no sucederá.

Más fácil decirlo que hacerlo.

Espero hasta el día siguiente para visitar la tumba de Todd. Siempre que la visito sufro unos niveles terribles de ansiedad, porque tengo miedo de que la lápida esté cubierta de grafiti, como lo estuvo mi locker. Pero no lo está. Luce igual que todas las demás lápidas, idéntica al resto salvo por el nombre y la fecha. El día de Acción de Gracias debe ser un día popular para visitar a los muertos, porque el cementerio está repleto de multitudes de familias. Reconozco algunas personas que conocía antiguamente. Espero que ninguna se acuerde de quién soy. Realmente, no conservo ningún vínculo con mi pasado en esta ciudad. No fue una época feliz de mi vida, no después de que murieran Todd y Megan, o incluso después del escándalo que protagonizaron. Aquel fue el punto de inflexión. Después de eso hubo fútbol y algunas fiestas, pero no puedo decir que fueran momentos felices. Solo que me mantuvieron ocupada. Concentrada en el acto de seguir viva.

La tierra está reseca y agrietada, y el césped, amarillento y apelmazado, y cuando me siento cruje bajo mi peso. Recorro con las manos la lápida de Todd, delineando las palabras con las puntas de los dedos. No puedo evitar pensar en el cuerpo de Hunter cuando lo excavamos, en la pila de huesos y mechones de pelo. Hace mucho más tiempo que enterramos a Todd, aunque (y me resulta desagradable pensar en ello) lo llenaron con productos químicos para preservarlo antes de meterlo bajo tierra. A pesar de ello, me animo a pensar que a esta altura ya debe ser una pila de huesos. Estoy literalmente sentada sobre la tierra encima de los huesos de mi hermano. Creo que cuando me muera, insistiré en que me den una sepultura ecológica. En lugar de enterrarte en un ataúd, te meten en un saco biodegradable y marcan tu tumba con un árbol. Me gusta la idea de que mi esencia terrena se absorba dentro de un árbol y se renueve el ciclo de vida año tras año, echando brotes verdes y floreciendo en abundancia, y luego estallando en un fulgor otoñal y volviendo a morir solo para renacer. Es mejor que transcurrir la eternidad como una caja de huesos.

Recuerdo la última promesa tácita que le hice a Megan: encontraría a la persona que había robado el teléfono de Todd y la haría pagar con sangre. Él había prometido ayudarme. Pero la mañana que encontraron muerta a Megan, Todd y yo nos sentamos en el suelo de su habitación, llorando, y no había nada que arreglar. Nada lo solucionaría. Mamá merodeaba a nuestro alrededor, intentando obligarnos a comer, y amenazó que nos llevaría al doctor. Después de atragantarme con un trozo de tostada, vomité. Todd ni siquiera quería mirar la comida ni abandonó su habitación durante varios días. Estaba inconsolable. Nada se arreglaría.

El hecho es que me mintió. Les envió las fotografías a sus cuatro mejores amigos: Connor Dash, Wes Lehman, Isaac Bohr y Trey Eisen. Entre los cuatro, las enviaron a veintisiete estudiantes más, incluida Julie Hale, que se las envió a Megan. Y no terminó allí. Nadie está seguro de quién las posteó en el sitio Califica a mi novia. O quien escribió cientos de comentarios degradantes.

Lo sé porque seis meses después de la muerte de Megan, su hermano, Rob, detuvo su camioneta junto a mi bicicleta camino al colegio y me obligó a subirme. Estaba aterrada de que estuviera a punto de secuestrarme o asesinarme, pero en cambio me pasó en silencio una carpeta de evidencia del caso civil que habían estado preparando contra Todd antes de que Megan muriera. Miró fijo hacia adelante, apretando las manos con fuerza alrededor del volante, mientras yo leía página tras página las pruebas de que todo lo que Todd y yo le habíamos contado a la policía era falso. Luego había páginas y páginas de pequeñas notas, trozos de papel rotos y arrugados con palabras escritas sobre ellos. *Puta. Zorra. Perra.* Nadie escribió jamás sobre el locker de Megan; directamente deslizaron notas anónimas dentro. Jamás lo supe. Al final de la carpeta había una lista de nombres sobre un bloc de notas. Todd. Connor. Wes. Isaac. Trey. Una cadena de personas que destruyeron a Megan. Y a un costado, un nombre rodeado de un círculo, conectado al de Todd con una gruesa línea roja. Katie.

No creo que Todd haya compartido aquellas imágenes para hacerle daño. Fue como si creyera que habiendo roto con ella se trataba ahora de una chica cualquiera y no de su novia. Era morboso y jodido. Creo que pensó que quedarían entre él y su pandilla y que ella jamás se enteraría. Nadie se enteraría. Y no fue sino después de que se reenviaron que realmente cayó en la cuenta de que no iban a quedar entre ellos. Nada queda entre amigos. Si algo de esto se me hubiera ocurrido, con el tiempo, le habría contado a la policía. Todd habría sido arrestado. Y no estaría muerto.

Su lápida no está tan pulida como debería estarlo. Las tumbas siempre deben parecer recién hechas. Nola dijo que hablo de Todd como si no estuviera muerto, y tal vez sea porque me sigue pareciendo tan reciente. Pero no lo es. Cada vez se hunde más en el pasado.

Beso mis dedos y los presiono contra el granito frío. Luego me pongo de pie, y me sacudo el polvo de encima.

Adiós otra vez, Todd.

25

Mamá me pide que me quede el resto del fin de semana, pero le digo que necesito regresar y estudiar para los exámenes que me quedan. Es cierto que necesito estudiar, pero también necesito ponerle fin a esta investigación de una vez por todas. Mientras estoy parada en el andén del tren, suena mi teléfono y lo miro brevemente. Greg Yeun. Respondo con cautela.

—¿Hola?

—Te perdiste un montón de cosas.

—¿Como por ejemplo?

—El día de Acción de Gracias en un calabozo.

Pasa un tren y no alcanzo a oír lo que dice.

—¡Espera! —grito, corriendo por el andén para encontrar un lugar más silencioso—. ¿Estás llamándome desde la cárcel? —Justo en ese exacto momento pasa el tren. Todos los que están de pie sobre el andén me miran con ojos desorbitados. Esbozo una sonrisa sarcástica y saludo con la mano en alto.

—¿Qué? ¿Acaso crees que malgastaría mi única llamada en ti? Es evidente que ya salí. Te llamo para advertirte.

—¿Acerca de qué? Oye, ¿eso quiere decir que estás libre de sospechas?

—Según parece, por el momento, sí. Me retuvieron toda la noche y me hicieron un montón de preguntas. Querían saber acerca de los fragmentos de una botella rota que hallaron junto al lago. Creen que ya encontraron el arma homicida.

Se me hiela la sangre.

—¿Qué tipo de botella?

—Una botella de vino de algún tipo. Están haciendo un análisis de ADN, pero lleva un par de días y probablemente ya esté contaminada.

—Mierda. ¿Por qué te arrestaron a ti?

—También encontraron algo mío en el lago. Una botella con una etiqueta que rastrearon hasta la tarjeta de crédito de mi papá. El problema es que no tiene huellas digitales ni rastros de sangre. Yo ni siquiera bebo. Creo que alguien intentó incriminarme, pero que finalmente la policía me descartó por completo.

—Entonces ¿por qué me estás advirtiendo?

—Porque vi la pizarra de evidencias, y tú estás allí. Solamente con otra persona más. Spencer Morrow.

Aprieto los dientes.

—Eso echa por tierra tu teoría acerca de Brie.

—No sería la primera vez que me equivoco, Kay. Mantente alejada de él. Y consíguete un abogado. Y cuando te pregunten acerca de… —Sus palabras quedan ahogadas con la llegada de mi tren.

Maldición.

En el trayecto en tren de regreso a Bates hago una lista de todo lo que sé hasta ahora.

La ubicación del cuerpo, y el lugar donde lo encontramos.
El tiempo estimado de muerte, el tiempo y el contenido de la
conversación entre Jessica y Greg.
Descripción del cadáver:
Las marcas en las muñecas, la posición del cuerpo.
Vestimenta completa, ojos y boca abiertos.
Brazalete del baile, disfraz.
Relaciones: Greg, Spencer, familia, profesores, voluntarios
desconocidos, miembros de la comunidad.

Suspiro. Si la policía tiene acceso a todas esas personas y aún está enfocándose en Spencer y yo, eso no es bueno.

El blog de la venganza
Personas conectadas: Tai, Tricia, Nola, Cori, Maddy, yo.

Hago una pausa, y luego añado: *Hunter.*

Para cuando cambio al tren que se dirige rumbo al oeste, mi libreta de notas es una maraña de información interconectada. Estoy a punto de quedarme dormida sobre la mano cuando alguien se detiene en el corredor junto a mí y me pone un beso de chocolate de Hershey sobre mi bloc. Levanto la mirada para ver a Brie mirándome nerviosa.

—Hola —digo con desconfianza.

—Todo el mundo te extrañó —comenta.

—¿Eso es todo?

—Y lo siento. Por todo. La situación realmente se nos fue a todas de las manos.

—¿Cómo me encontraste?

—Llamé a tu mamá.

—¿Te dijo que regresaras al colegio, cambiaras de tren y te alejaras de la civilización un par de horas?

—Me dio tu número de tren y la hora de salida. Espero que no te importe. Quería verte. —Hace una pausa—. Me gusta tu cabello. Te pareces a esa profesional de fútbol que todo el mundo odia.

—La odian porque es la mejor.

Esboza una sonrisa leve y se sienta en el asiento a mi lado.

—Lo sé. Realmente, lo siento, Kay. —Se quita el abrigo y el pañuelo color nieve y alisa su vestido de lana suave color gris con cuello blanco—. No debí grabarte… Solo debí haber hablado contigo. Pero tengo derecho a tener dudas. La duda es la piedra angular de la fe.

Intento no sonreír, no porque haya algo gracioso en todo esto, sino porque se trata de una afirmación típica de Brie.

—Qué profunda —digo con tono de admiración burlona.

—Es cierto. La fe ciega carece de sentido. Y no dura. —Le dirijo una mirada penetrante, y desliza un trozo de papel doblado sobre mi bloc—. Sigo confiando en ti. No lo abras todavía.

—Creí que habías «acabado» conmigo.

—Me hiciste daño, Kay —dice bruscamente—. Lo que escribiste en mi puerta fue la gota que colmó el vaso. Has hecho estupideces en el pasado, y he mirado para otro lado porque es lo que hacemos. Tai dice burradas. Tricia. Cori. No me gusta, pero tú me agradas. Así que me aguanto. Pero a lo largo de los últimos años he pasado mucho tiempo fingiendo que me río con ustedes. Y es culpa mía. Fui yo quien lo elegí. Yo te elegí a ti.

—Elegiste a Justine.

—Amo a las dos. Pero estoy con ella. Y tú has cambiado. Dejaste de responder mis llamadas y comenzaste a pasar todo el rato con Nola Kent. Y después de que murió Maddy, lo pensé. Los arañazos de tus brazos. La ventana de tiempo que desapareciste. El asunto con Spencer. Cuando sumas todo ello, Maddy y Hunter... La agente Morgan me contó que te encontró arrojando su cuerpo en el lago. ¿Es cierto?

Abro la boca para negarlo, pero estoy decidida a no mentir más. No a Brie.

—Es sumamente complicado.

—Apuesto a que puedo adivinarlo. —Suspira y apoya la cabeza sobre mi hombro—. Luego te apareces en mi habitación acusándome de obligar a Spencer a engañarte y hablando de un sitio web de la venganza que no existía. En cierto momento te volviste muy confusa.

Lo pienso un instante.

—Antes que nada, el sitio web sí existió. Lo cerraron. En cuanto a que le presentaste a Jessica a Spencer, últimamente o han estado hackeando un montón de celulares o han estado mintiendo acerca de hackear celulares.

—Cualquiera de las dos opciones serían típicas de Spencer.

—Dice su admiradora más grande. —Me enderezo—. Lo siento. Todo lo que ha sucedido el último mes parece estar fuera de lo real.

—Lo que dices no deja de ser cierto. —Brie mira del otro lado del corredor a un tren que pasa a toda velocidad en dirección opuesta, un turbio borrón de rostros y colores tras ventanas escarchadas. Son las primeras horas de la tarde, pero el cielo está tan cubierto de nubes que parece mucho más tarde—. Lamento no haber dicho nada de Maddy y Spencer. Justine me lo contó, y no quería que fuera verdad. Y si lo era, no quería que te enteraras. Solo fue una vez, justo después de que tú y Spencer rompieron, pero sabía lo duro que te golpearía. Luego Tai lo empeoró con ese estúpido asunto de Notorious C. P. C. y creí que lo ibas a descubrir. Evidentemente, ha estado enamorada de él desde siempre.

—Puedes estar segura de que no tenía ni idea.

—No me cabe la menor duda. —Intenta sonreír—. Y tú no dejabas de preguntar por qué me comportaba de manera tan antipática con ella y te mentí. Lo siento. Era dulce. Me sentiría tan horrible si pensara que la odiaba. —Sus ojos se llenan de lágrimas. Me inclino hacia ella y presiono mi rostro contra el suyo.

—Habría sabido exactamente por qué. No te habría echado la culpa. Me tenía a mí para hacer eso. —Le doy un empujoncito con mi hombro, y frota su rostro contra él, suspirando.

—No más. No más muertes. No más mentiras.

Vacilo.

—Hubo *una* cosa más. Greg me contó que tú y Jess solían ser amigas, y que aquello se transformó en un serio enfrentamiento. Algo acerca de que la abandonaste y ella reenvió tus e-mails personales a tus padres o algo así.

Sus labios se retuercen y mira hacia otro lado.

—No hablo de ello por un motivo, Kay —dice en voz baja—. Éramos amigas. No funcionó. No me siento cómoda tirándole mierda ahora.

—Pero ¿es cierto?

Se endereza.

—Sí, es cierto. Y es asunto mío. Y la información extremadamente privada que me robó y les mostró a mis padres antes de que estuviera lista de contarles también era asunto mío. Lamento que haya muerto. Pero no necesito hablar de lo que sucedió entre nosotras. Con nadie. Fue doloroso y es parte del pasado.

Apoyo la mano con la palma hacia arriba sobre el apoyabrazos entre ambas como una ofrenda de paz.

—Está bien. Es cierto. Lo siento.

Cierra su mano encima de la mía.

—Estar alejada de todo el mundo los últimos días ha sido enormemente útil. Comienzo a sentir que por fin todo cobra sentido.

—Antes no parecía importarte.

—¿Cómo podrías saberlo? No respondías mis llamadas. Creo que sé quién es el asesino. Pero antes de decirlo, tú dímelo a mí. ¿Quién crees que mató a Jessica?

—¡Santa Claus! —Una voz aguda chilla desde algún lugar encima de nosotros.

Suelto un grito. Hay un niño pegoteado que cuelga sobre mi cabeza desde el asiento que está detrás. Una mujer enfadada lo levanta y lo aleja.

—¿Les molestaría hablar de temas adultos en voz baja, por favor? —me sisea mirándome.

Bajo la mirada a mi libreta de notas.

—La policía ha reducido el círculo de sospechosos a Spencer y a mí.

—Creo que se equivocan —dice Brie.

—Nunca creí ver el día en que Brie Matthews ofrecería defender a Spencer Morrow pro bono.

—Ya veremos acerca de eso.

Miro el papel con intriga.

—¿Y tú qué tienes?

Despliega el trozo de papel que puso sobre mi libreta de notas y lo miro. Es una lista de evidencia como la que hice yo, pero mucho más cuidadosa, dispuesta en secciones de notas conectadas alrededor de una palabra principal, todas señalando un nombre escrito en letra imprenta mayúscula en negro: NOLA.

El rostro de Brie resplandece bajo las luces de lectura que brillan en el techo.

—Todo es perfectamente lógico.

Entorno los ojos.

—Claro que sí. Porque no te agrada.

—No es una de nosotras.

Me volteo dándole la espalda y dibujo un corazón sobre la ventana empañada mientras pasamos un tramo de edificios abandonados. No sé bien por qué un corazón. Duele escuchar ese tipo de palabras saliendo de la boca de Brie, especialmente cuando acabo de dejar mi pequeña casa de duende y ella regresa tan tranquila de su preciosa mansión. Porque soy yo la que no pertenezco al grupo.

—Solo mira. —Brie señala su papel—. Está todo aquí.

—¿Tienes idea de todo lo que he pasado? Me han llamado en medio de la noche amenazándome físicamente. He intentado llamar a la policía del campus para hacer una denuncia por acoso, pero no quieren ayudarme. Sé que por lo menos has visto mi muro de Facebook. He pasado un verdadero infierno, y Nola ha sido una amiga de verdad.

Los ojos de Brie se llenan de lágrimas, y cuando vuelve a hablar, su voz suena espesa.

—No me puedo cansar de pedirte disculpas por abandonarte.

—Y te dije que estaba bien. Pero no vas a mandar a Nola al muere por matar a Jessica. —Me aparto el cabello del rostro. Comienzo a arrepentirme de haberlo cortado. Es más difícil de quitar del medio.

Brie se quita la cinta del cabello y me la ofrece.

—Tengo un millón de estas.

—Gracias. —Con el rostro despejado me siento un poco más en control, un poco menos confundida—. ¿Y Spencer?

—Es una posibilidad. Pero tengo un presentimiento respecto de Nola.

Inclino la cabeza a un lado.

—Un presentimiento. Entonces vamos directo a la policía, ¿sí?

—Juguemos al abogado —sugiere.

—No tengo ánimo para juegos. —El tren parece estar acelerando con menos prudencia que de costumbre, su estructura se sacude como si estuviera a punto de desarmarse.

—Yo acuso. Tú defiendes.

—Está bien.

Brie me mira pidiéndome permiso, y asiento señalando que presente los cargos.

—Nola Kent es una chica brillante. Tiene la capacidad de memorizar enormes cantidades de información, hackear bases de datos e incriminar a gente inocente de asesinato. También tiene la habilidad de matar, y de hacerse amiga de la persona a la que intenta inculpar de ese asesinato. Cuando Nola llegó por primera vez a Bates Academy, le costó hacer amigas. Un grupo de chicas en particular la trató muy mal. Juró venganza. Y fue paciente. Dos años después mató a Jessica Lane a sangre fría e intentó incriminar a la líder de aquellas chicas, Kay Donovan, por el asesinato. Empleó sus habilidades tecnológicas para crear un sitio web que haría que Kay se volviera contra sus amigas y viceversa, antes de asestar el golpe final: enviarla a prisión por homicidio. Nola Kent mató a Jessica y lo hizo para incriminar a Kay.

Miro fuera de la ventana a través de una pátina de escarcha. Mis ojos se enfocan y desenfocan ante el borrón grisáceo de las casas rodantes que pasamos ocultas tras la neblina, rectángulos pequeños y ordenados firmemente plantados sobre la tierra, tumbas colocadas de lado. Nola me perdonó la noche después de la confrontación con Cori, la noche que nos besamos. Al volver a recordarlo gracias a las palabras de Brie, me siento otra vez como una persona terrible.

—¿La defensa? —me apremia Brie.

La miro exhausta.

—No has sugerido un solo motivo por el que pudo haber matado a Jessica. ¿Por qué a ella? Ante el tribunal, tu teoría se derrumbaría. Porque tienes que probar que Nola mató a Jessica, no que me haya guardado rencor a mí. Y gana la teoría de Nola contra Spencer. ¿Y sabes qué más tienes que admitir? La causa que tienen en mi contra les gana a todas. En este momento, es la mejor causa de todas.

Brie cierra los ojos e inclina la cabeza hacia atrás sobre el asiento.

—Yo sé que lo hizo. Lo sé.

—Saber algo no es tener evidencia de ello —digo.

—Entonces hablemos con Spencer. —Levanta la mirada—. Ambas. Por si acaso.

Giro la cabeza de nuevo para mirar fuera de la ventana. No sé si accederá tras todo lo que ha pasado. Pero a esta altura podría ser la única forma de lograr algún tipo de solución.

—Tengo que ir sola. Solo asegúrate de tener el teléfono encendido.

26

ola me envía mensajes de texto durante el día y le respondo, pero son apenas respuestas lacónicas sin importancia. No respondió a ninguno de mis mensajes el día de Acción de Gracias. Quisiera saber qué pasó con su familia, pero no quiero meterme. Odio que Brie haya plantado esta semilla de duda en mi mente. Es cierto, Nola tenía motivos para odiarme. De hecho, estoy segura de que durante un tiempo me detestó. Y cuando empezamos a pasar tiempo juntas, no era la persona más cálida y simpática del mundo. Pero ha probado ser fiel. O tal vez sea, simplemente, que no quiero creer nada malo sobre ella. Tal vez sea el síndrome Todd. Llamo a Spencer apenas llego a la estación de tren, y de hecho me sorprende al responder.

—¿Aún me odias?

—¿Desde que me preguntaste si maté a Maddy para hacerte daño?

—¿Y tú me llamaste asesina y dijiste que todo lo que toco se arruina?

—Estoy casi seguro de que Charlie Brown dijo eso. En el especial de Navidad. Tengo que haber sido más original. —Lo oigo beber un sorbo de algo.

—¿Estás bebiendo?

—Solo chocolate. Acuérdate de beber tu Ovaltina.

—Guau, tú sí que estás entrando en el espíritu de la Navidad.

—El espíritu *especial* de la Navidad —corrige.

Una ráfaga de viento arrastra un periódico, que me cubre el rostro, y me inclino tras un cubo de basura... Todas las bancas están ocupadas.

—Estoy en la estación de tren.

—Y necesitas que te vaya a buscar.

—Y quería *verte*, o podría haber compartido un taxi de regreso al campus. —Espero.

Lo oigo beber el resto de su chocolate de un trago.

—En cinco minutos.

Nos detenemos en Dunkin' Donuts: cerca de la casa de Spencer no hay cafés atractivos ni un Starbucks, y la verdad es que prefiero el café de vainilla y la dona glaseada que venden. Me recuerda a mi casa, a las pocas cosas buenas de mi casa, a cuando Todd traía sobras del entrenamiento, o al olor de la camioneta de papá. Papá *es* pintor de casas y generalmente salía a trabajar cada mañana antes de que me despertara y regresaba con una docena de tazas vacías de Dunkin' Donuts en el asiento del pasajero. Cuando era chica, papá me daba veinticinco centavos todas las semanas para limpiar su camioneta por dentro y por fuera. Así que Dunkin' es una de las felices asociaciones con mi casa.

Después de hacer mi pedido, intento encontrar una mesa apartada, pero está muy concurrido. Elegimos una al costado del edificio que da a una bulliciosa calle lateral. Es el opuesto del Café Cat. Atestado de gente, demasiado caluroso, con olor a sudor. Canciones de Navidad de los años noventa suenan a todo volumen desde un parlante justo encima de nuestra cabeza. A nuestro alrededor, todo el mundo está enfrascado en su propia vida. Hay parejas riendo (y una peleando), madres riñendo con pequeños que lanzan comida al suelo, y grupos de adolescentes que conversan mientras beben café.

—Así que, dime Katie D, esta vez ¿vamos a hablar de verdad? —Sonríe y advierto cuánto mejor luce que la última vez que lo vi. Como si hubiera dormido mucho tiempo y abandonado definitivamente sus pesadillas. Me pregunto si superó lo que sentía por mí, y aunque hace apenas unos días estaba besando a Nola, me vuelve loca. Automáticamente, me dan ganas de tocarlo. Soy un caso perdido, sin remedio.

Pero no puedo evitar que las palabras me salgan de la boca.

—¿Estás saliendo con alguien?

—Tal vez.

—Oh, también yo. —Intento aparentar despreocupación, pero mi rostro se transforma, como si estuviera a punto de llorar.

—¿Cómo te puede molestar algo así?

—No me molesta.

Bebe un sorbo de café.

—Quizás, parte de nuestro problema fue que nos metimos de lleno en la competencia Brie-Justine versus Kay-Spencer.

—No debí transformarlo en una competencia.

—Cielos, Katie, dale un poco de crédito a Brie. El asunto del pedestal resulta alarmante. —Suspira y extiende la mano del otro lado de la mesa, pero la mía me pesa demasiado como para encontrarme con la suya a mitad de camino, así que apoya el mentón sobre el codo y me mira—. En verdad siempre voy a amarte.

—Como amiga —digo poniendo los ojos en blanco.

—Como lo que eres —replica, serio—. Sin importar lo que cualquiera de los dos haga jamás.

Sé a qué se refiere. Es como sigo amando a Todd, incluso después de lo que hizo. Todd me quitó a Megan. A mi Megan. La campeona de trivia de la secundaria de John Butler, una experta en galletas y campeona de mimos. Teníamos entre ambas siete identidades secretas y podíamos comunicarnos en sindarín, uno de los siete idiomas de J. R. R. Tolkien. Y Todd la destruyó. Pero *aún lo amo*.

Empujo las manos de Spencer a un lado.

—No quiero que lo hagas.

Sus ojos se nublan y me mira, protegiéndose el rostro con la mano.

—¿Por qué sigues llamándome?

Estoy repleta y tengo náuseas, pero me obligo a seguir comiendo solo para tener algo que hacer.

—No quiero que me ames por costumbre. No quiero que quedes atrapado. Te arruinará, Spence. No vale la pena aferrarse a mí.

Me mira con una sonrisa que solía hacer que el corazón me saltara en el pecho. Él era mi custodio de secretos. Marcado como mío. Pero ahora sus ojos brillan húmedos, y solo tengo ganas de revivir el día en que nos conocimos para que cuando se sentó al lado mío hubiera podido decirle «Huye, Spencer. No mires atrás. Huye».

—No me sonrías.

—¿Por qué? —Aprieta los labios.

—Porque es raro. Estás llorando y sonriendo, y resulta raro.

—Estoy feliz y triste. Manéjalo como puedas. ¿Qué es esta, la séptima vez que rompemos?

—No estábamos juntos.

—¿Ahora no podemos ser amigos? ¿Por eso querías verme? ¿Para decirme eso?

—No, cielos. —Maldición. Si hay algo en lo que me destaco es en empeorar una metida de pata que ya resulta monumental—. Quería verte. Todo está hecho un desastre en este momento. Pero insistes en decirme que me amas, y eso me recuerda a por qué no podemos…

—Tienes razón. Es culpa mía. —Se seca las lágrimas con la manga—. No fui capaz de detectar la señal. Katie, no te volveré a amar nunca más. La buena opinión que tenía de ti se perdió para siempre.

—¿También viste *Orgullo y prejuicio*?

—Es larga. Pero me enseñó que está bien casarme con alguien por debajo de mi posición.

—¿Además viste *La muerte llega a Pemberley*?

—¿Cuál?

—Es otro libro. La pandilla se vuelve a reunir y matan a un personaje menor. Es una novela policial.

—¿Está en Netflix?

—Spencer, tenemos que hablar de Jessica.

Se atraganta con su café.

—Creí que habías terminado con el tema del asesinato.

—¿Te das cuenta de lo serio que es esto? En este momento, somos los únicos sospechosos que tiene la policía.

—¿Cómo es posible?

—Yo estuve en la escena del crimen, no tengo coartada, hallaron algo mío en la habitación de Jessica aquella noche y resulta que me porté muy mal con ella hace unos años. —Inclina la cabeza, interesado—. Y puede que la policía crea que se acostó contigo para vengarse de mí.

—Vaya, qué valioso me hace sentir eso.

—Hace que parezca que Jessica y yo teníamos una enemistad abierta o algo parecido.

—Y supuestamente soy un sospechoso por mi funesta maldición sexual. ¿Y Greg?

Tomo una segunda dona y le quito distraídamente un poco de azúcar glass.

—No tiene ningún tipo de vínculo con Maddy.

Bebe un sorbo cauteloso de café.

—Es posible que su muerte no tenga ninguna conexión.

—Greg me contó algo interesante. La policía cree que ellos tienen el arma homicida. Y alguien intentó incriminarlo tomando algo de su casa y poniéndolo en el lago. Pero ahora tienen la verdadera arma y están haciendo un análisis de ADN.

Me mira serenamente.

—Entonces parece que quedaremos fuera de toda sospecha.

—¿Acaso no preguntarás cuál es el arma?

Sostiene mi mirada un momento.

—Claro.

—Una botella de vino rota.

Apreté la botella con tanta fuerza la noche del homicidio. En realidad, no recuerdo haberla soltado desde el momento en que dejé a Tai y al resto y me fui a buscar a Spencer. Me parecía que habíamos estado besándonos durante horas cuando su teléfono sonó la segunda vez, pero no pudo haber sido más que algunos minutos. En ese lapso estábamos metidos en su auto, desvestidos y con la ropa interior puesta, la calefacción encendida al máximo y la música a todo volumen. La sensación de euforia del alcohol estaba disolviéndose en una nebulosa suave y firme de deseo y determinación. Estaba decidida a no pensar en Brie, a no imaginar a Spencer con otra chica, a no recordar la mirada de su rostro cuando me vio con Brie.

Estaba tan decidida.

Y luego su teléfono sonó, y se apartó.

Se lo arranqué, jadeante.

—¿Qué mierda? —Era un número del campus imposible de rastrear. Todas las líneas fijas de Bates son imposibles de rastrear por razones de seguridad.

Él extendió la mano.

—Solo déjame responder.

Me enderecé.

—¿Por qué?

—Porque debía encontrarme con alguien. Sabes que no llegué aquí de casualidad buscándote. Me la sacaré de encima; solo déjame responder el teléfono.

Levanté el vestido de *Gatsby* del suelo, sintiéndome como una idiota.

—¿Mientras sales conmigo?

Sus ojos se tornaron suplicantes.

—No era una cita. Estaba asustada y quería que pasara y la visitara.

—Qué originalidad asombrosa. —El teléfono dejó de sonar.

Spencer se arrojó hacia atrás contra el asiento.

—Nada es nunca lo suficientemente bueno.

Le pegué un puñetazo al costado del auto.

—No se responde el teléfono en el medio de un ligue. Jamás.

El teléfono comenzó a sonar de nuevo. Era el mismo teléfono del campus que no permitía su localización. Respondí.

—¿Spencer? Por favor, apresúrate. Me quedé encerrada fuera de…

—Vete a la mierda. —Colgué.

Spencer tomó su teléfono, se puso su ropa a toda prisa y salió del auto, furioso. Busqué la botella de prosecco y me di cuenta de que debí dejarla fuera cuando nos trasladamos al auto. Pero cuando regresé al sendero a buscarla, no pude encontrarla.

Me incliné contra un árbol, suspirando. El efecto del alcohol había desaparecido por completo, y la noche estaba arruinada.

De ninguna manera les contaría a mis amigas que había vuelto arrastrándome a Spencer para ser humillada después de que comenzaron la noche aclamándome como la heroína del campus. Así que tenía que poner una cara radiante, luminosa, como si todo estuviera genial y reunirme con ellas en el campo de deportes como si nada hubiera pasado. Decidí regresar tomando el camino más largo que pasaba por el pueblo para tranquilizarme, y comencé a alejarme del lago hacia las tiendas en penumbras.

—Katie.

Me volteé hacia Spencer.

—¿Puedo arreglar esto?

—He dicho lo que tenía que decirte.

—No puedo deshacer lo que hice. No puedo hacerla desaparecer.

—Puedo hacerme desaparecer a mí misma.

Mientras me alejaba, oí el sonido de un cristal que se hacía añicos detrás de mí.

Observo atentamente a Spencer del otro lado de la mesa.

—¿A dónde fuiste luego de que te dejé aquella noche?

—A casa. —No interrumpe el contacto visual.

Decido poner todas las cartas sobre la mesa.

—Creo que mi botella fue el arma homicida.

—Eso pasó por mi mente.

—¿Que maté a Jessica?

—Estabas bastante decidida a que me librara de ella.

De pronto, caigo en la cuenta de que todo este tiempo todo lo que he intentado no pensar porque lo hace parecer culpable a él también ha estado atormentándolo a Spencer. Salvo que para él soy yo la que parece la asesina. Fui yo quien no dejó de insistir en que había que librarse de ella.

—Yo aún no sabía quién era, Spencer. Te oí decir el nombre Jess, pero pudo haber sido cualquiera, y jamás había oído hablar de Jessica Lane.

—¿Y la broma?

—Fue anónima —digo desesperada. Se han cambiado los roles con una rapidez alarmante.

—¿Y Maddy? ¿Casualmente estabas allí y la encontraste? ¿Casualmente estabas allí *y encontraste* a ambas?

Siento que las lágrimas me afloran a los ojos.

—Spencer, ¿tú crees que yo hice esto? Creí que me apoyarías.

—No, tú creíste que yo las había matado. —Su mirada se endurece.

—No lo creí. Es solo que no sé qué pensar. Somos tú o yo.

—Solo porque es todo lo que la policía ha podido encontrar no significa que sea todo lo que hay. ¿Estás segura de que Greg está exculpado?

Me pongo a roer el borde de la taza hasta que comienza a deshacerse en mi boca.

—Él dice que lo está.

Spencer pone los ojos en blanco.

—Confío en él. No tiene ninguna conexión con Maddy, ningún acceso fácil al campus. Lo he descartado.

—¿Y cómo accedo yo a ese status?

—¿Qué te parece una partida más de *Yo nunca*?

—Podría organizarse.

Pateo mi maleta en dirección a él.

—Esta noche me quedaré en tu casa. Hay demasiados enemigos en el campus.

—¿Significa que estoy oficialmente exculpado?

—Significa que, considerando la situación, creo que estoy más segura con un homicida potencial que con un campus lleno de ellos.

—Acepto.

27

Sentada en la cama de Spencer con mi pijama puesto, me siento como una fugitiva que regresa a la escena del crimen. No he estado aquí desde la noche en que nos sorprendió a Brie y a mí. Han pasado tantas cosas desde entonces. Este solía ser un lugar tan seguro y familiar. Me recuesto, presiono el rostro en la almohada e inhalo profundo. Huele al producto para el cabello con aroma a manzana que Spencer simula no usar. Extraño ese olor. Luego advierto otro, algo parecido al pachulí. Me pregunto si él y Jessica tuvieron sexo en esta cama, y me incorporo abruptamente. Justo en ese momento se oye un golpe en la puerta.

—¿Sí? —Siempre empleo mi voz súper amable en casa de Spencer. Quiero que su madre me quiera. No sé por qué. Sencillamente, es una mujer adorable, y se nota que ha tenido una vida difícil. Quiero que piense que soy perfecta. Supongo que ya no importa. Espero que su próxima novia le bese el trasero como corresponde.

Resulta bastante decepcionante cuando veo entrar a Spencer.

—¿Tienes todo lo que necesitas?

—En realidad, quería saber si puedes prestarme un juego nuevo de sábanas.

Spencer se sonroja.

—Oh, sí, claro. Por supuesto.

—Gracias.

Desaparece por el corredor y regresa con un juego de sábanas de franela, cuya parte de arriba, de abajo y funda para almohada no combinan entre sí. Hacemos juntos la cama.

—Cómo nos besamos aquí —dice con una sonrisa juvenil.

—Se trata de una afirmación general, ¿no es cierto? Tú y todas las mujeres de Easterly.

Pone los ojos en blanco.

—Sí, todas. —Coloca la almohada en la cabecera y se sienta en el suelo con las piernas cruzadas—. Pero tú fuiste la más bonita.

—Estoy de acuerdo. —Me siento en la cama y levanto las rodillas—. Puedes servir.

Toma una botella de vodka y un envase de cartón de limonada, mezcla mi trago favorito y lo divide en dos porciones iguales, apoyándolas delante de nosotros. Elijo la que está en un vaso de Care Bears, dejándolo con el vaso de Snoopy.

—Antes de comenzar, me gustaría señalar una falta cometida en una partida. La noche que nos conocimos, cuando jugamos, dije «Yo nunca maté a nadie», y tú bebiste.

Pone los ojos en blanco.

—Tú también lo hiciste y tampoco mataste a nadie jamás.

Mis ojos se llenan de lágrimas inesperadamente.

—Te conté mi historia.

—Lo siento. —Se inclina y me abraza—. Bebí en broma. Creí que ambos estábamos divirtiéndonos.

—Esta noche están prohibidas las bromas. Estamos jugando por la verdad.

Entrechoca su vaso con el mío.

—Que gane el peor jugador.

Comienzo yendo al grano.

—Yo nunca maté a Jessica Lane.

Nadie bebe.

—Yo nunca maté a Maddy Farrell —devuelve el golpe.

—Yo nunca me acosté con Jessica Lane.

Bebe.

—Yo nunca me acosté con Brie Matthews.

Lo miro enarcando una ceja.

Spencer parece aliviado. Tengo ganas de darle un puñetazo.

—Yo nunca me acosté con Maddy Farrell.

Bebe un sorbo.

—Ya sabes todo esto.

—Los detectores de mentiras siempre incluyen preguntas de control.

Spencer revuelve su vaso.

—Yo nunca sigo amando a alguien en esta habitación.

Nos miramos. Bebe un sorbo y hundo mi dedo meñique en mi vaso para probarlo.

—Es complicado —digo—. Yo nunca tuve sexo en esta habitación con Jessica.

Apoya el vaso.

—No quieres esos detalles.

—Quiero todos los detalles. Por eso estamos jugando este juego. Fuiste una de las últimas personas que habló con ella. La policía no lo sabe realmente. No hay manera de que lo puedan saber.

—No, no tuve sexo con Jessica en esta habitación. Me toca a mí. Yo nunca supe de un sospechoso que no fuéramos tú, Greg y yo.

Bebo un sorbo.

—No hay sospechosos serios. Greg creyó durante cinco minutos que podría haber sido Brie, porque Jess y Brie no se llevaron bien en primer año.

—Oh, eso me hubiera encantado.

—Y Brie cree que es mi amiga Nola. Algo que es posible, pero no me gusta.

—¿Por qué es posible? ¿Por qué no te gusta?

Suspiro.

—Es posible porque Tai y yo fuimos crueles con Nola cuando entró, así que tiene una especie de motivo para querer incriminarme. El asesino también creó un blog, amenazándome si no cobraba venganza en nombre de Jessica por una broma que todas le gastamos hace un par de años. Pero Nola fue uno de los objetivos, no tiene ninguna conexión con Maddy y también ha sido una gran amiga desde que todo el campus decidió vengarse al mismo tiempo por todas las trastadas que les hice a todas las estudiantes. Las que suman una considerable cantidad. Tengo algunas culpas que debo expiar.

—Aunque no un asesinato.

Lo miro furiosa.

—Solo quería estar seguro.

—Yo nunca dejé tranquilo a una persona amada porque quería que fuera inocente —dice en voz baja.

Bebo el vaso entero y me pongo de pie.

—Aclaraste tu posición.

Me toma la mano.

—Katie, estoy hablando en serio. No es solo por Todd. ¿Por qué no viniste antes a verme si realmente creías que podía haber matado a Jess? Mencionaste a Maddy, pero hiciste lo imposible por evitar hablar de Jessica, y creo que es porque realmente creíste que yo lo había hecho, que era tu culpa por decirme que me deshiciera de ella y por desaparecer en medio de la noche. Todd, luego yo, ahora Nola. ¿Hay alguna posibilidad de que Brie tenga razón? ¿Por más que odie tener que admitirlo?

Me vuelvo a sentar y apoyo el mentón sobre las manos. El vodka fue directo a mi cerebro, y siento la boca pegoteada por la limonada.

—Brie expuso su mejor argumento, y lo único convincente que pudo decir fue que Nola tenía motivos para incriminarme. No que hubiera realmente matado a Jessica o a Maddy.

Spencer encoge los hombros.

—Tú eres tan inteligente como Brie, y Nola es tu amiga, ¿verdad? ¿Qué crees?

—Creo que no hay pruebas. —Hago una pausa—. Me invitó a su casa y se comportó algo extraña con su familia. Miente un montón. Discute con sus padres. Pero también lo hace la mayoría de las personas que conozco. He conocido asesinos. Nadie más lo entiende. No hay señales obvias. No siempre es un cierto tipo de persona. No es alguien más o menos amado. Es solo un acto que alguien decide hacer. O un accidente. Cualquier podría ser un asesino en determinadas circunstancias. Eso es lo que nadie más entiende.

Spencer me sirve otro trago, esta vez casi todo limonada.

—Entonces ¿quién fue?

—En algún lugar hay un detalle que hará que algo encaje. —Golpeo ligeramente con los dedos el costado del vaso y luego me detengo abruptamente. El sonido envía un escalofrío por mi espalda—. ¿Qué pasó con mi botella aquella noche?

Spencer bebe un trago pensativo.

—Lo desconozco, igual que tú. Me fui justo después de ti.

—¿Y no viste nada?

—¿Cómo podría haberlo hecho?

—Oí un cristal que se hacía añicos mientras me alejaba. ¿Y si era...?

—¿Y si lo fue? —Levanta la mirada hacia las estrellas del cielorraso. Apago la luz para que las veamos brillar—. Si piensas así te volverás loca. No había ningún motivo para hacer otra cosa que lo que hicimos.

—Jessica te llamó porque creyó que alguien estaba siguiéndola.

—Es cierto.

—¿Habrá sido Greg? ¿Por la pelea que tuvieron?

—Es posible. —Se endereza—. No, dijo *ella* en un momento. Algo así como «*ella* sigue por ahí» o «*ella* sigue allá». Definitivamente, era una mujer.

Doy un puñetazo a un cojín.

—Oh, cielos, Spencer, ¿por qué no me lo contaste antes?

—Porque te pusiste como loca cuando respondiste el teléfono y oíste su voz.

—Aquello fue antes de que sospecharan que la maté. —Mi mente corre a toda velocidad—. *Ella*. Dime todo el resto que te dijo.

Empuja hacia atrás el cabello de la frente.

—No recuerdo cada palabra. Estoy seguro de que la policía escribió mi declaración. «Bla-bla, ¿puedes venir? Bla-bla, tengo miedo. Bla-bla, vosotros sois de esta guisa. Bla-bla, *apresúrate*».

—¿Vosotros sois qué?

—De esta guisa.

Frunzo el ceño y sacudo la cabeza, sin comprender.

—Había un poco de español antiguo entreverado. Tenía mi teléfono en altavoz en el auto; era difícil de entender.

—¿Jessica te habló en español antiguo? ¿Como el del *Beowulf*?

—No, como el de Shakespeare.

—Eso no... olvídalo. —Pero un sentimiento de desazón comienza a instalarse en mi estómago.

Spencer mordisquea su labio, nervioso.

—Fue lo último que escuché. Lo raro es que de pronto sonó tan calma. ¿Y si no era Jess la que hablaba?

Un escalofrío me recorre la espalda.

—«¿Pues qué sueños sobrevendrán en aquel sueño de muerte?».

Me señala con el dedo.

—Eso es.

Cierro los ojos y apoyo mi frente sobre su pecho.

—Mierda.

28

M e marcho a la mañana siguiente antes de que despierte Spencer y tomo un taxi al campus. Al estacionar delante de las residencias, el sol recién comienza a levantarse sobre los imponentes pinos, derramando una luz dorada sobre la superficie del lago. Aún no ha helado, pero no falta mucho.

Brie es madrugadora, y al golpear su puerta huelo el aroma a café fuerte y oigo los compases de Schubert. Parece agradablemente sorprendida cuando me ve, y luego un poco confundida al advertir mi maleta.

—¿Noche larga?

—Me quedé con Spence.

Abre la puerta, entro y me siento en su cama como si el último mes jamás hubiera sucedido. Brie desliza el señalador dentro de su ejemplar de *Otelo* y se inclina hacia atrás, en el borde de su escritorio.

—Me viene bien un descanso del estudio.

—¿Hace cuánto estás despierta?

—Demasiado tiempo.

Por primera vez, advierto que en el transcurso de las últimas semanas, Brie ha comenzado a lucir como yo. Bajó de peso, tiene ojeras y su sonrisa apenas se insinúa. Siento una punzada de culpa por ignorar sus llamadas. Me ofrece una caja de pasteles de la buena pastelería, y tomo uno. Hojuelas mantecosas y un centro fundido de chocolate.

—Así que tú y Spencer… —Antes de que pueda protestar, sirve la mitad de su café en una segunda taza y me la entrega.

—Solo amigos. No quiero quitarte tu café.

—Insisto en que lo bebas. ¿Estuviste pensando un poco más en la conversación de ayer?

Bebo un sorbo del aromático café tostado francés.

—Bastante.

—¿Y? —Brie me arroja un sobre de azúcar y lo atrapo sin dejar de mirarla.

Observo su rostro plácido.

—¿Qué sucedería si te dijera que yo maté a Jessica?

No vacila.

—Contrataríamos a mis padres.

—¿Alguna vez pensaste que realmente lo había hecho?

—Ni por un segundo.

—Me interrogaste con un micrófono oculto —le recuerdo—. Ayer dijiste que la duda era la piedra angular de la fe.

—Lo es. —No luce tan confiada como en aquel momento.

—No sé cómo llegamos hasta aquí.

Bebe un largo sorbo de café.

—Tengo algunas ideas.

—Tú me lastimaste. Yo te lastimé. Tú jamás abandonarás a Justine.

—La amo. —Me mira casi con culpa—. Siempre estuvo ahí cuando la necesité.

Ahora comprendo que nos abandonamos mutuamente. Fue un camino de doble vía.

—Entonces, antes de que destruya mi amistad con la única persona que estuvo ahí cuando *yo* la necesité el último mes, dime por qué nos pediste a todas que nos separáramos la noche que asesinaron a Jessica.

—No me obligues a hacerlo —susurra.

—Si quieres que me vuelva contra Nola, dame una muestra de buena fe.

Las mejillas de Brie se encienden, y se muerde la manga.

—No puedes contarlo jamás.

—No lo haré.

—Estuve con Lee Madera. Pregúntale a ella.

—Así que en realidad no es Justine. Soy yo.

—Nunca nos llegó el momento oportuno —dice con voz ronca—. Primero, contaste esa broma homofóbica sobre Elizabeth Stone cuando estaba a punto de invitarte a salir. Luego gastaste esa broma de Querido San Valentín justo cuando creí que quizás no eras como las otras. Y luego la fiesta del elenco, que creí que supuestamente era una cita cuando te arrojaste encima de Spencer. Me rompiste el corazón tantas veces. Cuando finalmente me besaste y luego arrancaste la mano y regresaste con Spencer… dije basta. Incluso después de eso, en el Baile del Esqueleto, cuando Justine y yo tuvimos una discusión terrible, fui a buscarte y andabas de arrumacos con ese muchacho de tercer año. Simplemente, nunca funcionó.

De pronto, las cosas adquieren otra perspectiva. No es que Brie haya secuestrado mi corazón todo este tiempo. He tenido una oportunidad tras otra de hacer las cosas bien, y jamás lo hice.

—Lo siento, Brie. No me di cuenta.

Levanta la mirada tímidamente para encontrarse con la mía.

—No quiero volver a perderte.

—No estoy perdida. Maddy y Jessica están muertas; jamás podrán regresar. Cori está blindada por el nepotismo, y Tai y Tricia se las arreglarán para lidiar con la escuela pública. Tú y yo nos recuperaremos. O no. Depende de ti.

—Te extraño.

Sonrío, pero siento los labios temblorosos.

—Yo también. Eres lo único bueno que tengo.

—Tú eres mi muy mal hábito. —Sonríe y roza el dorso de su mano sobre sus pestañas húmedas—. Cuéntale a la policía sobre Nola. —Coloca el papel en el que esboza su teoría de la culpabilidad de Nola sobre mi regazo.

Abro una hendija de la ventana e inhalo un soplo de aire gélido.

—No importa lo que les diga. No hay pruebas contra Nola.

Eso significa que tengo tiempo hasta que completen la prueba de ADN antes de que me arresten.

Veinticuatro horas o menos.

Nola regresa aquella tarde. Me reúno con ella en la estación de tren, y me pone al día acerca del resto de sus vacaciones de Acción de Gracias. Sus padres se volvieron locos y le rogaron a Bianca que regresara a casa, lo que finalmente accedió a hacer, y luego, por supuesto, una vez que llegaron el resto de los invitados, todos se comportaron como si nada hubiera pasado. El resto fue intrascendente: Bordeaux, golf sobre el acantilado, vodka de arándanos.

Nos detenemos en el pueblo para comprar un poco de comida, pero quiere regresar a la residencia a comerla. Esto me conviene porque me encantaría tener la oportunidad de echar un último vistazo a sus diarios antes de acusar a nadie. La suerte está de mi lado; apenas cruzamos la puerta, apoya la comida y se dirige fuera a usar el baño. Me precipito hacia los diarios y comienzo a hojearlos atropelladamente.

Son más que nada páginas y páginas de relatos tediosos de rutinas diarias en aquella caligrafía experta. Hay algunas copias de poesía y de sonetos y discursos de Shakespeare. Veo uno o dos famosos que reconozco, pero la mayoría son abstrusos, al menos para mí. Finalmente encuentro uno que tiene fecha de este año, y mi corazón se detiene cuando leo la primera línea en aquella letra primorosa y elaborada.

Gallina despellejada estilo tai

Cierro el diario de golpe. Mi mente corre a toda velocidad. Podría regresar en cualquier momento. Me lanzo del otro lado de la habitación y meto de prisa el diario a la espalda, debajo del abrigo. La mayoría de estas páginas, casi todas, son copias de textos que otras personas han escrito. No vi la fecha exacta de esta entrada, solo el año. Puede que Nola haya usado el blog de la venganza como material de base para practicar su caligrafía. De todos modos, ¿no es muy raro? Emily Dickinson, Shakespeare… son una cosa. Pero ¿esto?

Nola abre la puerta y entra flotando en la habitación. Parece una muñeca antigua. Lleva un vestido de pana negra con cuello de encaje, pantis blancas y zapatos de correa de talón bajo. Su cabello está sujeto con una cinta negra de raso, y el delineador negro y rímel oscuro agrandan sus ojos aún más que lo habitual. Ha vuelto a ser la Nola colegiala.

Me quedo junto a la cama, el diario metido en el lado de atrás de mis jeans, oculto bajo mi abrigo. Una parte de mí quiere tomarlo y salir corriendo, pero no me atrevo a hacerlo. Después de todo lo que hemos pasado juntas, si Nola realmente hizo esto, necesito que ella misma me lo diga. A la cara. Basta de conjeturas y de atar cabos. Necesito que lo confiese o que lo niegue.

—¿Quieres escuchar algo raro?

—Por supuesto. —Apoya la bandeja y vierte un chorrito de aliño color ámbar sobre su ensalada. Luego levanta la mirada y me mira con ojos brillantes—. Con lujo de detalles.

—En el tren de regreso a casa, me encontré con Brie.

Su expresión se vuelve sombría, pero no dice nada. En cambio, toma un bocado decoroso de fresa y revuelve su té con una cuchara de plástico. Luego sacude la mano como concediéndome permiso para seguir.

—De hecho, se deshizo en disculpas por cómo se salió todo de las manos.

—Ya lo creo.

—Parecía decirlo en serio.

—¡Ja! —resopla Nola.

Me desplomo sobre la cama, balanceando las rodillas nerviosamente. No quiero cambiar de tema.

—Tenía su propia teoría sobre toda la cuestión de Jessica.

—¿Me atrevo a presumir que pudiste grabarla?

—Por supuesto que no. Me tendió una emboscada.

—¿Estás bien? ¿Por qué no me llamaste? —Nola parece realmente preocupada, lo cual hace que todo esto sea incluso más doloroso.

—Terminó bien. Por si acaso, fui a casa de Spencer. —Me mira con incertidumbre—. Está eliminado. Tiene múltiples coartadas. Y durmió sobre el sillón. Cree que fue Greg.

Se relaja.

—Debí venir antes. Mis padres están tan obsesionados con mi hermana que no se habrían enterado si me iba. —Sacude la cabeza y agita la mano en alto.

—Estoy segura de que eso no es cierto.

—Nunca es suficiente. Quieren que yo *sea* Bianca —dice con una sonrisa triste.

Me estoy distrayendo. La miro, decidida.

—Brie tenía una teoría realmente interesante.

Suspira sonoramente.

—¿Puedes dejar de hablar de Brie?

—¿Disculpa?

—Ya sé. Estás enamorada de ella. Siempre lo has estado. Siempre lo estarás. —Adopta un tono mordaz—. Si dice que el cielo es amarillo, tú dices «Vaya, no me había dado cuenta, Brie. Qué inteligente eres».

Quedo boquiabierta.

—No tienes idea de lo que ocurre en mi corazón, Nola. Y eso no me sorprende porque no estoy segura de que tengas uno. Actúas como si fueras tan amiga *mía*, ¿y luego me dices esas cosas en la cara?

Se ríe, completamente imperturbable.

—Kay, aguántate. Solo hablo tu idioma. Así les hablas a todos.

—Ya no. Odio haber sido una mierda contigo.

—¿Y…?

—Y te pedí disculpas.

—¿Lo hiciste? —Arroja el bol vacío de ensalada en el cubo de la basura y comienza a comer una enorme galleta con chispas de chocolate. Me la ofrece, pero no parece una ofrenda de paz. Más como un ritual que marca el comienzo de una competencia brutal, una moneda que se arroja en el aire al comienzo de un juego.

Sacudo la cabeza, nerviosa.

—Creí que te había pedido disculpas. Estoy perdiendo el hilo. Solo necesito desahogarme y acabar de una buena vez con esto.

—Arranca la tirita, Donovan —dice con una mueca de suficiencia.

—Brie está bastante convencida, no, casi segura —me corrijo a mí misma—. Cree que hay una sola persona que encaja con todas las piezas del rompecabezas. El gato, el sitio web, la investigación. Todo salvo Jessica.

—Ahí va tu brillante teoría.

—Lo sé. Hemos estado pensando en Jessica como la pieza central. Pero cuando estás resolviendo un rompecabezas, no puedes obsesionarte con una pieza faltante. Conectas las piezas que tienes, y luego a veces se aprecia el panorama completo.

—¿Y qué pasa si el resto de las piezas no se conectan?

—El asunto es que encajan bastante bien.

—Está bien. Adelante.

Con una inhalación profunda y temblorosa, anudo los dedos de la mano. El corazón me revolotea y siento que me falta el aire. Así deben sentirse los médicos o agentes policiales que comunican a los miembros de la familia que su ser querido acaba de morir. Es una sensación irreal, parecida a un sueño, y tengo miedo de lo que vendrá después.

—Brie cree que la única persona que podría haber realizado todo eso eres tú.

Me mira, perfectamente quieta, con un bocado a medio comer, como un ciervo que acaba de oír algo fuera de lugar y no sabe si aún está en peligro. Traga, bebe un sorbo delicado de su té y cruza las manos sobre el escritorio.

—¿Y tú qué piensas? —pregunta.

No estoy segura hasta que las palabras se escapan de mis labios.

—Sé que tiene razón.

29

Nola no mueve un músculo.

—Continúa.

El corazón me late tan rápido que parece vibrarme en el pecho.

—¿A qué te refieres?

—Cuéntame. Cuéntame cómo lo hice. Porque desde donde lo veo yo, parece que la que irá a prisión eres tú.

Respiro profunda y temblorosamente.

—¿Acaso no lo vas a negar?

—Estoy pidiéndote que me digas lo que piensas. Y cómo lo vas a probar.

Deslizo la mano en mi bolsillo y le paso el dispositivo de grabación que me compró. Por supuesto que no está encendido. No me hablaría si lo estuviera. Lo mira con curiosidad.

—Creo que eres una mentirosa. Creo que tus padres pueden dar fe de ello. Creo que eres capaz de ser cruel y de matar. Lo probaste cuando sustrajiste a Hunter de casa de la doctora Klein y lo mataste y luego enterraste su cuerpo en el bosque. No lo encontraste secuestrado y torturado por otra persona. Tú misma lo torturaste. Solo para saber cómo se sentía torturar a un gato.

—Estás equivocada —dice, sonando aburrida—. Yo no torturé a Hunter.

—Pero sí lo tomaste. Y lo mataste.

—¿Y?

—Algunas personas dirían que se trata de un comportamiento bastante retorcido. Algunos incluso dirían que matar animales es el paso previo a matar seres humanos.

—Pues que conste, Kay, que yo no planeé matar al maldito gato. El plan original era encontrarlo heroicamente y devolvérselo a la doctora Klein. Pero se comportó como un verdadero cretino —habla con tanta naturalidad que se me paran los pelos de la nuca—. Qué criatura tan violenta.

—Así que por un lado está ese asunto —digo—. Luego estoy yo.

—Todo se trata de ti —dice con suavidad. Esboza una sonrisa de marioneta, como si unos hilos levantaran y de inmediato soltaran las comisuras de sus labios.

—Creo que esta vez sí. El blog de la venganza. Me chantajeaste para poner al colegio entero en mi contra. Comprometiendo las posibilidades de Tai de ser profesional. Obligando a Tricia a marcharse. Humillando a Cori, si es posible. Casi arruinando al equipo de fútbol. Y ni siquiera sé si tenías información sobre mí.

—Los informes policiales son fáciles de hackear. Incluso los informes sellados de menores.

—No para la mayoría de la gente.

Nola asiente gentilmente.

—Pero tú eres mejor que mucha gente.

—Y tú eres peor. No muchas personas se jactarían de mentir para proteger a su perverso hermano muerto. Pero tú no tuviste problema y les hiciste todas esas cosas malvadas a tus amigas para guardar ese secreto, y luego me lo contaste de todos modos. ¿En qué pensabas?

Sacudo la cabeza.

—Confié en ti.

Sonríe con picardía y se muerde el labio.

—¡Ups!

—Me pillaste. El blog de la venganza era un juego mental. Tu juego mental. —Tomo el diario de mi espalda y le muestro la entrada—. Ups.

Encoge los hombros.

—Ese sitio web ya no existe.

—No soy ningún genio informático, pero estoy casi segura de que la policía puede encontrar páginas borradas de Internet.

—Solo con una orden para realizar un registro, y no hay causa probable para emitirla. —Pero sus ojos permanecen clavados en el diario. Lo aprieto con fuerza, como un arma.

—Lo cual nos trae a Maddy. También la mataste, justo antes de venir a mi habitación para desbloquear la pista sobre ella de modo que pudiéramos encontrarla juntas. Sospecho que trituraste una dosis letal de píldoras para dormir y las metiste en su café justo antes de que tomara su baño. Luego la empujaste bajo el agua para acabar la tarea. Pero esta vez (y esto es lo que Brie no entiende pero creo que yo sí) lo hiciste para librarme *a mí* de la culpa.

Su máscara de autosuficiencia se hiela, y advierto su vacilación en el temblor de su labio inferior.

—Fue así, ¿verdad? —Doy un paso hacia ella, pero también hacia la puerta, porque no quiero quedar atrapada en su habitación sin poder escapar. No sé lo que es capaz de hacer aquí dentro, en este momento, sin testigos—. Cambiaste de opinión respecto de incriminarme y quisiste dar marcha atrás. Llegaste a matar a Maddy cuando la viste en una fotografía junto a Spencer porque era la oportunidad perfecta para incriminar a otra persona. Eres una de mis únicas amigas, Nola. Sé que yo también lo soy para ti. No es demasiado tarde para hacer lo correcto.

Me mira, sus ojos vidriosos.

—Por supuesto que es demasiado tarde. Ya no hay nada correcto.

—Entrégate. Nadie más tiene que salir perjudicado. Hay víctimas; no puede hacerse nada respecto de eso. No podemos volver el tiempo atrás.

—¿Lo harías? —interrumpe—. ¿Volverías el tiempo atrás y cambiarías lo que hiciste?

—Por supuesto que me arrepiento de haber sido una mierda contigo

Me mira con ojos húmedos, los labios temblorosos.

—Fuiste peor que una mierda. Me torturaste.

Intento recordar si nos ensañamos con ella en particular. Hubo bromas sobre la necrofilia, la adoración al demonio… No fueron cosas agradables. Pero no recuerdo nada más malintencionado que eso.

Me entrega el cofre de madera de su escritorio y lo abro para encontrar una docena de sobres marcados *Querido San Valentín* junto con un recipiente de vidrio lleno de diminutos pétalos marchitos de orquídea.

Y luego la terrible y descarnada verdad me cae encima con todo su peso.

Nola escribió el blog de la venganza y realizó la conexión entre mis amigas, Jessica y yo. Lo sabía todo sobre el incidente del Querido San Valentín. Pero no fue la mensajera.

Lo miro un instante, muda, y luego abro uno de los sobres. *Sé mía.* Levanto el hueso terso, lo vuelvo a meter dentro y cierro la tapa de nuevo con un golpe sobre el cofre.

—Querido San Valentín —dice en voz queda, con su suave sonsonete.

Levanto la mirada hacia ella.

—Lo siento tanto. Haría cualquier cosa por volver atrás en el tiempo y cambiar las cosas.

Asiente lentamente, como si estuviera bajo el agua.

—Por mucho que te disculpes, jamás podrás borrar cómo me hiciste sentir. Era la primera vez que estaba lejos de mi familia. Estaban destrozados y me enviaron lejos, y luego todas ustedes me trataron como si fuera despreciable. Estaba más sola que la mierda. Pensé que tú lo comprenderías, Kay. Tampoco eras como el resto. Pero te esfuerzas tanto por simular. Y me destrozaste.

—Eso no es justo. No debías conocer mi vida antes de Bates.

—Pues la conocí y creí…

—Te equivocaste. Yo me obligué a encajar en este lugar.

—Te convertiste en una perra. Y me convertiste en lo que soy. Me arruinaste la vida.

—Ni siquiera sabía quién eras —digo sin energía.

—¿Y eso qué importancia tuvo? —Sus ojos se llenan de lágrimas, pero su expresión permanece inalterable—. Me destruiste de todos modos.

—¿Alguna vez hablaste siquiera con Jessica?

—No la conocía —dice.

—¿Y eso qué importancia tuvo? —repito sus palabras en voz queda—. La mataste de todos modos.

—No tenía ninguna intención de matarla. Quería perjudicarte a ti, y yo debía ser la víctima. Fue el objetivo del sitio web.

—*Tu* sitio web.

—Lo tenía todo planeado a la perfección. Habrías podido entrar después de ingresar una cantidad suficiente de claves incorrectas. No me necesitabas en absoluto. Solo tu propia paranoia y tiempo para autodestruirte.

Asiento.

—Y tú necesitabas una víctima.

—Bueno, el plan era incriminarte por el asesinato. No es que me excitara matar a alguien. Y menos, morir. Pero incriminar a otro requiere un cadáver. Elegí la noche de Halloween, me cortaría las venas y me arrojaría al lago. Porque sabía que serías tú la que me encontraría.

—Pero no fue lo que sucedió.

Hace girar una planta de hiedra que cuelga y luego la detiene de repente y la apoya en el suelo. Comienza a bajar todas sus plantas colgantes.

—No, porque tenía que observarte las semanas anteriores al asesinato para asegurarme de que cada acto que realizaras estuviera justificado en mis planes. Y te apartaste de mis planes. Rompiste con Spencer. Se acostó con una chica que jamás había notado. La mayoría de las personas no la conocía. Jessica Lane. Y el hecho es que tenías un motivo para matarla. Ofrecía una oportunidad mucho mejor para conseguir que te incriminaran que si me suicidaba.

—¿Así que decidiste matar a Jessica cuando rompí con Spencer?

—No, quiero decir, lo pensé. Pero matar es… —Hace una mueca de asco—. Puaj.

—Entonces ¿qué sucedió?

—Celebraron el Baile del Esqueleto. Fui, igual que todo el mundo. Estaba decidida a ceñirme a mi plan. Fui al lago y miré el agua. Y comencé a dudar. No merecía morir. Pero no estaba sola. Jessica se encontraba allí, caminando de un lado a otro, enviando mensajes de texto, y no se iba. Finalmente me volví hacia ella y le pregunté si estaba bien, y me dijo que me fuera a la mierda. Le pregunté amablemente si yo podía estar a solas, y repitió lo mismo. Así que ocupó mi lugar. No es que haya gozado matándola, pero te mentiría si dijera que no me sentí agradecida. Nadie quiere morir. Así que yo pude vivir. Jess tenía que morir. Y tú tenías que asumir la culpa. Incluso me dejaste un arma homicida. Fue como una señal. —Sostiene un cactus en la mano, dando suaves golpecitos sobre las espinas con sus dedos delgados.

Me apoyo sobre la puerta en estado de shock. Durante todo este tiempo hemos estado intentando encontrar el nexo entre el asesino y Jessica, y es tan tenue que es casi azaroso.

—Maddy también fue un reajuste. Como dijiste, decidí cambiar de planes.

Maddy fue un reajuste. Me siento mareada.

—Lo hice por ti, Kay —dice con una sonrisa desprovista de humor—. Así que ahora sabes lo que hice. Sabes que intenté dar marcha atrás para limpiar tu nombre. Y dijiste que harías lo que fuera por volver atrás en el tiempo y cambiar las cosas. Llegó el momento de la verdad. ¿Vas a entregarme o me dejarás ir? Porque en este momento, tú eres la única que puede ponerme en prisión. Y después de todo lo que me has hecho, necesitas preguntarte si puedes vivir con eso. —Apoya el cactus y cruza los brazos sobre el pecho.

Miente por mí como lo hiciste por Todd.

Pero la mentira que dije por Todd fue una mentira que provocó muertes. La reacción en cadena que causó arruinó muchas vidas. Y quiero compensar a Nola por lastimarla, pero Jessica y Maddy merecen justicia. No la obtendrán de esta manera. Y no expiaré la culpa por matar a dos personas que no maté.

—Nola, jamás pero jamás voy a perdonarme por lo que te hice. Pero mentir por ti no hará que nada de eso desaparezca. Mataste a *dos* personas inocentes. Y luego me tendiste una trampa para que me acusaran a mí de matarlas.

—Por favor, Kay. —Sus ojos han comenzado a llenarse de lágrimas de nuevo, estanques de un azul intenso rodeados de un borde irregular y oscuro—. Eres la única amiga que tengo.

—Todavía soy tu amiga. Maddy también era mi amiga. Todavía *hay* un modo correcto de hacer las cosas.

Revolea los ojos, y el movimiento desplaza las lágrimas hacia fuera. Rastros plomizos descienden por sus mejillas, compactan sus pestañas.

—Un modo correcto de hacer las cosas —dice en tono burlón. Luego me salta encima con una rapidez pavorosa, tomando un florero de vidrio delgado de su escritorio y golpeándolo contra mi cabeza.

El dolor estalla como un relámpago, y una descarga de adrenalina me recorre por dentro. En un instante, miles de pensamientos cruzan por mi mente. Voy a morir. Debo estar sangrando. Seguramente, tengo el cráneo partido por la mitad. Mi cerebro está roto. Pero no tengo tiempo. Solo tengo dolor, y la opción entre pelear o huir.

El vidrio se astilló en su mano, y los fragmentos caen al suelo. Ríos rojos descienden por sus dedos. Ambas nos lanzamos al mismo tiempo, pero los fragmentos tienen los bordes tan dentados que vuelve a cortarse la mano y maldice. Intento gritar socorro, pero me siento débil, y la voz me sale apagada y temblorosa.

Mientras me estoy poniendo de pie, se voltea y toma del escritorio una de sus herramientas para afilar *lápices*. Deslizando la cuchilla hacia fuera, me enfrenta. Intento abrir la puerta, pero no tengo tiempo, así que me afirmo contra ella y pateo sus costillas.

Sale volando hacia atrás, pero como tengo la espalda contra la puerta, necesito dar un paso en dirección a ella para escapar, y se aferra a mi brazo jalándome hacia ella. Me clava la cuchilla en el estómago, y grito por el impacto, pero afortunadamente no atraviesa el grueso abrigo Burberry de lana.

—Yo maté por ti. Estás en deuda conmigo —grita, su rostro blanco de ira.

Dirijo la mano hacia el escritorio, y mis dedos se cierran alrededor del bote de cerámica con la planta de cactus. Lo golpeo con fuerza contra el costado de su cabeza y se hace añicos. Me suelta y tropieza hasta que cae de rodillas, aferrada a su cráneo. Giro a toda velocidad y abro la puerta de par en par. Me lanzo corriendo por el pasillo y salgo de la residencia.

Cuando llego a la acera, sigo huyendo. Estoy mareada y tengo náuseas, y no dejo de tocarme la cabeza para ver si sale sangre, pero lo único que siento son trozos diminutos de vidrio roto en el cabello. Nada pegajoso. Tengo miedo de volver la mirada, de que por algún motivo esté justo atrás, de que me derribe en el medio del campus y nadie levante un dedo para ayudar por el odio que sienten por mí. No voy a la policía del campus. Voy directo a la policía del pueblo y pido hablar con la agente Morgan. Luego me quito el abrigo, levanto el suéter, me extraigo el micrófono que he estado usando —el que Nola me puso en el bolsillo la mañana después de que murió Maddy— y se lo entrego.

—Aquí está su asesina —le digo.

Me entrega un pañuelo de papel y un vaso de agua sin decir una palabra, pero el rastro de una sonrisa asoma en sus labios.

—Ahora, dígame. ¿Qué encontró en la habitación de Jessica que fuera mío?

Saca una bolsa de plástica sellada de un archivador y la coloca sobre su escritorio.

—Es evidencia —dice—, así que tenemos que conservarla un tiempo.

Los ojos se me llenan de lágrimas mientras aliso el plástico sobre la fotografía perdida que había conservado oculta en el bolsillo interior del abrigo de Todd.

30

ianca fue la víctima original.

Luego de entregar la evidencia y prestar declaración como testigo, me llevaron directo a la sala de emergencia para revisar mi cabeza. Aparentemente, tuve mucha suerte. No hubo piel desgarrada ni señales de contusión. Solo un revoltijo de cristales rotos en mi cabello y una enorme magulladura que dolía.

Al primero que llamé desde el hospital fue a Greg para decirle que todo había acabado. Contuvo el aliento mientras le conté quien mató a Jessica y luego lloró en el teléfono. Sigo olvidando lo mucho que la amaba. Les envié dos mensajes de texto breves a Spencer y a Brie, haciéndoles saber que estaba viva pero fuera de circulación por el momento. Luego llamé a Bernie y a la señora Kent. No sé por qué, pero me sentía culpable. Bernie me había pagado, básicamente, para ser amiga de Nola. Posiblemente, para mantenerla fuera de problemas. Y yo la había entregado a la policía. Cualquiera fuera el motivo, los llamé caminando de regreso al campus y les dije que detuvieron a Nola por homicidio y que en parte era culpa mía.

Me pidieron disculpas. A mí.

Luego me preguntaron qué sabía realmente de Bianca, y por supuesto les dije que nada.

Si hubiera estado allí cuando efectuaron la detención, me habría enterado de que Nola *es* Bianca. Comenzó a llamarse a sí misma Nola cuando vino a Bates. Cambió su vestimenta por completo, su cabello, incluso su acento. Estaba cansada de ser Bianca, supongo. Por cómo lo contaron los Kent, era una especie de secreto terrible.

Pero se parece un poco a la historia de mi vida.

Nola también es una mentirosa patológica. Básicamente, no hay manera de saber si alguna de las cosas que me contó alguna vez es cierta. Los Kent me invitaron a visitarlos de nuevo cuando quiera. Fue raro.

Paso el resto de la tarde ocultándome en mi habitación hasta que veo al último móvil de policía marcharse del campus. Una parte de mí quiere encontrar a Brie y contarle todo lo que sucedió mientras bebemos café y degustamos croissants, y otra parte quiere huir del campus y conducir toda la noche sin rumbo junto a Spencer. Pero no tengo ánimos para enfrentar a ninguno de los dos. Ambos tienen el lujo de volver a llevar una vida normal a partir de ahora. Pero a mí me han arrancado de mi órbita, y siempre estaré corriendo para no quedar atrás.

Nola sí consiguió un último acto de venganza entre el momento en que dejé su habitación y su arresto, y la onda expansiva será muy grande. Le envió la historia de Querido San Valentín a todo el colegio, a la prensa y a la familia de Jessica, afirmando que esta última había sido la víctima. Leí la historia en siete sitios de noticias al cabo de una hora de regresar de la estación de policía. He decidido que no me voy a defender. La historia real la conocemos las amigas que me quedan, Nola, la policía y yo. Los padres de Jessica se enterarán a medida que vaya avanzando el caso. No es importante que la comunidad sepa la verdad. Hice lo que tenía que hacer, como lo hizo el resto de nosotros, y el hecho de que se lo hicimos a alguien que terminó siendo una asesina no opaca que lo hicimos. Además, habrá consecuencias. No estaré entre las primeras seleccionadas.

Mi reputación se fue a la mierda. Mis padres tendrán que lidiar con ello. Jess está muerta, y también Maddy, y eso es resultado indirecto de mi ego y falta de criterio. Llevaré el peso de lo que le hicimos a Nola, de las repercusiones que tuvo en Jessica y en Maddy, el resto de mi vida. Daría lo que fuera por poder pagar mis culpas.

Para cuando termino de leer el último artículo, el campus sigue prácticamente desierto. Decido salir a caminar en el frío crepúsculo. La mayoría de las estudiantes regresará mañana por la noche, aprovechando las vacaciones de Acción de Gracias al máximo. Agradezco cada momento de soledad. El sol acaba de ponerse para cuando llego al lago. Tenues filamentos azul hielo bordean el horizonte, los últimos vestigios de luz. La tierra cruje bajo mi calzado deportivo, aún no helada pero a punto de estarlo. El aliento abandona mi cuerpo, transformado en nubecillas que flotan en el aire. Hago una pausa en el lugar donde encontramos a Jessica y desciendo la mirada al agua. Se podría pensar que habría un indicador, pero no lo hay. Sería antiestético. Solo es agua y más agua. Únicamente me doy cuenta por el espino que destruí intentando rescatar a Brie de terrores desconocidos. Desconocidos en aquel momento. Ahora los conocemos.

Me quito el abrigo y lo meto debajo de los arbustos. Es una noche sin viento, y el lago está plácido como un guijarro pulido. Las estrellas se desparraman sobre la superficie como copos de nieve. Me quito un zapato y un calcetín, y hundo el pie hasta el tobillo. Está tan fría que el dolor me paraliza, me hipnotiza. Me quito el otro zapato de una patada.

Tal vez no haya asesinado a Jessica, pero hice otras cosas. Cosas malas. Tal vez, peores. Y siempre pude empezar de nuevo, como cuando vine a Bates. Es como dijo Tricia: *Todo el mundo tiene secretos*. Y las verdades son realidades que se construyen, no realidades que suceden. Como cuando creé la coartada de Todd cuando las fotografías de Megan se enviaron desde su teléfono.

Y cuando creé la coartada de Rob cuando mataron a Todd.

Hay tantas verdades en una tragedia. Una verdad que es incuestionable es que el partido de fútbol terminó a las diez, y el único motivo por el cual es incuestionable es porque tantas personas están de acuerdo con ello. Una verdad solo es una verdad porque las personas la afirman y siguen afirmándola. Nuestro auto estaba estacionado cerca del colegio, pero le pedí a Todd que me acompañara a mi bicicleta que había dejado en el campo de juego, porque aquel era el plan.

Rob y su amigo Hayden iban a partirle la cara a Todd. Era justo. Después de que Rob me mostró la evidencia en su camioneta, dijo que todos los que estaban en esa lista habían matado a Megan. Yo maté a Megan. Y me di cuenta de que tenía una oportunidad para redimirme. Rob accedió de inmediato. Él y Hayden llevarían máscaras de ski y yo saldría corriendo a pedir ayuda para que no pareciera una emboscada. No habría armas. Nadie se enteraría jamás. Era el plan perfecto.

Por supuesto, Todd me ofreció llevarme con sus amigos, e insistí en que camináramos porque era una noche agradable. Porque aquel era el plan.

La marcha cruzando el estacionamiento desierto y oscuro, lejos del campo donde la gente se reía y celebraba, fue interminable.

Mi hermano me rodeó con el brazo, me alborotó el cabello y me llamó chiquilla, y el estómago se me contrajo lentamente hasta que adquirió el tamaño de una bala. Cuando llegamos al parque, me paré junto a mi bicicleta y esperé. Pero solo un instante.

Porque mientras Todd y yo estábamos parados en la oscuridad, alguien gritó: «¡Muévete, nena!», y unos faros nos iluminaron repentinamente desde el costado del parque. La camioneta de Rob salió disparada desde la oscuridad y se estrelló contra Todd, y mi mundo explotó en infinitos fragmentos microscópicos.

Intenté gritar, intenté buscar a Todd, pero Hayden arrojó la bicicleta dentro de la caja de la camioneta, me tomó con fuerza y enseguida estábamos derrapando sobre la calle. Me sacudí con violencia sobre su regazo, sin poder apartar mi mirada de los intensos haces de los faros que se balanceaban sobre los caminos de tierra, los caminos secundarios, aplastando ramillas, corteza y tal vez huesos.

Rob habló con calma, en voz baja y amenazante.

—Escúchame. Viniste directo a casa de Megan para ayudar a su mamá a preparar galletas. Viniste directo a casa de Megan para ayudar a su mamá a preparar galletas. Viniste directo a casa de Megan para ayudar a su mamá a preparar galletas.

Una verdad solo es una verdad porque las personas la afirman y siguen afirmándola.

Me había ido del partido justo al final y conduje mi bicicleta a casa de Megan para ayudar a su mamá a preparar galletas con chispas de chocolate, las favoritas de Megan. Su hermano Rob y su amigo Hayden estaban allí, comiendo pizza y jugando Dungeons & Dragons. Hacía seis horas que jugaban una batalla que duraba diez horas cuando llegué yo. Media hora después, recibí la llamada que detuvo la rotación de mi mundo por segunda vez. Todd estaba muerto, lo había asesinado un conductor que se dio a la fuga.

Me quito el resto de la ropa y miro hacia abajo, al agua. Cuando me zambullí en el lago el primer año, era Katie, la muchacha que no consiguió impedir el suicidio de su mejor amiga y que luego mató a su propio hermano. Al salir fui Kay, la locomotora de la vida social que consiguió a fuerza de empeño estar a un paso de conseguir todo lo que había deseado jamás: la chica, y luego el chico de mis sueños, más amigas de las que necesitaba, una beca universitaria, la ilusión de una vida perfecta.

Me meto en el agua hasta las rodillas, el frío me rasga la piel hasta dejarla en carne viva. Ahora entro en el agua como una persona básicamente sin nada ni nadie. Brie y Spencer, e incluso Greg creo, estarán allí cuando los necesite. Pero no me conocen. No saben lo que hice. Lo que soy capaz de hacer. Y a pesar de las palabras bonitas de Spencer, no tiene idea de lo que hace falta para amar a una persona que hace cosas malas. Te cambia.

Una nube se desliza sobre la luna, y el agua parece volverse aún más profunda.

¿Quién seré cuando vuelva a emerger esta vez?

En Tranquilidad, era Katherine. Nola me nombró.

Solo me queda medio año más para aguantar en Bates, y si consigo mejorar mis calificaciones y volver al juego, tal vez aún tenga una remota posibilidad de obtener una beca, aunque no será para el tipo de universidad que mis padres imaginaron para mí. Quizás acepte la invitación de los Kent para visitarlos. Por supuesto, jamás podría reemplazar a su hija. Pero su casa estará vacía durante mucho tiempo, y a pesar de lo que dice mi padre, hay un motivo por el que me envió lejos. No sabe que ayudé a Rob, pero sabe que yo sé más de lo que admito. Y jamás me perdonará. No lo culpo.

Maté a su hijo.

Es imposible pasar la página para aquel tipo de situación, incluso si no fue intencional. Se instala dentro de uno, se absorbe por los poros de la piel, colándose hasta llegar a la médula, al interior de los huesos. Se mueve cuando uno se mueve, se queda quieto cuando uno está quieto, pero jamás, ni por un instante solitario, se duerme.

Nola y yo no somos exactamente iguales, pero no estaba del todo equivocada respecto de mí. Yo no la obligué a matar a Jessica y no obligué a Todd o a Rob a hacer lo que hicieron, pero desempeñé un papel. Hablé.

¿Y si le hubiera dicho otras palabras a Megan?

¿Y si me hubiera negado a mentir por Todd?

¿Y si no hubiera escrito las cartas de San Valentín?

¿Y si pudiera hablar con alguno de ellos ahora?

Me gustaría creer que sabría qué decir. Pero creo que no mentiré más. Quizás ese sea el tipo de persona que será Katherine.

Ya no tengo frío. Respiro hondo, me preparo para una larga inmersión y me hundo en el olvido.

Agradecimientos

*H*ay más personas para agradecer que páginas que restan en el libro.

El primer agradecimiento debe ir para mi agente, Andrea Somberg, porque sin ella seguiría practicando mis agradecimientos ante el espejo del baño, al estilo de los Oscar. Andrea es una firme defensora, alguien que te sostiene la mano con paciencia y es experta en desactivar las ansiedades que suelen acosar a los escritores.

Mi segundo agradecimiento va dirigido a mi increíble editora de Putnam, Arianne Lewin. Ari es absurdamente brillante, y fue un honor observar la evolución de mi libro hasta adquirir vida propia con su edición. Es incansable, veloz como un rayo, y su entusiasmo es peligrosamente contagioso. Trabajar con ella es apasionante.

Le debo muchas, muchas gracias a Amalia Frick por leer interminables borradores, hablar conmigo por teléfono acerca de los cambios y enviarme mis hermosos ARC.

Le estoy tan agradecida a Maggie Edkins por diseñar la cubierta perfecta para este libro.

Gracias a todos aquellos en Putnam y en Penguin Random House, que han dedicado tiempo, o lo dedicarán, a trabajar con mi pequeño proyecto que se ha convertido en uno enorme.

Agradezco los valiosos comentarios y críticas de Katie Tastrom, Chelsea Ichaso, Jessica Rubinkowski, Sa'iyda Shabazz,

Michelle Moody, Joy Thierry Llewellyn, Kate Francia y Jen Nadol. En las últimas instancias de la edición, seguramente me habría quebrado en un mar de lágrimas y en barras derretidas de Klondike si no hubiera sido por los consejos, el feedback y los ánimos que me infundieron Kaitlyn Sage Patterson, Rachel Lynn Solomon y Jessica Bayliss. También debo agradecerle a la Sisterhood, quienes hace muchos años leyeron valientemente mi terrible fanfiction en voz alta, en los sótanos de las nuevas residencias.

Gracias a mi familia por celebrar mis éxitos y apoyarme cuando tengo dificultades, y por hacer posible que siguiera trabajando este año cuando la vida quedó interrumpida, como suele suceder.

A mi esposo David, por apostarlo todo a la escritura. Agradezco a mi socio, a quien comparte la paternidad conmigo y a mi amigo por apoyarme a lo largo de noches eternas y días ajetreados de escribir, tramar intrigas y reír. Este libro no existiría sin su ayuda.

Finalmente, todo mi agradecimiento para mi hijo, Benjamin. Para ti y por ti.